할 수 있을 것 같은
대마법사

활써클 대마법사 7

2022년 1월 14일 초판 1쇄 인쇄
2022년 1월 19일 초판 1쇄 발행

지은이 한시웅
발행인 김정수 강준규

기획 이기헌 왕소현 박경무 강민구
책임편집 오영란
마케팅지원 배진경 임혜솔 송지유 이영선

발행처 (주)로크미디어
출판등록 2003년 3월 24일
주소 서울시 마포구 성암로 330 DMC첨단산업센터 318호
Tel (02)3273-5135 **편집** 070-7863-8596 **Fax** (02)3273-5134
홈페이지 rokmedia.com **E-mail** rokmedia@empas.com

ⓒ 한시웅, 2021

값 8,000원

ISBN 979-11-354-7394-4 (7권)
ISBN 979-11-354-6717-2 04810 (세트)

ROK
MEDIA
로크미디어

활짜크 대마법사

한시웅 퓨전 판타지 장편소설

contents

chapter 1

경악한 메슬리는 멍하게 몬스터 군단을 바라보다가 단단한 건틀렛으로 눈을 비볐다.

'어떻게 저럴 수가…….'

직접 보고도 믿을 수 없는 일이 벌어지고 있었다.

몬스터 군단의 최전선에서 달려오고 있는 것들. 분명히 사람이었다. 아니, 시커먼 연기만 보더라도 끔찍한 괴물이라는 것은 확실히 알 수 있지만 사람의 얼굴을 하고 있었다.

심지어 그 얼굴은……. 너무나도 낯이 익은 모습들이었다.

'채드, 혹시 자네인가?'

가장 앞서 뛰어오고 있는 괴물은 어젯밤까지만 해도 메슬리와 함께 검을 갈던 기사였다.

그는 최근 배필을 맞이해, 아빠가 될 날만을 손꼽아 기다리던 수줍은 가장이었다.

"키아악!"

평소 언성 한 번 높이지 않았던 유순한 사람이 입을 귀까지 벌리고 사나운 이빨을 드러내고 있었다.

그뿐인가, 낯익은 얼굴이 계속해서 메슬리의 눈에 들어왔다.

그가 직접 검을 가르치고, 단련시킨 기사와 병사들이 짐승처럼 네 발로 달려오고 있었다.

언데드!

세상에서 가장 끔찍하고도 비정한 흑마법.

몬스터 군단만으로도 이미 충분히 힘겨운 전투였건만, 이제 마지막 희망마저 무너져 내리고 있었다.

놀란 것은 비단 메슬리만이 아니었다.

방어선을 구축하고 있던 기사와 병사들도 전의를 상실하고 몸을 떨어 댔다.

"이건……. 막을 수 없어."

"전부 다 끝났어."

비록 언데드라고는 하지만 한때는 한솥밥을 먹던 친구이자 식구였다. 그들에게 검을 들이미는 것도, 그들의 이빨에 찢겨 나가는 것도, 모두 두렵기는 마찬가지였다.

전투가 시작되기도 전에 일루트 방어군의 사기는 바닥으로 떨어졌다. 있는 힘껏 검을 들어도 모자랄 상황에, 참으로 안타까운 일이었다.

'어려운 싸움이라는 것은 예상했지만······.'

알리제는 미친 듯이 돌진해 오는 키메라와 언데드를 똑바로 바라보면서 입술을 잘근 깨물었다. 그녀는 수상한 키메라들의 배후가 누구인지 이미 짐작하고 있었다.

쥴르! 이런 짓을 벌일 자는 놈밖에 없다.

하지만 알면서도 애써 현실을 외면했다. 인정하지 않았다.

쥴르가 아직도 죽지 않고 힘을 발휘하고 있다면, 놈을 죽이러 간 루얀이 실패했다는 뜻이다.

'루얀, 정말 그런 거야?'

그가 돌아오지 않을지도 모른다고 생각하니 덜컥 겁부터 났다. 그래서 절대 입 밖으로 꺼내지 않았던 말이지만, 이제는 인정할 수밖에 없었다.

키메라에 더해서 언데드까지. 저들은 쥴르의 하수인이 분명했다.

알리제는 당장이라도 울음을 터트릴 것 같은 표정으로 몬스터 군단을 바라보았다. 그러자 뒤에서 그녀를 바라보던 에릭과 에디가 슬쩍 앞으로 나서 그녀의 어깨에 손을 얹었다.

"알리제, 지금 무슨 생각하는지 알겠는데."

"그런 생각 하는 거 아니야. 동료를 의심하는 건 나쁜 버릇이라고."

이 상황에서도 에릭과 에디는 평소와 다를 바 없이 익살스러운 표정이었다.

그들은 정말로 단 한 순간도 의심하지 않았을까.

알리제가 씁쓸하게 돌아보자 쌍둥이는 흔들림 없는 눈빛으로 대답을 대신했다.

그제야 알리제도 마음을 다잡을 수 있었다.

"그래. 쥴르가 살아 있든, 말든, 루얀은 돌아올 거야."

알리제는 눈에 맺힌 물기를 털어 버리고 힘껏 대검을 움켜쥐었다.

"그러니까 우리도 싸워야지."

알리제가 결연하게 마나를 끌어 올리자 쌍둥이와 제라드도 무기를 들어 올렸다.

"이제야 알리제답네."

"다행이다. 그렇게 무식한 무기를 들고 훌쩍이는 꼴은 진짜 소름 돋았다고."

에디는 태연하게 단독 면담을 1회를 적립했지만, 다행히 당장 알리제의 대검이 그에게로 향하는 일은 없었다.

"그럼 가자고."

알리제가 성큼 앞으로 나서자 에릭과 에디, 제라드가 그녀의 걸음에 보조를 맞췄다.

과연 대륙의 기록에 이런 일이 또 있었을까.

고작 4인에 불과한 용병단이 수백에 달하는 키메라와 언데드 군단을 향해 검을 세웠다.

이제부터 그들의 걸음 하나하나가 모두 역사가 될 것이었다.

"우어어!"

오우거의 괴성이 100m 앞까지 다가왔다.

전투를 앞두고 알리제는 힐끔 뒤를 돌아보았다.

"다들 알지? 우리가 뭘 해야 하는지."

"당연히 알지. 안 죽는 거."

"그리고 기다리는 거."

에릭과 에디가 힘차게 대답하면서 마나를 끌어 올렸다.

이내 선명한 마나가 그들의 쌍검에 깃들어 피어올랐다.

그와 동시에 시커먼 파도가 블랑 용병단을 집어삼켰다.

"으하하하! 기다렸다고!"

가장 먼저 제라드가 방패를 바닥에 꽂아 지탱하고 언데드들의 돌격을 저지했다.

콰콰콰쾅.

미친 듯이 돌진하던 언데드 군단이 방패 하나를 뚫지 못하고 멈춰 서면서, 서로 뒤엉켜 진형이 무너졌다.

혼자서 수십의 언데드를 밀어내는 모습은 비현실적이기까지 했다.

그 틈을 노리고 거대한 대검이 떨어져 내렸다.

쉬이익.

시퍼렇게 치솟은 오러가 대검에서 똑 떨어져 나오면서 전장을 휩쓸었다.

좌아악.

시커먼 연기도, 언데드도, 키메라도, 오러에 닿는 것은 모조리 갈라졌다.

아니, 통째로 사라졌다고 하는 편이 더 적합한 모습이었다.

겨우 오러의 범위 밖으로 벗어난 놈들을 기다리는 것은 4개의 날이 달린 분쇄기였다.

좌라락.

에릭과 에디는 마치 한 몸처럼 자연스럽게 움직이면서 쌍검에 닿는 모든 것을 갈아 버렸다.

"제라드! 옆에서 또 온다. 한 방 더 가자!"

그렇게 500 대 4의 싸움이 시작되었다.

불가능에 도전하는 용병들의 모습은 방어군에게도 큰 울림을 주었다.

언데드가 준 충격보다도 그들의 전투가 더욱 놀라웠다.

망연자실하게 검을 내리고 있던 자들은 이 순간 자신의 손이 부끄러워 견딜 수 없었다.

'용병들도 마을을 위해 싸우는데……'

가장 먼저 행동에 나선 사람은 일루트 마법 학교의 교장, 틸레이였다.

"파이어 레인!"

잔뜩 끌어 올린 마나가 허공으로 치솟으면서 수십의 화염구가 모습을 드러냈다.

화르륵.

화염구 하나하나가 모두 5써클 마법의 위력을 지니고 있는 강력한 불벼락이었다. 빠르게 하늘로 치솟은 화염 덩어리들은 곧 완만한 곡선을 그리면서 떨어져 내렸다.

콰아앙.

블랑 용병단에게 달려들던 키메라와 언데드들이 화염에 휩쓸려 녹아 내렸다.

"오! 지원이 화끈한데?"

"화끈할 만도 하지. 네 앞머리에 불 붙었거든."

에릭과 에디는 예고조차 없는 지원사격에도 놀라기는커녕 오히려 더 활발하게 날뛰었다.

화염이 몰아치는 전장에서 4개의 쌍검이 회전하면서 돌풍을 일으켰다.

대마법사의 가세는 블랑 용병단에게도 확실히 큰 도움이 되었다. 하지만 고작 마법 한 방으로 전세를 뒤집기에는 적의 숫자가 너무 많은 것도 사실이었다.

"크아아!"

괴성을 내지르는 트롤, 나무를 통째로 뽑아서 몽둥이처럼 휘두르는 오우거, 네 발로 기어오는 언데드.

몬스터 군단은 시체의 산을 넘어서 끝도 없이 밀려들었다.

틸레이는 다시 마법을 준비하면서 힐끔 눈을 돌려 메슬리를 바라보았다.

"기사단장! 뭐 하는 겁니까!"

일루트의 명운이 걸린 싸움을 용병에게만 떠넘겼으니 입이 10개라도 할 말이 없는 상황이었다.

하지만 메슬리는 선뜻 전투 명령을 내리지도 못하고 망설였다.

'젠장!'

이 전쟁에서 쓰러진 자는 언데드가 된다.

끔찍한 모습으로 그를 다시 찾아올 것이 분명했다.

이미 언데드가 된 동료들을 지켜보는 것만으로도 충분히 비통한 일이었으니, 그 끔찍한 경험을 반복하고 싶지는 않았다.

그러한 갈등이 표정에 드러났을까.

메슬리의 생각을 읽은 틸레이가 크게 호통을 쳤다.

"지켜야지요! 저 용병단이 당해서 언데드가 된다면 어떨 것 같습니까?"

그제야 메슬리는 그가 놓치고 있었던 사실을 깨달을 수 있었다. 블랑 용병단이 언데드가 되어 칼을 거꾸로 쥔다면, 일루트는 끝장이다.

아니, 일루트뿐만 아니라 대륙 전체에 피바람이 몰아칠 것이 분명했다.

그것만큼은 반드시 막아야 했다.

결국 결심을 내린 메슬리는 검을 높이 치켜들면서 명령을 내렸다.

"일루트 기사단! 착검!"

명령을 기다린 것일까.

아니면 누군가 용기를 내서 나서 주기를 바랐던 것일까.

남은 기사들이 모두 일당백의 기세로 검을 뽑아들었다.

"우리는 오늘 이곳에서 죽는다! 돌격!"

메슬리는 있는 힘껏 소리를 지르면서 몬스터 군단을 향해 돌진했다.

결연한 표정의 기사들이 뒤를 따르고, 머뭇거리던 병사들도 창을 들었다.

실질적으로 그들이 큰 도움이 되지는 않을지라도, 그 함성이 전장의 분위기를 바꿔 놓았다.

"크어."

갑작스러운 함성에 움찔한 트롤과 오우거가 눈알을 대굴대굴 굴려 댔다. 그렇게 움직임이 더뎌진 몬스터에게는 어김없이 거대한 대검이 날아들었다.

촤아악.

단번에 트롤의 목을 날려 버린 알리제는 슬쩍 왼손을 들어서 쏟아지는 피를 털어 냈다.

'후우. 벌써 지치면 안 되는데.'

전투를 시작한지 얼마 지나지도 않았지만 벌써 피를 흠뻑 뒤집어써서 몸이 다소 무겁게 느껴졌다.

적의 기세를 꺾기 위해서 처음부터 전력으로 오러 소드를 휘두른 탓에 피로감이 쌓이는 것도 순식간이었다.

그나마 방어군이 가세한 덕분에 조금은 숨통이 트였지만, 마냥 반길 수만도 없는 입장이었다.

'피해가 커지기 전에 빠르게 전투를 끝내야 해.'

기껏 적의 숫자를 줄여 놓았는데 여기서 많은 사상자가 발생하면 무용지물이다.

오히려 더 규모가 불어난 언데드 군단이 일루트에 절망의 손톱을 들이밀 테니까.

'한 번에 기세를 꺾는다!'

결심을 굳힌 알리제는 다소 무리해서 마나를 끌어 올렸다.

우우우웅.

시퍼런 오러가 2m 높이로 솟구쳤다.

대검의 길이까지 더하면 무려 4m에 가까운 거대한 오러였다.

"제라드, 물러서!"

알리제는 이를 악물고 외치면서 대검을 크게 횡으로 휘둘렀다.

스아아악.

그 즉시 반달 모양으로 날아간 오러가 전장을 집어삼켰다.

소드 마스터가 전력을 다해 날린 최후의 일격!

언데드 20마리와 몬스터 10마리가 한 순간에 오러에 휩쓸려 증발해 버렸다.

덕분에 전장에 잠시 빈틈이 발생했다.

"지금이야! 후퇴해야 돼!"

알리제는 후들거리는 다리를 부여잡고 메슬리를 찾았다.

지금은 돌격이 아닌, 퇴각 명령을 내려줄 지휘관이 필요했다.

하지만 어째서인지 메슬리의 모습이 보이지 않았다.

'지금이 아니면 안 돼!'

깜짝 놀란 알리제는 눈에 힘을 주고 빠르게 전장을 훑어보았다. 그리고 그녀보다 더 앞선 위치에서 트롤 3마리를 상대하고 있는 메슬리를 발견할 수 있었다.

이미 죽음을 각오한 메슬리가 너무 깊숙하게 전진해 버린 것이었다.

지휘관이 고립되다니!

그 어떤 것보다 더 절망적인 상황이었다.

이렇게 되면 피해를 줄이고 퇴각하는 것마저 불가능하다.

"에릭! 에디! 기사단장을 구해야 돼."

알리제는 황급히 지시를 내리면서 뒤도 돌아보지 않고 메슬리를 향해 내달렸다.

알리제의 다급한 목소리에 깜짝 놀란 에릭과 에디는 잠시 멈칫하다가 재빨리 그녀의 뒤를 따라붙었다.

하지만 몬스터들이 가만히 두고 볼 리가 만무했다.

"우어어!"

빠르게 빈틈을 채우고 달려든 오우거 2마리가 알리제의 앞을 가로막았다.

"처리해!"

알리제는 오우거를 상대하지 않고 미끄러지듯 몸을 날려 놈들의 다리 사이를 통과했다. 그러자 뒤따라오던 에릭과 에디가 양쪽으로 갈라져 오우거 1마리씩을 맡아 검을 내질렀다.

"에릭. 빨리 처리하고 좀 도와줘."

"그건 내가 하고 싶은 말이었는데?"

평범한 오우거도 무시무시한 몬스터지만, 키메라가 된 오우거는 상상을 초월하는 괴물이었다.

에릭과 에디라고 하더라도 혼자서 놈을 상대하려면 목숨을 걸어야 했다.

어쩔 수 없이 그들을 남겨 두고 떠난 알리제는 빠르게 메슬리를 향해 접근했다.

하지만 늦고야 만 것일까.

3마리의 트롤을 상대하던 메슬리의 등 뒤로 언데드 하나가 폴짝 뛰어 날아들었다.

"크아아!"

입을 쩍 벌린 언데드 병사가 결국 메슬리의 어깨를 콱 물어 버렸다.

어깨의 살점이 뭉텅이로 뜯겨 나간 메슬리는 검을 놓쳐 버리고 비틀거렸다. 그러자 기다렸다는 듯이 트롤이 앞으로 나서면서 기다란 팔을 휘둘렀다.

"안 돼!"

최악의 상황이 벌어지려 하고 있었다.

알리제는 비명을 내지르면서 있는 힘껏 땅을 박찼다.

늦었다는 사실을 알면서도 가만히 지켜보고만 있을 수는 없었다. 그런데 그 순간 놀라운 일이 벌어졌다.

메슬리의 발밑에서 무엇인가 일렁거리는가 싶더니, 그림자 하나가 불쑥 솟구쳤다.

스르륵.

얼굴에 검은 복면을 쓰고, 양손에 단검을 쥔 무인이었다.

그의 단검에서는 검은 복면과 대비되는 파란 마나 소드가 타올랐다.

촤아악.

검은 복면의 무인은 땅에서 솟구침과 동시에 트롤의 목을 갈라 버렸다. 그리고 그것을 시작으로 전장의 곳곳에서 비슷한 그림자들이 끝도 없이 솟구쳤다.

스스스슥.

순식간에 전장을 장악한 검은 복면인들이 몬스터 군단을 학살하기 시작했다.

'저 사람들······.'

분명 처음 보는 이들이었다.

하지만 알리제는 곧바로 그들의 정체를 눈치챌 수 있었다.

이 정도 규모의 요원들을 지니고 있는 집단은 오직 하나 뿐이었으니까.

"골든 펍!"

세상에 드러나는 것을 극도로 경계했던 음지의 세력이 끝내 스스로 걸어 나오는 순간이었다.

순식간에 전장에 솟구친 그림자들은 총 100여 개에 달했다.

비록 키메라 군단에 비해 숫자는 부족할지라도 그들 하나하나가 모두 소드 익스퍼트 상급 이상의 무인들이었다.

촤아악.

파랗게 빛나는 단검이 스쳐 지나갈 때면 어김없이 언데드와 트롤의 목이 떨어져 내렸다.

오우거들은 바로 쓰러지지 않고 꽤나 버티나 싶었지만 그들의 저항 또한 오래 가지는 못했다.

그림자들은 강력할 뿐만 아니라 매우 유기적으로 움직이는 최정예 군단이었다.

단검 하나가 오우거의 척추를 가르고 지나가면, 반대편에서는 불쑥 튀어나온 단검이 심장을 찔렀다.

에릭과 에디의 합격술과도 견줄 수 있을 정도로 호흡이 척척 맞는 모습이었다.

과연 골든 펍의 요원!

그 누구도 모르게 조용히 제국의 밤을 지배하는 자들.

그들의 적이 된 자는 절대로 살아남을 수 없다는 말도 결코 허언이 아니었다.

그림자들의 신묘한 움직임은 알리제마저 감탄하게 만들었다.

'이 정도일 줄이야.'

멍하게 골든 펍의 활약을 지켜보던 알리제는 뒤늦게 정신을 차렸다.

'잠깐. 골든 펍이 나섰다는 것은…….'

요원들만으로도 분명 엄청난 도움이 되었지만, 사실 골든 펍의 진짜 힘은 따로 있었다.

골든 펍이 이토록 적극적으로 나섰다는 것은 그들의 주인 또한 함께한다는 것을 의미했다.

'케시우스!'

알리제는 속으로 그의 이름을 크게 외치면서 주변을 둘러보았다. 하지만 아무리 살펴보아도 케시우스의 모습은 보이지 않았다.

'케시우스는 오지 않은 건가?'

사실 당연한 일이었다. 알리제도 알고 있었다.

케시우스도 놀고 있는 것이 아니다.

그도 최선을 다해 싸우는 중이다.

케시우스뿐만 아니라 모든 드래곤들이 힘을 모아서 테오에게 마나를 불어 넣어 주고 있다.

어지간한 대마법사는 엄두도 내지 못할 정도로 막대한 마나가 필요한 일이었다. 그들이 테오를 팽개치고 이곳에 왔다면 오히려 그것이야말로 더 난감한 일이었을 것이다.

현실을 깨달은 알리제는 다소 풀이 죽어서 어깨를 늘어뜨렸다.

골든 펍 요원들의 기습적인 합류가 전황을 바꿔 놓았지만, 피해 없이 이 전쟁을 끝내려면 그보다 더 큰 힘이 필요했다.

이대로라면 결국 다시 수세에 몰리게 될 것이 분명했다.

'골든 펍의 요원들까지 언데드가 된다면, 그때는 정말로 심각해져.'

알리제의 표정도 다시 암울하게 굳어졌다.

그런데 그 순간, 키메라 군단의 한복판에서 일직선으로 길이 쭉 열리기 시작했다.

당연히 키메라와 언데드들이 자발적으로 길을 비켜선 것은 아니었다.

스아아악.

앞을 가로막는 것을 모조리 박살 내면서 누군가 알리제에게 똑바로 다가오고 있었다.

솟구친 그림자들 중에서 유일하게 복면을 쓰지 않은 남자!

그는 마치 산책이라도 나온 것처럼 여유롭게 걸음을 옮겼지만 그 어떤 적들도 감히 범접하지 못했다.

그의 얼굴을 확인한 순간, 알리제는 숨이 턱 막혀서 털썩 무릎을 꿇고 말았다.

'내가 꿈을 꾸는 건 아니지?'

보고 싶었다. 저 무심한 표정까지도 그리웠다.

수없이 부르고, 또 불렀던 이름이지만 입 밖으로 꺼낼 수도 없는 이름이었다.

알리제는 이제야 그의 이름을 목청껏 불러볼 수 있었다.

"루얀!"

그가 돌아왔다. 언제나 그랬듯이, 그는 필요한 순간에 알리제의 곁에 있었다.

좌아악.

루얀은 그저 걷고 있을 뿐이었다.

손이 움직이는 것조차 보이지 않았다.

하지만 그를 가로막으려던 키메라와 언데드들은 모두 머리가 터져 쓰러졌다.

뚜벅. 뚜벅.

조용하게 귀환을 알린 루얀은 키메라의 피로 융단을 깔고 알리제에게 다가왔다. 그렇게 끝내 알리제의 앞에 선 루얀은 다소 어색한 표정을 지으면서 멋쩍게 웃었다.

"미안하다. 일이 좀 있었다."

아직도 사과가 익숙하지 않은 루얀에게 이는 최선의 감정 표현이었다. 하지만 이 순간, 알리제에게 그런 것은 조금도 중요하지 않았다.

알리제는 루얀을 올려다보면서 활짝 웃어 보였다. 그리고 하염없이 고개를 끄덕였다.

"괜찮아. 그럴 수도 있지."

"내가 많이 늦었나?"

"많이는 아니고, 조금."

"그렇다면 다행이군. 남은 이야기는 돌아가서 하지."

알리제를 부축해서 일으켜 세운 루얀은 천천히 등을 돌렸다.

"여기는 조금 시끄러울 것 같으니."

루얀이 가볍게 주먹을 움켜쥐자 시퍼런 내력이 천지를 뒤덮고 뻗어 나갔다.

그것으로 끝이었다.

"키에엑!"

공중을 비행하고 있던 모든 하피들이 날개를 잃고 후두둑 떨어져 내렸다. 이미 궁신이 임한 영역.

더 이상 전장은 키메라들의 것이 아니었다.

줄르의 영역에서 중상을 입고 죽어 가던 루얀은 기적적으로 신묘한 기운을 발견할 수 있었다.

'반드시 살아서 돌아간다!'

무(無)의 공간에서 기운을 찾아낸 것은 말 그대로 기적과도 같은 일이었다.

마지막 발악으로 겨우 운기행공을 시작할 수 있었지만, 루얀의 정신력도 거기까지였다.

과도한 출혈로 인해 이미 쇼크가 찾아왔다. 사실 그가 아니었다면 진즉에 기절했어도 이상할 것이 없는 상황이었다.

루얀은 가부좌를 튼 자세 그대로 가사상태에 접어들었다.

호흡이 끊기고, 심장마저 움직임을 멈췄다.

하지만 그가 평생을 수련해 온 환원심법은 길을 알고 있었다. 따로 지시하지 않아도 능숙하게 혈도를 찾아 회전했다.

우우우웅.

결국 소주천을 마치고 환원을 이룬 낯선 기운은 루얀의 전신으로 녹아들어서 상처를 치료하기 시작했다.

출혈이 멎고, 새 살이 돋았다.

낯선 기운은 그것으로도 멈추지 않았다.

심장 인근으로 잔뜩 모여들어서 인위적으로 박동을 만들어 냈다.

루얀이 소블레스 대륙에 온 이후에야 깨달은 무학.

진(眞) 환원심법이 마나 써클을 대신해서 심장을 두들겼다.

두근, 두근.

놀랍게도 심장이 다시 뛰기 시작했다.

전신의 혈맥으로 피가 돌고, 호흡이 이어졌다.

이제부터는 본능의 영역.

루얀은 정신을 잃었지만, 살고자 하는 그의 의지가 내력을 이끌었다.

우우웅.

상처를 치료하고 남은 미량의 기운이 다시 환원심법의 경로를 따라 소주천을 시행했다.

소주천을 마치고 돌아온 내력은 단전에 모여 흩어지고, 더욱 거대한 기운이 밀려들었다.

쏴아아아.

비우고, 다시 채우는 자연의 섭리가 톱니를 굴렸다.

한 번, 두 번, 그리고 세 번의 소주천이 끝나자 2갑자를 돌파한 기운이 단전에 쌓였다.

후아아앙.

이제는 본격적으로 나설 차례. 충분히 불어난 기운이 전신의 모든 혈도를 관통하며 대주천을 시작했다.

낯선 기운은 루얀의 몸을 씻어 내고, 쥴르와의 격돌에서 쌓인 탁한 오물까지도 모조리 몸 밖으로 밀어냈다.

내력이 3갑자를 넘어서 단전을 가득 채우자, 이어서 마나 써클도 제 기능을 되찾았다. 진 환원심법은 마나 써클의 마나까지 움켜쥐고 함께 혈도를 내달렸다.

콰아아아.

그런데 이전과는 확연하게 다른 모습이었다.

내력과 마나가 한데 어우러진 것이 아니라, 정말로 하나의 기운이 되어 회전했다. 이는 지난 전투에서 단전과 마나 써클의 경계가 허물어진 탓이었다.

루얀은 쥴르를 쓰러트리기 위해 내력으로 마법을 펼쳤다.

마나로 무공을 발휘했다.

그 새로운 시도가 또 다른 길을 만들어 내고 있었다.

치치칙.

무의 공간. 오직 루얀만이 존재하는 미지의 영역에서 이제는 그의 몸조차 흐릿하게 변해 일렁거렸다.

정신이 육신을 넘어 반신계에 접어들면 존재감이 희미해지는 현상이다.

지금까지는 '메디테이션' 마법을 동원해서 운기조식을 취할 때에만 벌어지던 일이었다.

그런데 이제는 평범한 운기행공만으로도 비슷한 일이 벌어지고 있었다.

'후우, 아직 죽지는 않은 모양이군.'

그즈음에야 루얀도 정신을 차렸다.

하지만 당장 운기행공을 중단하지는 않았다.

오히려 환원심법에 더욱 박차를 가했다.

전신을 충만하게 채우는 활기에 흠뻑 빠져들었다.

'지금은 멈추고 싶지 않구나.'

그가 어떤 위험에 처했었는지는 이미 잊었다.

상처와 통증도 기억에서 사라졌다.

이곳이 어디인지를 잊었고, 시간의 흐름을 잊었다.

종내에는 그 자신조차 잊었다.

화아아아.

무아지경으로 운기행공에 빠져드는 루얀의 몸에서 새하얀 빛이 마구 뿜어져 나왔다.

그렇게 얼마나 오랜 시간이 흘렀을까.

천천히 눈을 뜨는 루얀의 앞에 문이 열려 있었다.

돌아갈 시간이었다.

루얀이 용병 사무실로 돌아왔을 때, 가장 먼저 그를 반긴 사람은 클로양이었다.

"루얀!"

힘없이 사무실 테이블에 널브러져 있던 클로양이 그를 발견하고 벌떡 일어났다.

"다녀왔다."

그 격한 반응에 루얀은 피식 헛웃음을 지으면서 손을 흔들어 주었다. 그러자 다가오던 클로양이 멈칫하면서 그를 어색하게 바라보았다.

루얀이 손 인사를 보낸 것은 이번이 처음이었다.

언제나 훌쩍 떠나고, 아무런 일도 없었다는 듯 돌아오던 남자가 아니었던가. 그런데 이제 루얀이 먼저 재회를 반기면서 감정을 드러내고 있었다.

'뭔가 달라졌어.'

달라진 것은 행동만이 아니었다.

뭐라 설명하기는 어렵지만 기세도 미묘하게 달라졌다.

루얀에게는 다소 날카로운 아우라가 있었다. 그런데 지금은 그 예리함이 보이지 않았다. 부드럽다고 표현할 정도는 아니지만, 적어도 평범한 수준은 되었다.

"루얀. 무슨 일이 있었던 거야?"

"쥴르를 제거했다. 그리고 조금은 깨닫는 바가 있었다."

과거였다면 그저 어깨를 으쓱이는 정도로 넘어갔을 루얀이지만, 이제는 그의 속사정을 털어놓기까지 했다.

이 변화를 어떻게 받아들여야 하는 것일까.

잠시 망설이던 클로양은 활짝 웃으면서 루얀을 덥석 끌어안았다.

"고마워. 돌아와 줘서."

어찌되었든 루얀이 무사하게 돌아왔다면 그 무엇도 나쁠 것은 없었다.

루얀은 클로양의 포옹에도 당황하지 않았다.

아주 살짝이지만 그녀의 등을 쓰다듬어 주기도 했다.

'이것도 나쁘지 않구나.'

놀란 클로양을 진정시키기 위함만은 아니었다.

루얀도 이 뭉클한 기분이 싫지만은 않았다.

"나 또한 고맙다. 네가 준 화살이 큰 도움이 되었다."

"정말? 그래 봐야 3발뿐이라서 민망했었는데."

"아니다. 충분했다."

루얀은 부드럽게 말하면서 클로양의 몸에 내력을 불어넣었다. 그러자 클로양은 몸이 축 늘어지면서 루얀의 품에서 잠이 들었다.

"클로양, 고생했다."

루얀은 잠이 든 클로양을 안아서 사무실에 눕히고 외투를 덮어 주었다.

사실 클로양은 이렇게 가벼운 대화를 나누는 것조차 부담이 될 정도로 지쳐 있는 상태였다.

그 이유야 묻지 않아도 알 수 있었다.

테오를 돌보느라 지나치게 자신을 혹사한 것이다.

루얀은 처음 클로양과 마주했을 때부터 그녀의 노고를 알아챌 수 있었다.

"이제 조금 쉬어라."

루얀은 클로양을 가만히 내려다보다가 이내 천천히 몸을 돌려서 2층으로 올라갔다.

그러자 다크써클이 턱까지 내려온 드래곤들이 그를 힐끔 돌아보았다.

"어? 루얀이네?"

"꿈이겠지? 그럼 욕이나 좀 해 보자. 이 망할 인간아!"

"너 때문에 내가 잠도 못 자고⋯⋯."

버로크와 운다라, 그리고 카린이 차례로 루얀을 돌아보면서 힘없이 중얼거렸다.

"너희들도 고생이 많았다."

루얀은 그들을 쭉 돌아보면서 멋쩍게 미소를 지었다.

그러자 드래곤들이 사나운 기세를 드러내면서 이를 갈았다.

"역시 개꿈이었네. 루얀이 저럴 리가 없지."

"확 패 버릴까? 꿈인데 뭐 어때."

운다라와 카린이 주먹을 움켜쥐고 그에게 다가왔다.

'여전히 난폭한 놈들이로군.'

아무리 부드러워졌다고 한들, 주먹까지 용납할 그가 아니었다. 루얀은 그들을 빤히 바라보다가 정수리에 꿀밤을 먹여 주었다.

쾅.

굉음이 터져 나왔지만, 루얀의 입장에서는 진짜로 '꿀밤'일 뿐이었다.

클로양을 대할 때와는 사뭇 다른 태도였지만, 잠시 휴식을 제공했다는 점에서는 다르지 않았다.

스르륵 허물어진 운다라와 카린은 그대로 기절해서 꿀잠에 빠져들었다.

역시 폭력을 앞세워야만 루얀다운 것일까.

그제야 케시우스가 다가오면서 미소를 지었다.

"돌아올 것이라고 믿고는 있었지만, 오래 걸리셨네요."

"돌아오지 못할 뻔도 했지."

루얀이 피식 헛웃음을 지으면서 맞이하자 케시우스는 눈을 동그랗게 뜨고 그를 바라보았다.

루얀이 엄살을 부릴 사람도 아니었으니, 정말로 엄청난 일들이 있었음을 짐작할 수 있었다.

"그나저나 조금 달라지셨네요?"

케시우스도 단번에 루얀의 변화를 눈치챌 수 있었다.

하지만 그의 눈썰미는 클로양 이상이었다.

'무슨 일이 있었던 거지?'

이전에는 그저 강하다는 느낌이었지만 이제는 범접할 수 없는 아우라가 느껴졌다.

클로양은 루얀이 평범해졌다고 생각했지만, 오히려 반대였다. 평범과 비범의 경계마저 넘어서 버린 것이다.

무엇보다도 루얀을 감싸고 있는 저 독특한 기운은…….

'신계의 기운이다!'

케시우스는 한참이나 루얀을 들여다본 후에야 이 특별함의 정체를 파악할 수 있었다.

루얀의 주변으로 신계의 힘이 자연스럽게 흐르고 있었다.

'미친. 도대체 뭘 주워 먹은 거야?'

사제들이 신성력을 발휘하는 것과는 또 다른 느낌이었다. 엄밀히 말하자면 테오와도 비슷했다.

신계의 힘이 자발적으로 루얀을 따르고 있었다.

이 변화를 어떻게 받아들여야 하는 것일까.

혼란스러워진 케시우스는 멀뚱멀뚱 루얀을 바라보았다.

'신계에 발을 들였기 때문인가? 아니면 루얀이……'

케시우스는 의도적으로 뒷말을 아꼈다.

이는 생각으로도 감히 넘겨짚어서는 안 될 영역이었다.

"생소한 기분이긴 하지만 정확히는 나도 잘 모르겠군."

루얀은 담담하게 자신의 변화에 대해 말했지만, 사실 그도 정확하게 무엇이 달라졌는지는 알지 못했다.

케시우스는 그런 루얀을 부담스러울 만큼 빤히 바라보았다.

"케시우스, 대화는 잠시 미루지. 너도 맞아야 비킬 생각은 아니겠지?"

"에이, 그럴 리가요."

케시우스는 역시 본성은 변하지 않는다고 투덜거리면서 재빨리 옆으로 비켜섰다. 그제야 테오와 마주하게 된 루얀은 안쓰럽게 그를 내려다보면서 가까이 다가갔다.

'늦어서 미안하구나.'

혹시 블랑의 마음이 이러하지 않았을까.

루얀은 테오의 굳은 몸을 정성껏 주무르면서 내력을 흘려보냈다.

후우우웅.

그 즉시 막대한 내력이 솟구치면서 테오의 주변으로 뻗어 나갔다.

파치칙.

폭주로 인해 뒤엉킨 테오의 내력이 루얀의 내력에 반항하면서 일순간 불똥이 튀었다.

오랫동안 풀어 주지 못한 탓에 테오의 내력은 더욱 거칠어져 있었다. 하지만 고작 그 정도로 물러날 루얀이 아니었다.

스르륵.

루얀은 테오의 내력을 제압하지 않고 통째로 감싸 안았다. 그리고 테오의 거친 내력까지 모두 그의 몸으로 끌어들였다.

마구 날뛰는 내력을 품는 것은 무척이나 위험한 일이었지만 루얀은 망설이지 않았다.

'충분히 괴롭혔으니 이제 그만 하거라.'

루얀의 단전으로 흘러 들어온 테오의 내력은 당장이라도 단전을 파괴할 기세로 난동을 부렸다.

쿵, 쿠웅.

하지만 루얀에게도 계획이 있었다.

이미 소주천을 시작한 환원심법이 때맞춰 단전으로 내력을 이끌고 돌아왔다.

그리고 환원을 이루기 위해 단전을 통째로 비우기 시작했다.

스아아아.

테오의 거친 내력 또한 환원의 고리에 이끌려 자연으로 흩어졌다. 극성에 오른 진 환원심법은 폭주한 기운까지도 가볍게 감당해 내고 있었다.

그제야 테오의 숨소리가 편안해졌다.

고통에 일그러진 얼굴 또한 평온하게 돌아왔다.

아직도 눈을 뜨지는 못했지만, 살짝 미소까지 짓는 것을 보면 좋은 꿈을 꾸고 있는 것이 분명했다.

"평범한 꿈이었으면 좋겠구나."

루얀은 테오의 머리를 쓰다듬어주고 몸을 일으켰다.

이제 급한 일을 해결했으니 주변을 돌아볼 차례였다.

"용병단의 식구들이 보이지 않더군."

"아! 키메라들이 일루트 마을로 진격해 오고 있습니다."

그제야 알리제를 떠올린 케시우스가 그간의 일을 설명해 주었다.

"키메라?"

"쥴르가 미리 만들어 둔 것 같습니다. 지금 용병단이 놈들을 막고 있습니다."

케시우스의 말이 끝나기 무섭게 바람 한 줄기가 사무실을 스쳐 지나갔다.

휘이잉.

어느새 루얀의 모습은 사라졌고, 뒤늦게 목소리만 남아서 케시우스의 귓가로 스며들었다.

"이번에는 금방 돌아오겠다."

루얀이 사라진 자리를 황망하게 바라보던 케시우스는 다급하게 목소리를 높였다.

"우리 애들을 이미 다 보냈다고요! 애들 안 다치게 조심해 줘요."

루얀이 직접 나섰으니, 키메라와 언데드의 숫자는 무의미했다. 일루트를 공포에 떨게 했던 악의 군단도 채 10분을 버텨 내지 못했다.

루얀은 활을 꺼내지도 않았다.

더욱 강력해져서 돌아온 궁신의 진격은 그 자체로 돌풍을 일으켰다.

좌라락.

쓰레기가 빗자루에 쓸려 나가는 것처럼, 루얀이 스쳐 지나간 곳에는 텅 빈 대지만 남았다.

침묵을 깨고 나선 골든 펍의 각오가 무색해지는 순간이었다.

"솔직히 내가 끝낼 수 있었는데. 트롤이 벌벌 떠는 걸 루얀이 봤어야 돼."

"네 사타구니가 벌벌 떨리던데? 나야말로 오우거들의 재앙이었지."

　허무할 정도로 간단하게 끝난 전쟁을 뒤로하고 사무실로 돌아온 용병단은 다시 왁자지껄한 평소의 모습을 되찾았다.

　루얀의 귀환이 늦었음에도 누구도 그를 탓하지 않았다.

　아니, 걱정조차 하지 않았다.

　언제가 되었든 반드시 돌아올 것이라고 믿고 있었으니까.

　'이 모습이 그리웠던 것인가?'

　루얀은 호들갑을 떠는 에릭과 에디를 바라보면서 피식 헛웃음을 터트렸다.

　조금 과장되기는 했지만, 그들의 활약이 굉장했다는 것은 충분히 들어서 알고 있었다.

　"마나 운용이 익숙해진 것 같더군. 조만간 다음 단계를 알려 주겠다."

　"오오! 그 말을 기다리고 있었어!"

　"기왕이면 알리제를 이길 수 있는 방법을 알려 줘! 맞고 사는 것도 이제 지긋지긋하다고."

　강해지고 싶은 이유가 고작 알리제에게 복수하기 위함인 것일까. 의욕을 보이는 것은 좋지만, 문제는 그 말을 알리제도 듣고 있다는 사실이었다.

　"맞고 사는 게 지겨우면, 맞고 죽는 건 어때? 그게 제일 빠르고 깔끔할 텐데."

　말뿐이 아니었다.

알리제의 주먹에서 시퍼런 오러가 솟구치자 움찔한 쌍둥이는 잽싸게 자리를 박차고 일어났다.

"아흠, 오늘은 조금 피곤하네."

"역시 쉬워야겠어."

에릭과 에디가 꽁무니를 뺄 기미를 보이자 그들을 지켜보던 비우스가 따라 나섰다.

"좋다. 기특한 짓을 했으니 오늘도 내 침대를 허락하겠다."

비우스가 뒤를 따라오자 에릭과 에디의 표정이 삽시간에 까맣게 죽어 버렸다.

승냥이를 피하려다 범을 만난 격이랄까. 아니, 그들에게는 둘 다 끔찍한 존재였으니 우열을 가리기 어려운 재난이었다.

"에릭. 우리 그냥 도망치는 게 어떨까?"

"바보야! 그걸 말하면 어떡해. 밤에 조용히 도망치려고 했는데!"

"계획이 있으면 미리 말 좀 해 줄래? 네가 잡혀서 처맞는 동안 내가 빠져나갈게."

역시나 대륙 제일의 우애를 가진 형제다운 작태였다.

그 한심한 모습에 제라드마저 실소를 터트렸다.

그때, 용병 사무실의 문이 열리면서 손님이 찾아왔다.

"영주님의 말씀을 전하러 왔습니다."

일루트 기사단장, 메슬리였다.

전과(戰果)를 보고받은 파울 일루트 백작은 대뜸 호통부터 터 트렸다.

"기사단장이라는 놈이 그걸 자랑이라고 말하는 것이냐!"

메슬리는 아무런 말도 하지 못하고 고개를 푹 숙였다.

할 말은 많았지만, 결과만 두고 보면 이보다 더 부끄러운 일 도 없었다.

30의 기사와 300의 병사가 출전했지만, 채 절반도 돌아오지 못했다.

기사 9명, 병사 120명이 살아 돌아온 병력의 전부였다. 전쟁 에서 승리하기는 했지만 패잔병이나 다름없는 규모였다.

"흥! 그 많은 병사들을 잃고도 잘도 살아서 돌아왔구나!"

혹독한 질책에 메슬리는 고개를 숙이는 것으로도 모자라서 두 눈을 질끈 감았다.

기사란 그런 존재다.

차라리 전장에서 그가 가장 먼저 죽었어야 했다. 그러지 못 하고 살아서 돌아온 것이 오히려 부끄러워지는 순간이었다.

"그렇게 큰 피해를 입고, 고작 용병 나부랭이 덕분에 승리했 다고?"

그 또한 사실이었다.

블랑 용병단이 없었다면 불가능한 승리였다.

그만큼 키메라 군단은 끔찍한 놈들이었다.

'일루트가 무사한 것만으로도 다행인 것을…….'

메슬리는 부끄러웠지만, 동시에 현실을 모르는 영주가 답답하기도 했다.

전쟁을 직접 경험했다면 절대로 저런 소리는 하지 못한다.

일루트가 무사한 것만으로도 하늘이 도왔다고 할 수 있었다.

"죄송합니다."

메슬리는 수많은 변명들을 가슴에 묻고, 겸허하게 고개를 숙였다.

"듣기 싫다! 이딴 놈들을 기사랍시고 대접하면서 돈을 축내고 있었으니."

메슬리는 죽음을 각오하고 싸운 기사들의 명예가 땅에 떨어지는 것을 지켜보면서 울분을 삼켰다.

기사에게 변명은 사치다.

하지만 그렇다 하더라도 꼭 해야 하는 말이 있었다.

"영주님, 이 기회에 방어군을 재편하셔야 합니다. 민간 마법사들을 믿다가는 또 언제 화를 당할지 모릅니다."

"고작 몬스터 따위를 상대해 놓고, 병력이 부족했다고 변명이라도 하고 싶은 것이냐!"

고작 몬스터 따위.

그 말에 메슬리는 한숨을 내뱉지 않기 위해 안간힘을 써야만 했다.

"변명이 아닙니다. 문책하신다면 벌은 달게 받겠습니다. 하지만 일루트의 안전을 생각하면 꼭 필요한 일입니다."

"무능한 기사단을 더 늘리기라도 하라고? 차라리 그 용병 놈들을 믿는 것이 낫지!"

파울 백작은 분을 이기지 못하고 아무 말이나 마구 지껄였다. 그러다 마치 좋은 생각이라도 난 것처럼 손뼉을 치면서 잠시 말을 멈췄다.

"생각해 보니 그게 좋겠구나. 어차피 용병이야 푼돈에 움직이는 것들인데, 그 용병들을 고용해야겠다."

파울 백작은 자신의 현명함에 스스로 감탄해서 탄성을 내질렀다.

그 모습을 지켜본 메슬리는 기가 차서 입을 쩍 벌릴 수밖에 없었다.

"영주님, 말씀드렸지만 소드 마스터입니다. 푼돈으로 움직일 수 있는 자들이 아닙니다."

"그래 봐야 용병 아니냐. 기사 작위나 하나 던져 주면 얼씨구나 할 족속들이지."

영주는 실정을 몰라도 너무 몰랐다.

소드 마스터라면 일루트가 아니라 대륙 어디를 가더라도 기사단장의 직위를 받을 수 있다.

'허, 일루트가 소드 마스터에게 과연 무엇을 약속할 수 있을까.'

심지어 블랑 용병단의 힘은 그것만이 아니었다.

쌍검을 귀신같이 다루는 검사와 단신으로 몬스터 군단을 막아선 괴력의 전사도 있다.

그리고 메슬리의 목숨을 구해 준 검은 복면의 무인들.

정체를 알 수 없지만 블랑 용병단의 우군인 것만큼은 분명했다.

기절해 버린 메슬리는 전쟁을 종결시킨 자가 누구인지 보지 못했지만, 루얀을 제외하더라도 블랑 용병단은 무시할 수 없는 힘을 지니고 있었다.

"영주님, 부디 재고해 주십시오. 일루트가 품기에는 너무 강력한 자들입니다."

"흥! 기사단장의 자리를 빼앗길까 봐 빌빌대는 꼴이라니! 네가 그러고도 기사라고 할 수 있느냐!"

어떻게 하면 그런 결론을 내릴 수 있는 것일까.

황당해진 메슬리는 아무런 말도 하지 못하고 입만 뻥긋거렸다. 그러자 파울 백작이 최종적으로 명령을 내렸다.

"그 용병 놈들을 데려와라. 내가 직접 얼굴을 봐야겠다."

파울 일루트 백작은 모르고 있었다.

세상에는 절대로 건드려서는 안 되는 이들이 있다는 사실을.

그리고 그가 키메라 군단보다 수천 배는 더 위험한 존재에게 도전장을 보냈다는 사실을.

"일루트 마을의 기사가 되어 주십시오. 원하신다면 기사단장의 자리를 드릴 수도 있습니다."

염치없는 말이었지만 영주의 명령이 있었으니 어쩔 수 없이 따라야만 했다.

메슬리는 알리제를 똑바로 바라보면서 아주 조심스럽게 말을 꺼냈다. 그러자 알리제가 다소 난감한 표정으로 옆에 앉아 있는 남자를 돌아보았다.

"제가 결정할 일이 아니네요."

루얀이 자리를 비웠을 때에야 그녀가 결정을 내렸지만, 이제는 아니었다.

지금은 블랑 용병단의 진짜 주인이 함께하고 있는 자리였다.

그제야 메슬리는 알리제가 자신을 '단장 대리'라고 소개했던 사실을 떠올릴 수 있었다.

'그렇다면 저 남자가 용병단장인가?'

무시무시한 힘을 보유한 용병단의 리더!

일루트의 기사단장이라는 지위도 그의 앞에서는 가소로울 뿐이었다. 하지만 막상 루얀을 돌아본 메슬리는 어색한 표정을 지을 수밖에 없었다.

'뭐지? 너무 평범한데?'

꽤나 다부진 체격이지만 대단한 실력을 지니고 있는 것 같지는 않았다.

무기조차 소지하지 않은 맨몸이었고, 대단한 위엄이나 마나도 느껴지지 않았다.

심지어 나이도 용병단에서 가장 어려 보이지 않는가.

'어떻게 이런 사람이 용병단을 이끌고 있는 거지?'

언데드에게 당해서 기절한 탓에 루얀의 무위를 보지 못한 메슬리로서는 사실 의문에 휩싸이는 것이 당연한 일이었다.

"크흠, 제가 실례를 범했군요. 다시 인사드리겠습니다. 일루트 마을의 기사단장 메슬리입니다."

그래도 메슬리는 더 이상 실수하지 않고 정중하게 허리를 숙였다. 루얀의 힘이 별 볼 일 없다고 하더라도 그의 용병단을 회유하기 위해서는 반드시 호감을 얻어야만 했다.

하지만 루얀은 상대의 정중한 태도에도 불구하고 단호하게 고개를 내저었다.

"거절한다."

사실 당연한 결정이었다.

이미 결과를 예상하고 있었던 용병단의 식구들은 표정 변화조차 없이 고개를 끄덕일 뿐이었다. 그도 그럴 것이 루얀이 누군가의 밑에 들어간다는 것은 상상조차 하기 어려운 일이었다.

너무 빠르게 거절을 당해서 놀란 탓일까.

메슬리는 잠시 멍한 표정을 짓다가 재빨리 다시 입을 열었다.

"기사가 대단한 지위는 아닐지라도 모두에게 인정받는 명예로운 길입니다. 다시 한번 생각해 주시면 안 되겠습니까?"

"그런 명예에는 관심이 없다."

메슬리가 간절하게 매달렸지만 루얀의 대답은 전혀 달라지지 않았다.

"그렇다면 따로 원하시는 것이라도⋯⋯."

"다시 찾아오지 않았으면 좋겠군. 당분간은 조용히 지내고 싶으니."

루얀이 세 번이나 거절을 하면서도 대화를 이어 가는 것은 분명 이례적인 일이었다.

이전에 비해 확연히 부드러워진 태도.

하지만 가당치도 않은 일에 엮일 정도로 물렁해진 것은 아니었다. 그러자 메슬리도 더는 매달리지 못하고 속으로 한숨을 내쉬었다.

'후우, 그래도 협상 정도는 가능하지 않을까 기대했었는데.'

용병보다 기사가 훨씬 더 융숭한 대접을 받는 것이 당연한 일. 전부는 아니더라도 몇몇과는 조건을 맞춰 볼 수도 있으리라 생각을 했었다.

하지만 블랑 용병단에서 루얀의 결정에 실망감을 드러내는 이는 없었다. 용병단의 모두가 루얀을 절대적으로 신뢰하고, 그의 결정을 수긍하고 있었다.

'도대체 무슨 관계인 거지?'

가장 약해 보이는 자가 전권을 행사하는데, 누구도 불만을 표하지 않는 상황.

어떤 사연이 있기에 이렇게 유대감이 깊은 것인지는 알 수 없지만, 역시나 평범한 관계가 아닌 것만은 분명했다.

메슬리는 용병단을 죽 둘러보다가 힘없이 고개를 떨어뜨렸다.

"알겠습니다. 영주님에게 최대한 잘 전달하겠습니다."

루얀의 태도가 겸손과는 거리가 멀었지만, 메슬리는 그것을 질책하지 않고 몸을 돌렸다.

일루트를 구해 준 영웅들.

메슬리는 이들에게 피해가 가는 일이 없기를 바랐다.

"기사라는 놈이 고작 용병 따위를 다루지도 못하고 그냥 돌아와?"

역시나 파울 일루트 백작의 입에서 불호령이 떨어졌다.

"면목 없습니다."

물론 메슬리도 이미 예상했던 반응이었다.

일루트의 영주는 실패를 용납하지 않는 사람이었으니까.

파울 백작은 유능한 마법사들로 넘쳐나는 일루트 마을의 왕이다.

이곳에서 그의 권위는 마법사 협회보다 더 우위에 있었다.

수많은 마법사들이 그의 발밑에 납작 엎드리니 세상이 우스워 보이는 것도 당연했고, 지금껏 그의 말 한마디면 이루지 못할 일도 없었다. 그런데 용병단 하나를 포섭하지 못했으니, 호된 질책은 예정된 수순이었다.

'어찌 모르실까. 이미 과거의 일루트가 아니건만.'

메슬리는 속상한 마음을 애써 감추면서 고개를 숙였다.

마을에 마법사가 가득하다 할지라도 그들은 결국 영주의 사병이 아니었다.

말하자면 일루트 마을은 속 빈 강정이었다.

이번 키메라 습격 사태에서 그 허상이 낱낱이 드러났다.

하지만 파울 백작은 아직 현실을 깨닫지 못하고 있었다.

"멍청한 용병 놈들! 위대한 일루트 마을의 기사가 될 수 있는 기회인데 도대체 뭐가 불만이야!"

"단순히 용병단으로 엮인 관계가 아닌 듯합니다. 특별한 사연이라도 있는 것으로 보였습니다."

"그딴 걸 알 게 뭐야! 네가 무능하면 유능한 놈들을 데려오기라도 하라고!"

영주의 모욕적인 질타에 울컥한 메슬리는 눈을 질끈 감으면서 감정을 억눌렀다.

'평화로운 시기에는 이렇게까지 모진 분이 아니었는데……'

위기는 사람의 본성을 드러낸다고 했던가.

파울 백작은 기사를 거느릴 자격이 없는 자였다.

영주가 기사를 이렇게 하찮게 대하는데, 도대체 누가 그의 기사가 되고 싶어 하겠는가.

메슬리도 이 순간만큼은 한 평생을 지켜온 일루트의 기사라는 사실에 회의감이 들었다. 하지만 파울 백작은 메슬리의 억장이 무너지는 것도 모르고 계속해서 호통을 쳤다.

"네 입으로 기사단을 증원하자고 했을 텐데? 그 용병들을 데리고 와야 기사가 늘어날 것이 아니냐!"

메슬리는 순간 숨이 턱 막히는 것을 느꼈다.

도무지 말이 통하지 않았으니까.

'내 입으로 한 말이기는 하지만…….'

분명히 방어군을 재편하자고 강력하게 건의했었다.

하지만 이런 식의 임시방편을 말한 것은 아니었다.

외부인의 도움을 받는 것은 결국 마법사들에게 의존하는 것과도 다를 바가 없지 않은가.

메슬리는 끝내 실망감을 감추지 못하고 영주를 똑바로 올려다보았다.

"제가 실언을 했습니다. 지금은 방어군을 재편하는 것보다, 지난 전쟁의 희생자들을 기리고, 유가족을 돌보는 것이 우선인 듯합니다."

일단 영주의 관심을 다른 쪽으로 돌릴 필요가 있었다.

뿐만 아니라 일루트를 지키기 위해 목숨을 바친 전사들에게 충분한 대우를 해야만 했다.

그것이 순서였다.

하지만 파울 백작은 그렇게 생각하지 않았다.

"뭐라? 네가 무능해서 병사들을 잃어 놓고, 군주에게 그 보상을 떠넘길 셈이냐!"

"제 무능을 벌하신다면 당장 목을 내놓겠습니다. 하지만 일루트를 지키기 위해 싸운 병사들을 외면한다면, 이제부터 누가 무기를 들겠습니까."

"그 용병 놈들이 있잖아! 보상이고 나발이고, 당장 그놈들을 데리고 오라고!"

지독한 도돌이표.

파울 백작은 충신의 말을 단 한마디도 듣지 않고 있었다.

메슬리는 결국 길을 잃고 말았다.

더 이상 충언을 올릴 수도 없었고, 블랑 용병단을 다시 찾아 갈 수도 없었다.

메슬리가 그 어떤 결정도 내리지 못하고 망설이고 있자, 파울 백작은 길게 한숨을 내쉬었다.

"한심하기는. 그 용병단장이라는 놈하고 협상이 안 되면, 다른 놈들만 빼 오면 되잖아. 정 안되면 이간질이라도 하라고!"

"영주님, 그, 그건……."

일루트를 지켜 준 영웅들에게 감사 인사는 하지 못할망정, 그런 치졸한 짓은 할 수 없었다.

명예로운 기사가 할 짓이 아니다. 아니, 그 이전에 인간으로서의 도리가 아니었다.

"듣기 싫다! 더 이상의 항명은 하극상으로 간주하고 처벌하겠다. 나가 봐."

이 일을 어떻게 해야 좋을까.

메슬리는 이제 한 치 앞의 미래도 그릴 수 없었다.

메슬리는 새벽부터 블랑 용병단 사무실 앞을 서성거렸다.

'정말 이런 짓까지 하게 될 줄이야. 어디서부터 잘못됐을까.'

기사에게 군주의 명령은 목숨보다 더 중한 것.

순리에 어긋나는 일이라 할지라도 반드시 수행해야만 한다.

하지만⋯⋯.

'이 또한 변명일 뿐이지.'

정말 아니라고 생각한다면 그 자신이 기사의 위를 반납하고 떠날 수도 있었다.

그러지 못한 것은 명예에 대한 욕심이었을까. 아니면 일루트에 대한 걱정이었을까.

메슬리는 자신의 마음을 명확하게 꼬집어 말할 수 없었다.

고민이 깊어지고 있을 때, 사무실의 문이 열리면서 루얀이 빠져나왔다.

이제 막 복귀했지만 하루도 쉬지 않고 수련장을 찾는 길이 었다.

메슬리는 멀찍이 떨어진 곳에 숨어서 루얀의 모습이 완전히 사라질 때까지 기다렸다. 그의 예상대로 블랑 용병단의 단장은 별 볼 일 없는 사람이었다.

루얀은 숨어 있는 메슬리를 발견하기는커녕, 뒤를 돌아보지도 않았다.

'후우, 기사가 아니라 도적이라도 된 심정이군.'

자괴감이 들었지만 이미 내친걸음이었다.

메슬리는 잠시 호흡을 가다듬고 천천히 용병 사무실의 문을 열었다.

"어라? 기사단장님께서 이 시간에 어쩐 일이세요?"

이른 시간이었지만 사무실에는 알리제가 자리를 지키고 있었다.

마침 잘되었다고나 할까. 메슬리가 바라던 만남이었다.

"염치없지만 다시 부탁을 드리려고 왔습니다."

"어떡하죠? 우리 단장님은 지금 출타 중이신데."

알리제가 부드럽게 돌려서 대화를 거절했지만, 메슬리도 이대로 물러날 수는 없었다.

"아니요. 알리제 님에게 드릴 말씀이 있습니다."

"루얀이 아니라 저한테요?"

"네. 영주님께서 당신의 능력을 높이 사서, 기사단장의 자리를 약속하셨습니다. 준남작의 작위도 하사될 겁니다."

메슬리는 이 말을 꺼내는 것보다 차라리 피를 토하는 것이 더 편할 것만 같았다.

정말 끔찍한 순간이었다.

하지만 진짜로 끔찍한 경험은 이제부터가 시작이었다.

"그게 무슨 말씀이시죠?"

알리제의 표정이 싸늘하게 굳어졌다.

성난 눈초리에서 무시무시한 기세가 쏟아져 나왔다.

소드 마스터의 기세!

섬뜩한 마나가 도사리는 그 압도적인 위엄에 메슬리는 저도 모르게 뒷걸음질을 치고 말았다.

"블랑 용병단을 적으로 돌리고 싶단 말씀으로 들리는데요?"

알리제가 차갑게 말을 내뱉을수록 마나는 더욱 세차게 휘몰아쳤다.

콰아아.

그리고 끝내 묵직하게 공간을 장악한 마나가 메슬리의 숨통을 '꽉' 조여 왔다.

'크윽. 이 정도일 줄이야…….'

그도 소드 익스퍼트 최상급의 기사였지만 알리제와의 격차는 상상을 초월했다.

"그, 그런 말이 아니었습니다!"

메슬리는 한없이 움츠러드는 몸을 바로잡으면서 있는 힘껏 입을 열었다.

그래도 알리제는 압박을 거두지 않았다.

그녀를 모욕했다면 이렇게까지 하지는 않았을 것이다. 하지만 루얀의 뒤에서 더러운 짓을 꾸미는 것은 용납할 수 없었다.

"그게 영주의 뜻입니까?"

알리제의 날카로운 목소리에 메슬리는 두 눈을 질끈 감아 버렸다.

'이 여자. 진심이다.'

메슬리도 제안이 거절당했을 때의 상황을 생각해 보지 않은 것은 아니었다.

분명 껄끄러운 관계가 될 터. 어쩌면 일루트 마을의 가장 큰 고민거리가 될 수도 있으리라 생각했다.

하지만 알리제의 태도는 고작 그 정도가 아니었다. 그녀는 당장이라도 대검을 뽑아 들고 영주의 목을 치러 갈 기세였다.

백작이라는 고귀한 신분도 아랑곳하지 않는 모습이었다.

'진짜 영주 성으로 쳐들어가기라도 한다면……'

일루트는 끝장이다.

그 누구도 알리제를 막지 못할 것이 분명했다.

꿀꺽.

메슬리는 마른침을 넘기면서 알리제의 앞을 가로막았다.

"제가 영주님에게 건의했습니다. 저를 죽이시지요."

메슬리는 선뜻 목을 내놓았다.

자신의 목숨만으로 끝낼 수 있다면 다행이리라 생각하면서.

하지만 대답은 알리제가 아닌, 다른 곳에서 튀어나왔다.

"죽음 말고 다른 방법도 있을 텐데요."

도대체 언제 다가온 것일까.

메슬리는 기척조차 느끼지 못했지만 어느새 한 남자가 그의 등 뒤에 서 있었다. 8등신의 완벽한 몸매 비율에 조각과도 같은 외모, 찬란한 금발을 지닌 남자였다.

"그게 무슨 말씀이신지⋯⋯."

갑작스러운 등장에 깜짝 놀란 메슬리는 흠칫 몸을 떨면서 남자를 경계했다. 그러자 조각 미남, 케시우스가 부드럽게 미소를 지으면서 그에게 손을 내밀었다.

"이건 어떻습니까? 블랑 학파와 계약을 맺는 겁니다."

루얀이 돌아왔지만 케시우스는 오히려 더 바빠졌다.

키메라 군단의 흔적을 역추적해서 쥴르가 남긴 키메라 연구실을 폐쇄했고, 테오를 치료할 방법을 수소문했다.

할 일은 그뿐만이 아니었다.

골든 펍 요원들의 흔적도 지워야 했다.

'언젠가는 전면에 나서야겠지만 그래도 최대한 늦게 들키는 것이 좋지.'

당시에는 어쩔 수 없는 상황이라 판단해서 골든 펍의 요원들을 노출했지만, 결과적으로 섣부른 결정이었다.

루얀이 제 때 돌아올 줄 알았다면 케시우스는 끝까지 골든 펍을 감췄을 것이었다.

요원들의 흔적을 지우기 위해서는 목격자들의 기억을 조작해야만 했는데, 무려 7써클 마법이 필요한 일이었다.

심지어 목격자가 한둘이 아니었으니, 그들 모두를 찾아다니는 것은 케시우스에게도 굉장히 피곤한 일이었다.

'에휴, 이건 정말 못 할 짓이야. 차라리 로돌프랑 한 번 더 싸우는 게 낫지.'

그래도 쉬지 않고 움직인 덕분에 이제 남은 목격자는 오직 메슬리 1명뿐이었다.

그의 기억만 지우면 당장의 급한 불은 끌 수 있을 것이었다.

다소 행운이 따라 주었다고나 할까.

메슬리는 직접 찾아 나설 필요도 없었다.

그가 제 발로 블랑 용병단 사무실을 찾아왔다.

루얀이 없는 틈을 노려서 매우 수상하게.

"저를 죽이시지요."

메슬리는 영주를 지키기 위해 선뜻 자신의 목숨을 내놓았다. 퍽 가상한 충심이었다.

'일루트의 영주가 목숨을 걸 만한 가치가 있는 인간이었나?'

아니다. 케시우스는 잘 알고 있었다. 일루트의 영주가 어떤 심성을 지닌 인간인지를.

아직 전쟁 유공자에게 그 어떤 보상도 이루어지지 않고 있다는 점만 보더라도, 영주가 다른 꿍꿍이를 꾸미고 있는 것이 분명했다.

'기사단장 메슬리. 이렇게 죽기에는 아까운 인재야.'

잠시 상황을 지켜보던 케시우스는 결국 메슬리에게 동아줄 하나를 내밀었다.

"블랑 학파와 계약을 맺는 겁니다."

갑자기 케시우스가 끼어들자 알리제는 영문을 모르겠다는 듯 고개를 갸웃하면서 기세를 거두었다.

'케시우스 님이 갑자기 왜?'

케시우스는 분명 든든한 후원자였지만, 평소 그녀의 선택에 개입하는 법이 없었다.

그러한 점을 생각하면 분명 이례적인 상황이었다.

물론 영문을 모르는 것은 메슬리도 마찬가지였다.

"계약요?"

"네. 위급한 상황에는 블랑 학파가 도움을 드리겠습니다. 마침 영지 전속 마법사의 자리가 비었다죠?"

파격적인 제안이었다.

드래곤이 직접 마을을 수호해 주겠다고 선언한 것이다.

드래곤이 지키는 마을!

이 계약이 성사된다면 일루트 마을은 황성보다 더 안전한 영지가 될 수도 있다.

깜짝 놀란 알리제는 눈을 크게 치켜뜨고 케시우스를 바라보았다.

'함부로 그런 약속을 하실 분이 아닐 텐데?'

하지만 정작 당사자인 메슬리는 이 제안이 얼마나 엄청난 것인지도 모르고 눈매를 좁혔다.

"영지 전속 마법사가 되어 주시겠다는 겁니까?"

"필요하다면 얼마든지요."

케시우스의 확답은 메슬리를 갈등하게 만들었다.

'직위야 어찌 되었든 용병단을 포섭할 수만 있다면……'

이미 기사단장의 자리까지 내줄 작정이었다. 하물며 영지 전속 마법사쯤이야 무엇이 대수란 말인가.

그의 권한으로도 당장 약속할 수 있는 일이었다.

다만 '임관'이 아니라 '계약'이라는 말이 못내 마음에 걸렸다.

"반가운 제안이지만 일단 조건을 들어 봐야겠군요."

"조건은 간단합니다. 블랑 학파를 일루트 제1학파로 인정해 주세요."

케시우스는 아주 간단하게 말했지만, 그의 말뜻까지 간단한 것은 아니었다.

마법사들의 도시, 일루트에서 제1학파가 지니는 의미는 절대 가볍지 않다. 공식적으로 블랑 학파가 최고라고 인정을 하는 것이고, 영지의 대소사에 블랑 학파의 입김이 들어간다.

일루트 마법 학교의 졸업생들을 우선 지명할 수 있고, 블랑 학파의 뜻을 거스르는 마법사들을 영지에서 추방할 수도 있다.

마법사들의 세계에서는 그야말로 무소불위의 권력을 얻게 되는 것이다. 그러니까 케시우스는 단순한 영지 전속 마법사가 아니라, 일루트 2인자의 자리를 요구한 셈이었다.

'정말로 블랑 용병단을 얻을 수만 있다면 그것도 싸게 치른 것이겠지만…….'

무려 소드 마스터가 포함된 용병단이다.

그 가치를 생각하면 응당 그만한 대우를 해야 마땅하다.

하지만 메슬리는 선뜻 고개를 끄덕일 수 없었다.

그의 권한으로 결정할 수 있는 문제가 아니었으니까.

'과연 영주님이 허락하실까?'

메슬리가 아무런 말도 하지 못하고 망설이고 있자, 오히려 알리제가 나서서 케시우스에게 면담을 요청했다

"케시우스 님, 저랑 잠깐 이야기 좀 할 수 있을까요?"

"그러시죠."

알리제의 요청에 케시우스는 부드럽게 웃으면서 몇 걸음 물러나 따로 자리를 마련했다.

"당황했다면 미안합니다. 저도 갑자기 떠오른 계획이라 미리 말하지 못했습니다."

"그런 문제가 아니라……. 정말로 괜찮으시겠어요?"

"저는 괜찮습니다. 루안에게 도움이 되는 일이라면 뭐든 해

야죠."

루얀이 마법 학파를 설립한 이유는 블랑의 이론을 널리 전파하기 위함이었다.

그의 뜻을 이루려면 일단 학파를 키우는 것이 유리하다.

일루트에서 제1학파로 인정을 받을 수만 있다면 훨씬 일이 수월해질 것이었다.

"하지만 그런 계약을 맺으면 결국 영주에게 구속받게 될 텐데요."

일루트 영지의 2인자.

분명 매력적이지만 영주의 휘하에 들어간다는 사실에는 변함이 없다. 어찌 되었든 누군가의 명령을 받고 움직여야 하는 신세가 되는 것이다.

알리제의 걱정에는 확실히 일리가 있었다.

하지만 케시우스는 대수롭지 않게 어깨를 으쓱였다.

"걱정하실 필요 없습니다. 영주를 우리 편으로 만들면 되니까요."

"네? 일루트 영주를요?"

알리제는 케시우스의 말을 이해하지 못하고 다시 고개를 갸웃거렸다.

"그게 가능할까요? 파울 백작은 굉장히 권위적이고 욕심이 많은 사람이라고 들었는데요."

일루트 영주가 얼마나 고집불통이었으면, 알리제마저 그 소문을 알고 있을 정도였다.

케시우스는 파울 일루트 백작의 독선적인 표정을 떠올려 보고는 피식 웃음을 흘렸다.

"확실히 그 인간은 어려울 수도 있겠군요. 쉽게 바뀔 인간도 아닌 것 같고."

"그렇다면 어떻게……."

"영주를 우리 편으로 만들 수 없으면 반대로 하면 됩니다. 우리 편을 영주로 만드는 거죠."

너무 충격적인 발언이라 깜짝 놀란 알리제는 입을 떡 벌리고 눈을 끔뻑거렸다.

케시우스는 그녀에게 눈을 찡긋해 보이고는 다시 메슬리에게 돌아갔다.

"메슬리 기사단장. 진심으로 일루트 영지를 걱정하는 몇 안 되는 인재더군요."

갑자기 대놓고 얼굴에 금칠을 하자 쑥스러워진 메슬리는 어색한 표정을 지었다.

하지만 마냥 좋아할 수만은 없는 일이었다. 케시우스가 어떤 의도로 이런 말을 하는 것인지 알 수 없었으니까.

"크흠. 무슨 말을 하고 싶으신 건지……."

"일루트를 지금보다 더 안전하고 상식적인 영지로 만들고 싶지 않나요?"

"그야 그렇습니다만."

"그렇다면 우리는 뜻이 통하겠네요."

케시우스는 잠시 말을 멈추고 메슬리를 똑바로 바라보았다.

여전히 부드러운 표정이었지만, 그의 눈에서는 기이한 열기가 솟구쳤다.

"일루트의 영주가 되세요. 당신이라면 잘 해낼 겁니다."

경악한 메슬리는 주춤 뒷걸음질을 치면서 멍하게 케시우스를 바라보았다.

하지만 그보다 더 놀란 사람이 있었으니, 바로 알리제였다.

그녀의 입에서 곧바로 날카로운 비명이 터져 나왔다.

"쿠데타!"

"흐음. 그건 너무 과격한 표현이군요. 그냥 대리청정 정도로 할까요?"

경악과 비명이 몰아치는 사무실.

케시우스의 음흉한 미소가 짙어졌다. 어려운 싸움을 이겨 내고 돌아온 루안에게 선물 하나쯤은 필요했던 순간이었다.

그리고 케시우스는 마침 적당한 선물을 발견할 수 있었다.

'마을 하나 정도면 충분하려나?'

드래곤의 선물은 스케일부터 남달랐다.

메슬리는 잔뜩 상기된 표정으로 영주 성으로 돌아왔다.

"어찌 되었느냐."

파울 일루트 백작은 메슬리의 반응 따위는 아랑곳하지 않고 심드렁하게 그를 내려다보았다.

"그들이 오히려 저를 포섭하려고 들었습니다."

"뭐라? 건방진 놈들. 주제도 모르고 감히 나의 것을 탐내다니!"

역시나 영주는 즉시 눈썹을 치켜들고 역정을 냈다.

메슬리도 충분히 예상했던 반응이었다.

하지만 영주가 분노한 이유만큼은 아직 확신할 수 없었다.

부하를 소중히 여기기 때문일까, 아니면 그저 사유재산을 빼앗겨서일까.

메슬리는 역정을 내는 영주의 모습을 빤히 바라보았다.

어쩐지 평소와는 사뭇 다른 모습이었다.

"그래도 영주님의 뜻을 전달한 결과, 만족스러운 성과가 있었습니다. 용병단의 일부를 포섭했습니다."

"오오! 간만에 좋은 소식이로구나. 몇이나 건졌느냐?"

"단장 대리인 소드 마스터를 포함해서 둘입니다."

"정말 소드 마스터를 포섭했단 말이냐? 잘했다. 정말 좋구나!"

파울 백작은 호탕하게 웃음을 터트리면서 기꺼운 마음을 드러냈다. 방금 전까지 화를 내던 사람이 이렇게 갑자기 변할 수 있는 것일까.

놀랍기까지 한 태세 전환이었다.

"그런데 그들이 기사가 아닌 영지 전속 마법사의 자리를 요구했습니다."

"흥. 무엇이 알맹이인지를 안다는 거로군. 용병이라더니 꽤 약삭빠른 면이 있구나."

"어떻게 할까요?"

"준다고 해. 전속 마법사쯤이야 나중에 얼마든지 자리를 늘릴 수 있으니 상관없다."

파울 백작은 자신이 고안해 낸 꾀가 썩 마음에 들어서 스스로 감탄했다.

'역시 나는 현명해. 이러면 약속을 어기는 것도 아니잖아?'

애초에 용병 따위에게 고위직을 내어줄 생각은 없었다.

일단은 대접을 하는 척 시늉만 하다가 전속 마법사의 자리를 대폭 늘려 버리면 될 일이다.

전속 마법사가 늘어날수록 자연스럽게 그 자리의 권위도 떨어질 테니까. 하지만 파울 백작의 묘수에도 불구하고 메슬리의 표정은 딱딱하게 굳어져 갔다.

'후우, 어쩔 수 없는 일이다.'

그가 알리제와 케시우스에게 직접 약속을 받아 왔다.

하지만 결과적으로 먼저 신의를 저버리게 되었으니 마음이 편할 리 없었다.

'기사의 명예를 더럽히는 일이지만⋯⋯. 지금은 일루트만 생

각하자.'

메슬리는 일루트 마을만 정상화할 수 있다면 아무래도 상관 없었다.

"이제 소드 마스터까지 합류했으니 방위력은 충분할 것 같습 니다."

"그래. 알았으니 나가 봐라."

파울 백작은 오랜만에 호통을 치지 않고 대화를 마무리했다.

하지만 메슬리는 자리를 떠나지 않았다.

꼿꼿하게 서서 그의 주군을 바라보았다.

"영주님, 이번 전쟁의 유공자들에 대한 보상은……."

"이놈! 칭찬을 조금 해 줬더니 기어이 머리 위에 오르려 하 는구나!"

파울 백작의 기분이 좋았던 것도 잠시일 뿐, 결국 그의 입에 서 다시 고성이 터져 나왔다.

'역시 처음부터 그럴 생각이 없으셨던 건가?'

메슬리는 급히 고개를 숙였다.

이대로 영주와 눈을 맞추고 있다가는 표정이 드러날 것만 같 았으니까.

"영주님, 일루트는 이곳에서 나고 자란 모든 사람들이 함께 지켜 온 마을입니다."

"그래서 어쩌란 말이냐!"

메슬리는 최대한 침착하게 충언을 올렸지만 이번에도 허사였다.

파울 백작은 충신의 말에 조금도 귀 기울이지 않고 계속해서 호통을 쳤다.

"일루트의 전부가 나의 것이다. 기사도, 병사도 전부 내 것이야. 너희 목숨도 결국은 내 재산이란 말이다!"

옳은 말이다. 메슬리도 알고 있었다.

그런 세상이라는 것을.

하지만 이제는 현실을 부정하고 싶었다.

현실이 그렇다면 바꾸고 싶었다.

"비록 주민들의 목숨까지도 영주님의 것이나, 그들이 있기에 일루트가 존재하는 것입니다."

메슬리의 결연한 목소리에 파울 백작은 자리를 박차고 일어났다.

"감히 나를 훈계하는 것이냐!"

"영주님이 그들을 귀하게 여겨야만 이곳 일루트가 더욱 귀한 마을이 될 수 있습니다."

"네가 결국 죽음을 자초하는 구나! 오냐. 네놈의 기사 작위를 박탈하겠다."

"아니요! 제가 먼저입니다."

메슬리는 영주의 말에도 굴하지 않고 힘껏 검을 뽑아 들었다.

스르릉.

"주군에게 받은 검, 이제 돌려드립니다. 저는 당신이 아닌 일루트를 지키겠습니다."

메슬리는 검을 높이 치켜들었다가 바닥에 사정없이 내리 꽂았다.

콰악.

메슬리는 이 검 앞에서 명예로운 기사가 되겠다 다짐을 했었다. 하지만 이제는 그 자신의 의지로 가슴에 검을 품었다.

메슬리의 선언이 떨어지자, 그의 등 뒤에서 공간이 열리면서 한 남자가 스르륵 모습을 드러냈다.

케시우스였다.

"일루트의 영주가 되세요."

케시우스의 충격적인 제안에 경악한 메슬리는 자신도 모르게 뒷걸음질을 치고 말았다.

처음에는 그저 놀랐을 뿐이지만, 이내 분노가 치솟았다.

"나보고 주군을 배신하라는 말입니까!"

"네. 그럴 만한 가치가 없는 인간이니까요."

케시우스는 너무나도 쉽게, 그리고 태연하게 기사의 명예를 짓밟아 버렸다.

"저는 기사입니다. 주군을 배신할 바엔 차라리 죽겠습니다."

메슬리는 뜻을 굽히지 않았다.

비록 블랑 용병단을 막을 수는 없지만, 의지마저 연약한 것은 아니었다.

"용기가 없는 것은 아니고요? 당신이 원하는 것은 기사의 명예 같은 것이 아닐 텐데요."

아주 모욕적인 발언이었다. 하지만 어째서인지 메슬리는 선뜻 반박할 말을 찾을 수가 없었다.

'내가 원하는 것은…….'

루얀의 눈을 피해서 알리제를 찾아온 순간부터 이미 명예로운 길은 내려놓았다. 은인에게 더러운 수작을 부리는 것은 뒷골목 불량배들이나 할 법한 일이니까.

그럼에도 끝까지 포기하지 않고 나선 것은 오직 일루트의 안위를 위해서였다.

흔들리는 메슬리의 마음에 케시우스가 쐐기를 박았다.

"메슬리 단장, 정말로 우릴 막고 싶다면 더 이상은 말리지 않겠습니다. 하지만 다음은 어떻게 될까요?"

메슬리는 잠시 일루트의 미래를 그려 보았다.

그러고는 천천히 고개를 가로저었다.

"후우, 끔찍하겠지요."

메슬리는 케시우스가 무슨 말을 하려는 것인지 바로 알아챌 수 있었다.

파울 일루트 백작은 독선적인 성격 탓에 제대로 된 가정을 꾸리지 못했다.

몇 번인가 혼인을 했지만 모두 오래가지 못하고 파경을 맞았다. 그래서 아직도 영지를 상속할 자녀가 없는 상황.

'지금 영주님이 잘못되면 일루트 영지는 황실에 귀속된다.'

그럼 일루트와 전혀 관계가 없는 외부의 귀족이 영주로 임명되어 들어올 것이다.

마법사들의 도시. 그 허명에 취해 부임한 신임 영주가 과연 지금보다 더 나은 의정을 펼칠 수 있을까?

메슬리는 회의적이었다.

귀족에게 일루트는 유능한 마법사들과 관계를 잇는 도구에 불과했다.

'젠장, 어떤 선택을 내려도 결국…….'

죽음으로 파국을 막을 수 있다면 마땅히 그리하겠지만, 답이 보이질 않았다.

어두운 미래를 뻔히 알면서도 쉽게 목숨을 내던지는 것은 오히려 도피처럼 느껴지기도 했다.

케시우스는 갈등하는 메슬리를 빤히 보다가 피식 미소를 지었다.

"재미있는 상상을 하나 해 볼까요? 파울 백작이 죽지 않고, 그냥 오랜 잠에 빠진다면?"

이쯤 되면 거의 다 넘어온 셈.

케시우스는 루안에게 줄 선물을 포장하면서 음흉하게 눈빛을 빛냈다.

"영주님이 실무를 보지 못하는 상황이라면 총관이 대신해서 영지를 관리하게 됩니다."

"맞아요. 그럼 지금 일루트에는 총관이 있나요?"

케시우스의 질문에 메슬리는 마치 벼락이라도 맞은 것처럼 몸을 부르르 떨었다.

"총관은…… 없습니다."

키메라 군단의 습격을 받았을 때, 대부분의 마법사들과 함께 총관도 마을에서 도망쳐 버렸다.

사실 현명한 선택이었다.

블랑 용병단이 나서지 않았다면 일루트는 지금쯤 잿더미가 되었을 테니까. 그저 호통이나 치는 영주와는 달리, 총관은 오히려 상황 파악과 계산이 빨랐던 것이다.

결국 총관까지 공석이라는 점을 생각하면, 일루트의 운명은 3번째 서열에 넘어간다.

바로 기사단장이다.

쿠데타가 아니라 대리청정.

케시우스가 그렇게 말한 이유가 바로 여기에 있었다.

메슬리만 결심을 굳힌다면, 일루트의 운명이 바뀔 수도 있는 것이다.

꿀꺽.

메슬리는 케시우스의 눈을 똑바로 바라보면서 마른침을 삼

컸다.

입이 바짝 마르고, 온몸이 파르르 떨렸다.

그런데 어째서인지 정신만큼은 어느 때보다도 더 맑았다.

"제게 시간을 주시겠습니까? 마지막으로 영주님을 봬야겠습니다."

메슬리는 당장 선택을 내리지 못하고 돌아섰다. 그리고 곧바로 영주 성으로 돌아온 길이었다.

하지만…….

"너희 목숨까지도 결국은 내 재산이란 말이다!"

파울 일루트 백작은 마지막 순간까지도 메슬리의 기대를 저버리고 말았다. 그는 기사의 충성을 받을 자격도, 일루트 마을을 이끌 자격도 없는 자였다.

'더 이상……. 두고 보지만은 않겠다!'

결국 메슬리는 결정을 내릴 수밖에 없었다.

일루트에서 하루하루를 살아가는 영주민들을 위해서.

"주군에게 받은 검, 이제 돌려드리겠습니다."

메슬리가 할 일은 오직 하나뿐이었다.

올바른 방향으로 결정을 내리는 것.

그 순간, 공간이 갈라지면서 케시우스가 모습을 드러냈다.

"딥 슬립."

케시우스는 무심한 표정으로 영주를 바라보며 가볍게 손가락을 튕겼다.

따악.

경쾌한 소리가 영주의 집무실에 울려 퍼졌다.

그것으로 끝이었다.

파울 백작은 손가락 하나 까딱하지 못하고 거대한 마나에 삼켜졌다. 그리고 동력이 끊긴 기계처럼 무기력하게 허물어졌다.

딥 슬립.

시전자가 설정해 둔 마나의 배열을 풀지 못하면 절대로 깨울 수 없는 강력한 수면 마법이다.

더욱 무서운 점은, 흔적조차 남지 않는다는 사실이었다.

파울 백작에게 마법이 사용되었다는 사실을 알아채려면 최소한 7써클 이상의 마법사가 나서야 한다.

일루트 마법 학교의 교장도 6써클에 불과했으니, 사실상 파울 백작은 영면에 접어든 것이나 다름없었다.

"영주님······."

메슬리는 재빨리 영주에게 다가가서 쓰러지는 몸을 감싸 안았다. 다른 길을 선택하게 되었지만, 주군으로 모셨던 영주가 쓰러지는 모습은 감당하기 어려운 고통이었다.

파울 백작을 안아서 안전하게 침대에 눕히는 것만이 그가 할 수 있는 마지막 예우였다.

"죄송합니다."

메슬리는 깊은 잠에 빠진 파울 백작을 바라보면서 입술을 깨물었다.

더 이상 그는 기사가 아니었다.

이미 검을 거꾸로 쥐었으니 다시는 명예로워질 수 없었다.

"제가 모두 떠안고 가겠습니다. 그리고 때가 되면 반드시 죗값을 치르겠습니다."

메슬리는 이 모든 불명예를 뒤집어쓰더라도 홀로 모든 것을 감당하기로 결심했다.

'권력에 취하지 않겠습니다. 세상에서 가장 불행한 사람이 있다면, 마땅히 제가 될 것입니다.'

일루트의 모든 사람들이 행복해지는 날이 온다면, 그때는 메슬리도 웃으면서 벌을 받을 생각이었다.

파울 백작을 눕히고 돌아서자 케시우스가 그를 빤히 바라보고 있었다.

메슬리는 파울 백작이 작성해 둔 '영지 전속 마법사' 임명장을 공손하게 전달했다.

케시우스는 임명장을 힐끔 확인하고는 대충 주머니에 욱여넣었다.

"무엇부터 하고 싶습니까?"

"이번 전쟁의 유공자들에게 정당한 보상을 내릴 겁니다."

메슬리가 결연하게 대답하자 케시우스는 어깨를 으쓱이며 돌아섰다. 그리고 어둠에 녹아들어 서서히 모습이 사라져 갔다.

"도움이 필요하면 찾아오세요. 영주 대리."

케시우스의 차분한 목소리만이 집무실에 남아 공허하게 울려 퍼졌다.

일루트가 블랑 학파의 거점으로 재탄생하는 순간이었다.

۞

영주가 사흘째 일어나지 못하고 있다.

소문이 퍼지자 몇몇 마법사들이 기회의 냄새를 맡고 영주 성을 찾았다.

앞서 몬스터의 습격이 있었을 때, 상당수의 마법 학파가 마을을 이탈해서 권력 구조가 혼란스러운 상황이었다.

이런 시기에 영주의 기면증을 해결할 수 있다면 일루트에서 확실하게 자리를 잡을 수 있는 기회였다. 하지만 그 누구도 영주가 잠에서 깨어나지 못하는 이유를 밝혀내지 못했다.

결국 마법 학교의 교장까지 영주 성을 찾았지만, 결과는 달라지지 않았다.

"외상은 없었고, 마나의 흐름도 안정적입니다. 저로서도 이유를 알 수 없습니다."

교장은 그저 진단을 내렸을 뿐이지만, 그의 의도와는 달리 그 말은 선언이 되었다.

파울 백작이 앞으로도 깨어나지 못할 것이라는 공식 발표나 다름없었다.

결국 일루트 마을을 발칵 뒤집혔다.

영주가 당장 해결해야 하는 시급한 문제가 한둘이 아니었으니까. 누군가는 영주의 업무를 대신 해결해야만 했고, 자연스럽게 모든 시선이 메슬리에게로 향했다.

영주 권한 대행.

인정이나 승인이 필요한 일도 아니었다.

제국의 법령에 명시된 정당한 절차가 아닌가.

단번에 신분이 수직 상승한 메슬리는 엄청난 주목을 받았다. 여전히 기사의 신분이라 작위는 준 남작에 불과하지만, 일루트 안에서 그를 무시할 수 있는 이는 없었다.

하지만 일루트의 새로운 지배자로 추앙받는 메슬리도 한 남자의 앞에서는 감히 고개를 뻣뻣하게 세울 수 없었다.

"기회를 주셔서 감사합니다."

메슬리는 90도로 허리를 숙여서 루얀에게 납작 엎드렸다.

"기회?"

영문을 알지 못하는 루얀은 가만히 앉아서 메슬리를 바라보았다. 그러자 케시우스가 그에게 다가와서 슬쩍 임명장을 내밀었다.

"선물입니다."

케시우스는 칭찬을 바라는 어린아이처럼 은근히 턱을 치켜들었다.

'그런 거였나?'

임명장을 확인한 루얀은 피식 헛웃음을 터트렸다.

영지 전속 마법사.

임명장에는 루얀의 이름이 적혀 있었다.

'꽤 귀여운 짓을 했군.'

자세한 내막까지는 알 수 없지만, 대충의 상황은 짐작할 수 있었다.

영주 대리가 된 메슬리가 영지 전속 마법사에게 고개를 숙인다는 것은 모종의 거래가 있었다는 뜻.

케시우스는 임명장이 아니라, 일루트 마을을 선물로 가져온 것이었다.

객관적으로 따지자면 선물이라는 말로 표현하기에는 지나친 물건이었다. 하지만 루얀은 상황을 눈치채고도 여전히 심드렁한 반응이었다.

"그다지 좋은 선물은 아닌 것 같은데?"

루얀은 퉁명스럽게 툭 말을 내던지면서 임명장을 내려놓았다. 그가 원하는 것은 고작 권력이나 명예 따위가 아니었다.

"에이, 성의가 있는데 그냥 받아 주세요. 귀찮은 일은 없을 겁니다."

루얀의 생각을 읽은 케시우스는 짐짓 너스레를 떨면서도 재빨리 말을 덧붙였다. 이대로는 애써 준비한 선물을 루얀이 뻥차 버릴지도 모를 일이었으니까.

"이제 블랑 학파는 일루트에서 가장 유명한 학파가 될 겁니다."

"세력을 키우자는 건가?"

"네. 지금이 적기니까요."

케시우스는 확신에 찬 태도였다.

결국 루얀은 임명장을 만지작거리면서 생각에 잠겼다.

'언젠가는 필요한 일이었지.'

마법 이론을 널리 알리기 위해서는 당연히 학파를 키우는 것이 유리하다.

하지만 목적을 위해 아무나 학파에 들일 수는 없었다.

당장 학파의 규모를 키울 수는 있겠지만, 자칫 블랑의 마법이 부정한 곳에 이용당할 가능성도 있다.

깐깐하게 자격을 검증하지는 못하더라도, 최소한 의도가 불순한 자는 걸러야 했다.

그의 고민이 길어지자 용병 사무실에는 무거운 정적이 깔렸다. 루얀의 결정에 따라 일루트 마을은 다시 변화를 맞이할 수도 있는 상황.

한참이 지난 후에야 결정을 내린 루얀은 천천히 고개를 끄덕이면서 임명장을 갈무리했다.

"선물이라고 했으니 일단 고맙게 받겠다."

루얀의 허락이 떨어지자 눈치만 보고 있던 케시우스가 겨우 숨을 토해 냈다.

"그럼 쥴르 일에 대한 빚은 이걸로 갚았습니다. 이제 그 일로 핍박한다거나, 때린다거나 하시면 안 되는 겁니다."

역시 목적은 따로 있었던 것일까.

케시우스는 활짝 웃으면서 어깨를 추켜세웠다.

결국 루얀에게 구타의 명분을 제공하지 않으려는 속셈이었던 것이다. 하지만 케시우스의 기대와는 달리 루얀의 말은 아직 끝난 것이 아니었다.

"하지만 선물이라면 끝까지 책임을 져야겠지?"

"네? 그게 무슨……."

"이게 좋겠군, 케시우스, 너를 블랑 학파의 스카우트 담당으로 임명하겠다."

잠시 눈을 끔뻑거리던 케시우스는 한참 후에야 루얀의 말을 이해하고 후다닥 뒤로 물러났다.

"제, 제가 얼마나 바쁜지 아시잖아요! 그건 곤란합니다."

"글쎄. 거절하면 지금보다 더 곤란해질 수도 있을 텐데?"

명백한 협박이었다.

케시우스는 금방이라도 울음을 터트릴 것 같은 표정으로 루얀을 바라보았지만, 역시 씨알도 먹히지 않았다.

"인성을 위주로 가입을 받아라. 만약 학파의 마법사가 문제를 일으킨다면……."

담담하게 말을 이어 가던 루얀이 잠시 호흡을 고르면서 케시우스를 똑바로 바라보았다.

과거의 루얀이라면 강기를 쏟아 내면서 주먹을 치켜들었을 상황이었다. 하지만 한층 부드러워진 루얀은 분위기를 험악하게 망가트리지 않았다.

그저 가볍게 미소를 지을 뿐이었다.

"문제를 일으키면요?"

"그냥 책임만 지면 된다."

과연 루얀의 주먹까지 부드러워졌을까?

케시우스는 잠시 고민했지만 굳이 시험해 보지 않기로 했다.

'하아, 이게 아닌데······.'

케시우스는 속으로 한숨을 내쉬면서 눈알을 굴려 댔다.

일루트 마을을 장악한 것은 루얀에 대한 호의도 있지만, 내심 그 자신을 위한 일이기도 했다.

앞으로 해야 할 일들을 생각하면, 쥘르를 제거한 것은 시작에 불과했다.

'환심이나 좀 사 둘까 했더니.'

루얀은 '역병의 근원'을 소멸시킬 수 있는 유일한 존재다.

오직 그의 손에 대륙의 운명이 걸려 있으니, 케시우스는 어떻게든 그의 힘을 빌려야만 하는 상황이었다. 그래서 루얀의 일을 조금 도와주면서 은근히 길을 유도해 보려 시도한 것.

'설마 이 인간이 눈치챈 건가?'

이유야 어찌 되었든, 결과적으로 귀찮은 일만 잔뜩 떠맡게 되었으니 한숨이 나오지 않을 수 없었다.

루안의 단호한 표정을 보건대, 이제 와서 반대해 봐야 씨알도 먹히지 않을 것이 분명했다.

'에휴, 내 팔자가 그렇지 뭐.'

케시우스는 똥 씹은 표정으로 고개를 푹 숙였다. 그러자 그 모습을 지켜보던 비우스가 배꼽을 움켜쥐고 낄낄거렸다.

"으하하하. 가만히 있으면 절반이라도 가지. 그러게 왜 괜한 일을 저질러서 고생이야."

억지로 과장되게 어깨를 들썩거리는 것을 보면, 케시우스를 조롱하려는 의도가 분명했다.

발끈한 케시우스는 고개를 확 치켜들고 비우스를 매섭게 노려보았다.

"뭐! 노려보면 어쩔 건데?"

케시우스의 깊은 빡침을 공감하지 못한 비우스는 끝까지 턱을 치켜들고 깐족거렸다.

'그래! 말 한번 잘했다. 가만히만 있어도 절반은 가지.'

케시우스는 어금니를 빠득빠득 갈며 말을 씹어서 내뱉었다.

"혼자 담당하기엔 일이 너무 많은데. 하나 더 붙여 주시죠?"

케시우스는 루안에게 부탁을 하면서도 끝까지 비우스에게서 시선을 떼지 않고 살벌하게 눈알을 부라렸다.

케시우스를 힐끔 돌아본 루안은 자연스럽게 그의 시선을 따라 고개를 돌렸다.

"자, 잠깐만!"

비우스는 루얀의 시선이 자신에게 닿자 뒤늦게 화들짝 놀라면서 손을 내저었다.

본능적으로 분위기가 심상치 않다는 사실을 깨달은 것이다.

하지만 이미 늦은 후였다.

"좋다. 그렇다면 비우스가 블랑 학파의 규범을 담당해라."

루얀의 말이 떨어지자 케시우스가 씨익 웃으면서 가운뎃손가락을 치켜세웠다. 반면 비우스는 발작을 일으키듯 몸을 떨면서 주먹을 움켜쥐었다.

"야이, 망할 새끼야! 왜 나를 끼워 팔고 지랄이야!"

비우스가 거칠게 욕설을 내뱉었지만, 이미 승자와 패자가 확실하게 결정된 후였다.

케시우스는 비우스의 깊은 빡침에도 아랑곳하지 않고 간족거렸다.

"어허, 규범 담당자가 그렇게 입이 험해서야 되나."

말문이 턱 막힌 비우스는 입을 떡 벌리고 하염없이 케시우스를 노려보았다.

하지만 그의 수난은 이제부터가 시작일 뿐이었다.

"루얀, 학파 마법사가 문제를 일으키면 이제 누구 책임일까요?"

"당연한 것을 묻는군. 규범 담당이 먼저 책임을 진다."

루얀의 말에 비우스의 세상이 무너져 내렸다.

그렇게 블랑 학파의 체계가 잡혀 가고 있었다.

"그 책임이라는 거. 무척 아프겠죠?"

잔혹한 케시우스는 확인 사살도 서슴지 않았다.

위기를 극복한 일루트 마을은 빠르게 본래의 모습을 되찾아 갔다. 도망쳤던 용병과 마법사들이 속속 돌아오고 있다는 것이 바로 그 증거였다.

마법 학교 입학 시기도 아니건만, 일루트 외성 문에는 입성 행렬이 길게 늘어섰다.

"크흠. 원래 일루트에서 활동했던 매그너 학파의 마법사 16인입니다."

"매그너 학파요? 성에서 나간 기록이 없으신데…….."

외성 문을 지키던 병사는 단체로 입성을 신청한 마법사들을 쭉 둘러보면서 눈매를 가늘게 좁혔다.

외출 기록이 없다는 것.

몬스터를 피해서 야반도주를 했다는 명백한 증거였다.

그러자 마법사들은 어색한 표정으로 눈치를 살피더니 병사에게 은밀하게 금화 하나를 찔러 주었다.

"그러지 말고 좀 봐주세요. 다들 사정이 있지 않겠습니까."

"어허! 큰일 날 사람이네! 이러시면 안 됩니다."

금화 한 닢이면 병사의 5년 치 연봉을 상회하는 금액이었지만, 병사는 조금도 흔들리지 않고 단호하게 거절했다.

이번에 새롭게 영주 대리로 선임된 메슬리가 부정행위를 절대로 용납하지 않겠다고 선언한 까닭이었다.

이 자리에서 돈을 받았다가는 자신뿐만 아니라 가족의 목숨까지 내놓아야 할 시국이었으니 어느 병사가 부정을 저지르겠는가.

"영주 대리께서 지금 입성하는 학파는 모두 다시 학파 설립을 신청하라고 하셨습니다."

"그, 그게 무슨 말입니까?"

"기존의 마법 학파 기록과 허가는 모두 말소됐습니다. 입성은 자유지만 허가를 받지 않고 학파 활동을 하시면 처벌받습니다."

메슬리의 의도는 분명했다.

아예 새롭게 판을 짜겠다는 뜻이다.

마법사들은 그동안 일루트에서 이뤄 놓은 모든 것들이 물거품이 됐다는 사실에 허탈한 표정을 지었다.

하지만 어쩌겠는가.

그것이 신임 영주의 뜻이라면 따를 수밖에.

마법사들은 잔뜩 일그러진 표정으로 일루트로 들어섰다.

"에휴, 치사해도 어쩔 수 없지."

"그래도 일루트니까 금방 다시 자리를 잡을 수 있을 거야."

마법사들이 이런 수모를 당하면서까지 복귀할 수밖에 없었던 데에는 다 이유가 있었다.

일루트 마을은 마법사가 활동하기에 가장 적합한 도시다.

이곳에서는 온갖 희귀한 마법 물품이 유통되고, 마법 실험에 대한 관련 법규도 마법사 친화적이었다.

최신식 연구실과 수련실이 즐비하고 마법사들의 교류도 굉장히 활발하다. 또한 '마법사들의 도시'라는 그 인지도 또한 무시할 수 없는 요인이었다.

일루트에서 활동하는 마법사라고 밝히면 한 움큼 먹어 주고들어가는 것이다. 그뿐인가. 일루트 마법 학교의 학생들을 곁에서 지켜볼 수 있고, 졸업생들에게 쉽게 접근할 수도 있다.

마법사들은 눈총을 받을 것이란 사실을 뻔히 알면서도 이러한 혜택 때문에 돌아올 수밖에 없었던 것이다.

그것은 포르테 학파도 마찬가지였다.

'고작 대행 따위가 일루트를 아주 엉망으로 만들고 있군.'

일루트로 복귀한 포르테 학파의 마스터, 포르테는 북적이는 외성 문을 흘겨보면서 입술을 삐죽거렸다.

포르테 학파는 한때 일루트 5대 학파로 불리던 명문이었다. 대륙 전체로 따져도 50위권에 들어가는 유명 학파다.

소속 마법사만 100여 명에 달했고, 5써클 마법사도 7명이나보유하고 있었다.

말하자면 포르테 학파는 일루트의 터줏대감이었다.

그런데 학파의 허가 자체가 취소되어 기반이 통째로 사라졌으니 어찌 불쾌하지 않겠는가.

'솔직히 우리가 뭘 잘못했는데? 남아 있던 놈들이 무능한 거지.'

포르테 학파는 명문답게 남들보다 빠르게 정보를 접할 수 있었다. 300에 달하는 몬스터들이 서로 싸우지도 않고 군단을 이뤄서 진군해 오고 있다고 했다.

'그걸 알고도 남아 있는 놈은 없었을걸?'

이미 패배가 확실시되는 전쟁이었다.

천운이 따라주어 승리한다고 하더라도 학파는 엄청난 피해를 받게 될 터. 어찌 되었든 손해만 보는 싸움이었고, 그래서 빠르게 발을 뺐다.

어느 정도 규모를 키웠으니 다른 도시에 가더라도 충분히 대접받을 수 있으리란 확신도 있었다.

하지만 결과적으로 그것은 포르테의 착각에 불과했다.

다른 마을에서는 대규모 학파가 들어오자 오히려 경계하기 바빴고, 기사들의 텃세도 만만치 않았다.

마법사가 기사들의 머리 위에 군림하던 일루트와는 확연히 다른 분위기였다. 그러던 중에 일루트가 아무런 피해도 받지 않고 몬스터를 막아 냈다는 소문을 접하게 되었다.

돌아오지 않을 이유가 없었다.

하지만 메슬리가 버티고 있는 일루트는 이미 과거의 모습이 아니었다.

'차라리 잘됐어. 괴팍한 파울 백작보다 어수룩한 기사단장이 훨씬 상대하기 쉽지.'

그렇지 않아도 포르테는 영주를 구워삶기 위해 값비싼 선물을 잔뜩 준비해 오는 길이었다.

다른 학파가 더 큰 선물을 준비했으면 어쩌나 걱정하던 중이었는데, 상대가 메슬리라면 오히려 일이 좀 수월해질 것도 같았다.

'그 쪼다 같은 놈이야 적당히 엉덩이 좀 두들겨 주면 마냥 헤벌쭉하겠지.'

즉시 영주 성으로 달려간 포르테는 영주 대리에게 면담을 신청했다.

포르테의 예상이 적중한 것일까.

역시나 메슬리는 파울 백작과 달랐다.

파울 백작은 면담을 신청해도 한참 동안 거드름을 피우다가 느지막하게 나타나곤 했는데, 메슬리는 한달음에 응접실로 달려왔다.

"면담을 요청하셨다고요?"

"오오! 메슬리 단장. 이렇게 다시 보니까 정말 반갑네. 오랜만이야."

포르테는 과거에 그를 대하던 것과 똑같이 편안하게 악수를 청했다.

하지만 메슬리는 그 손을 맞잡지 않고 멀뚱멀뚱 보고만 있을 뿐이었다.

'어쭈. 이놈 보게?'

그 건방진 태도를 보고 포르테의 눈썹이 꿈틀거렸다.

"메슬리 단장, 설마 벌써 나를 잊은 건 아니겠지?"

"그럴 리가요. 무슨 일로 면담을 요청하셨습니까?"

메슬리는 딱딱하게 대답하면서 먼저 상석에 자리를 잡았다.

그 모습을 어색하게 바라보던 포르테는 결국 손을 거두고 뒤따라 자리에 앉았다.

"크흠, 영주님께서 임대해 주셨던 우리 학파의 부지 말일세. 회수됐다고 하던데."

"네. 그 자리에는 전쟁 희생자를 추모하는 기념관이 들어설 겁니다. 유가족들이 거주할 주택도 준비 중이고요."

메슬리의 화법은 꽤 직설적이었다.

요컨대 위기를 함께하지 않고 내뺀 학파에게는 아무것도 내주지 않겠다는 뜻이었다.

"그, 그런가? 좋은 생각이로군. 그런데 그건 영주님의 뜻이었나?"

"영주님께서는 현재 자리를 지킬 수 없는 상황입니다. 불가피하게 권한 대행인 제가 결정했습니다."

메슬리의 단호한 태도에 결국 포르테가 불쾌한 기색을 드러냈다.

"자네는 모르겠지만 그 부지는 영주님과 미리 약속된 곳이네. 향후 30년간 무상으로 임대해 주기로 하셨단 말이야!"

"영지를 떠날 때 모두 내려놓고 가신 게 아니었습니까?"

메슬리의 짧고 굵은 역공에 포르테는 할 말을 잃어 버렸다.

당시에는 정말로 돌아오지 않을 생각으로 떠났으니까.

일루트가 이렇게 멀쩡할 것이라고 상상이나 했겠는가.

"그, 그건 그렇다 치고. 학파 소속의 마법 물품 상점도 영업 재개가 반려됐다고 하던데. 그것도 자네 결정인가?"

"그건 제 결정이 아닙니다. 앞으로 일루트 영지의 마법 학파 관련 업무는 영지 전속 마법사님께서 담당합니다."

"뭐? 영지 전속 마법사?"

포르테는 눈을 크게 치켜뜨고 메슬리를 노려보았다.

본래 영지의 제1 마법사 자리는 비어 있었다.

워낙 학파들의 경쟁이 치열한 탓에 누군가 독점하기 어려운 권력이었다. 대신 파울 백작이 모든 것을 관리하면서 뒷돈을 넉넉하게 챙겨 먹었다.

그런데 갑자기 영지 전속 마법사를 선임하다니, 용납할 수 없는 일이었다.

"영주님이 불의의 화를 당한 상황에서 어쩌자고 그런 결정을 했나!"

화가 난 포르테는 거칠게 호통을 치면서 메슬리를 몰아붙였다.

명백하게 선을 넘은 행동이었다.

하지만 메슬리는 여전히 침착한 태도로 고개를 가로저었다.

"영지 전속 마법사 선임은 영주님의 마지막 지시였습니다."

포르테는 할 말이 가득한 표정으로 입을 뻥긋거렸지만 아무런 말도 내뱉을 수 없었다.

메슬리는 화를 참고 있는 것이 아니었다.

화를 낼 필요조차 없었던 것일 뿐이다.

"학파 사업과 관련된 일이라면 블랑 학파를 찾아가 보세요."

어떤 짓을 해도 포르테는 원하는 것을 손에 넣을 수 없을 테니까.

chapter 2

'흥! 영지 전속 마법사라고?'

씩씩거리면서 영주 성을 빠져나온 포르테는 곧장 블랑 학파를 찾아 나섰다.

그의 입장에서 블랑 학파는 지금껏 평화롭게 유지되던 일루트 마을의 균형을 깨트리는 악의 축이었다.

'보나 마나 자격도 없는 놈들이겠지. 가만두지 않겠어!'

블랑 학파를 찾는 것은 그리 어려운 일도 아니었다.

의외로 값비싼 대로변 부지에 번듯한 건물을 소유하고 있었으니까. 하지만 포르테는 이 또한 더러운 뒷거래가 있었을 것이라 지레 짐작했다.

'블랑 용병단'이라고 적혀 있는 명패 또한 그의 착각에 단단히 한 몫을 더했다.

'이건 또 뭐야? 고작 용병 마법사였어?'

블랑 학파와 용병단은 모두가 한 식구였으니, 굳이 구분할 필요가 없었던 것이지만 오해하기에 충분한 모습이었다.

심통이 난 포르테는 용병 사무실의 문을 거칠게 열어젖히고 안으로 들어섰다.

"이게 학파야? 용병단이야? 아무튼 마스터 나오시오."

포르테는 입장과 동시에 거칠게 목소리를 높여서 기선을 제압했다. 하지만 그에게 돌아온 것은 한 젊은 여자의 심드렁한 표정 뿐이었다.

"무슨 일로 오셨어요?"

사무실을 지키고 있던 알리제는 대놓고 귀찮은 내색을 하면서 포르테를 바라보았다.

알리제와 눈이 마주친 포르테는 어깨를 잔뜩 세우고 성큼성큼 그녀에게 다가갔다.

"본인은 포르테라고 한다. 들어는 봤겠지?"

"못 들어 봤는데요?"

알리제는 눈을 끔뻑거리면서 즉시 답을 내놓았다.

물론 기만하기 위함은 아니었다.

정말로 모르는 이름이었을 뿐.

'감히 나를 무시해?'

부아가 치민 포르테는 거칠게 테이블을 내려치면서 으르렁거렸다.

콰앙.

"무슨 짓을 해서 과분한 자리를 꿰찼는지는 모르겠지만, 일루트에는 법도가 있다!"

꽤 사나운 기세였다. 하지만 으름장에도 불구하고 알리제는 귀찮다는 듯 시선을 피해 버렸다.

"그 태도는 뭐냐! 내 말이 우습더냐!"

"아니요. 그냥 지겨워서요. 오늘 오전에만 서른 번도 넘게 들은 말이라서."

"뭐? 나를 그런 놈들과 비교하는 것이냐. 포르테 학파는 일루트 5대 학파란 말이다!"

5대 학파의 명성이 효과를 발휘한 것일까.

그제야 알리제의 시선이 포르테에게로 향했다.

"아. 그건 다섯 번째 들은 말이네요. 언제 오시나 했는데, 제일 늦으셨네요?"

이미 다른 5대 학파가 모두 다녀갔다는 뜻.

포르테는 기가 차서 말문이 턱 막혀 버렸다.

"그래서 용건은요?"

알리제는 포르테 학파의 지위를 알게 된 후에도 여전히 심드렁한 반응이었다.

얼굴이 빨갛게 달아오른 포르테는 분을 이기지 못하고 뺨을 푸들푸들 떨어 댔다.

'젠장. 이 건방진 애송이한테 허가를 받아야 된다고?'

무엇보다 짜증나는 것은, 그가 아쉬운 입장이라는 사실이었다. 포르테 학파가 다시 마법 물품 상점을 운영하기 위해서 블랑 학파의 허가가 필요했다.

"쯧. 마법 물품 상점의 영업 재개를 통보하러 왔다."

포르테는 자존심이 상해서 차마 '허가'라는 말은 쓰지 못하고 고압적인 태도를 유지했다. 그러자 알리제는 대수롭지 않게 고개를 끄덕거리면서 손을 들어 문을 가리켰다.

"네. 불허합니다. 안녕히 가세요."

포르테는 알리제의 말을 이해하지 못하고 멍하게 서 있다가 뒤늦게 표정을 구겼다.

"너는 지금 포르테 학파의 명예를 훼손했다.

전면전을 신청하는 것으로 봐도 되겠지?"

"아니요. 그런 적 없는데요."

알리제는 아예 시선을 끊어 버리고 서류에 고개를 파묻었다.

몬스터를 보고 꽁무니를 뺀 학파가 명예를 운운하는 것도 사실 가소로운 일이었다.

"더 이상은 못 참아 주겠구나! 죽음을 자초했으니 나를 원망하지 마라!"

결국 폭발해 버린 포르테는 양손 가득 마나를 끌어 올렸다.

"플레임 스피어!"

상당한 마나가 한데 뭉치며 거대한 화염 창을 만들어 냈다.

화르륵.

굉장한 열기가 휘몰아치면서 사무실을 화끈하게 달궜다.

포르테는 화염 창을 높이 치켜들고 알리제를 날카롭게 노려
보았다.

"죽어라!"

이미 이성이 날아가 버린 포르테는 단순히 협박으로 끝낼 생
각이 없었다.

하지만…….

고작 5써클의 마법으로 도전하기엔 상대가 영 좋지 못했다.

알리제는 서류에 고개를 파묻은 자세 그대로 대충 손을 휘저
었다.

후우웅.

순식간에 막대한 마나가 몰아치면서 굵직한 오러가 솟구쳤
다. 새파란 오러는 곧장 길게 늘어나더니 화염 창을 덥석 집어
삼켰다.

투웅.

오러가 마법을 완전히 감싸 버린 탓에 후폭풍조차 크지 않았
다. 한 순간에 마법이 소멸하고, 사무실은 아무런 일도 없었던
것처럼 다시 고요해졌다.

"더 하실 말씀이 남았나요?"

그토록 엄청난 무위를 선보이고도 알리제는 여전히 태연한
목소리였다. 반면 포르테는 입을 떡 벌리고 믿을 수 없다는 듯

알리제를 위아래로 훑어보았다.

'소드 마스터!'

일개 용병단이라 생각했던 곳은 사실 호랑이 소굴이었다.

'내, 내가 무슨 짓을 한 거지?'

포르테는 그제야 현실을 깨달을 수 있었다.

소드 마스터에게 전면전을 운운하다니.

이렇게 가까운 거리에서 소드 마스터를 적으로 돌리는 것은 마법사들에게 재앙이나 다름없는 일이었다.

자칫하다가는 한 순간에 목이 떨어질 수도 있는 일이었다.

등골을 타고 차가운 땀방울이 주르륵 흘러 내렸다.

'일단 여기를 빠져나가야 돼.'

다행히 알리제는 그에게 그다지 관심이 없어 보였다.

무시당한 것 같아서 부아가 치밀지만, 지금은 목숨을 보전하는 것이 우선이었다.

'두고 보자! 다음에 만났을 때는 지금과 다를 거다.'

포르테는 마음속으로 칼을 갈면서도 알리제를 자극하지 않기 위해 아주 천천히 뒤로 물러났다.

그런데 그때 사무실 문이 열리면서 일련의 무리가 안으로 들어왔다.

루얀과 드래곤들이었다.

루얀은 매캐한 연기가 가득한 사무실을 둘러보면서 살짝 미간을 찌푸렸다.

"소란스럽던데. 무슨 일이지?"

루얀의 질문에 그제야 알리제가 서류에서 시선을 떼고 자리에서 일어났다.

"아, 별일 아니야. 귀찮게 굴기에 그냥 곱게 돌려보냈어."

알리제의 말에 포르테는 다시 한번 억장이 무너져 내렸다.

그는 사생결단의 각오로 찾아왔건만, 블랑 용병단은 아주 사소한 일로 취급할 뿐이었다.

'젠장. 저 소드 마스터만 아니었다면…….'

심지어 이러한 굴욕 속에서도 한마디도 할 수 없는 현실이 짜증 나서 미쳐 버릴 것만 같았다.

"바쁠 텐데, 방해가 됐겠군."

루얀은 포르테의 눈에서 활활 타오르는 짜증을 가만히 들여다보다가 휙 몸을 돌렸다.

그리고 계단을 향해 다가가면서 조용히 중얼거렸다.

"아무래도 치안 담당이 필요하겠군."

혼잣말에 가까운 목소리였지만, 그 순간 드래곤들의 얼굴이 잿빛으로 물들었다.

드래곤들은 마치 약속이라도 한 것처럼 일제히 고개를 돌리면서 애써 딴청을 부렸다.

하지만 루얀은 그들의 애처로운 모습을 보지 못했다.

이미 2층으로 올라가 버렸으니까.

대신 루얀의 모습이 사라진 계단에서 목소리가 흘러 내려왔다.

"비우스. 치안 담당으로 임명하지. 축하한다."

과연 그게 축하할 일일까.

비우스의 눈에 절망이 가득 들어찼다.

하지만 그의 동료들은 마치 자신의 일처럼 기뻐하면서 진심으로 축하해 주었다.

"비우스, 또 막중한 역할을 맡게 되었구나."

"우리는 네가 자랑스럽다."

"그래. 얼마든지 자부심을 가져도 된다. 응원하마."

버로크와 케시우스, 운다라가 차례로 그의 어깨를 토닥이며 격려를 보냈다.

하지만 하나가 모자랐다.

마지막까지 아무런 말도 하지 않던 카린은 비우스를 휙 스쳐 지나가면서 중얼거렸다.

"알 게 뭐야. 나만 아니면 되지."

드래곤들의 사회는 오늘도 배려와 존중이 넘치는 아름다운 곳이었다.

'이 망할 새끼들이······.'

규범 담당에 이어서 뜻밖의 중책까지 겸직하게 된 비우스는 처연하게 웃으면서 포르테를 노려보았다.

지금은 누가 제일 나쁜 놈이냐가 중요하지 않았다.

제일 만만한 놈이 누구인가가 중요할 뿐.

'저놈만 아니었어도……'

어느새 합리화를 시작한 비우스에게 가장 나쁜 놈 또한 포르테로 바뀌었다. 왜 하필 루얀이 돌아올 시간에 난동을 부려서 이 지경을 만든단 말인가.

비우스의 검은 눈동자에서 은은하게 살기가 피어올랐다.

드래곤의 분노!

그 끔찍한 기세를 정면으로 받게 된 포르테는 몸을 벌벌 떨면서 빼액 소리를 질렀다.

"별일 아니라고? 두고 보자고. 포르테 학파의 힘을 직접 보면 그딴 말을 할 수 없을 테니까!"

지나친 공포로 인해 이성이 마비된 탓이었다.

비우스는 사악하게 입술 끝을 비틀어 올리면서 포르테에게 뚜벅뚜벅 다가갔다.

"인간, 할 말이 많은 것 같은데, 나도 그렇다."

비우스는 섬뜩하게 쇳소리를 내뱉으며 포르테의 어깨에 손을 둘렀다.

"나가서 조용히 이야기 하지."

그날 일루트에서는 또 하나의 마법 학파가 사라졌다.

흔적조차 남기지 않고.

비우스는 정말로 조용하게 해결했다.

훌륭한 치안 담당자의 모습이었다.

루얀은 환원심법을 극성으로 끌어올려서 막대한 내력을 테오에게 쏟아부었다.

콰아아아.

루얀의 내력이 테오의 몸을 씻어 내고, 뒤엉킨 기혈을 바로잡았다.

덕분에 테오의 숨소리가 다소 편안해졌지만, 거기까지였다.

'도통 진전이 없구나.'

루얀이 돌아온 지도 나흘이 지났지만 테오는 아직도 눈을 뜨지 못하고 있었다.

신성력은 클로양이, 마나는 카린이, 그리고 내력은 루얀이 풀어 주고 있었지만 아직 퍼즐 한 조각이 부족했다.

루얀이 '태초의 기운'이라 이름 붙인 바로 그 기운!

신계의 힘이 폭주해서 테오를 끈질기게 괴롭히고 있었다.

'이것만 풀어내면 될 텐데.'

이전에는 루얀도 막연하게 짐작만 할 뿐이었지만, 이제는 엉켜있는 기운을 확실하게 느낄 수 있었다.

쥴르의 영역에서 낯선 기운을 감지해 낸 이후부터 새로운 감각에 눈을 뜬 것이다.

'분명히 느껴지기는 하는데, 움직일 수가 없으니…….'

루얀도 신계의 힘을 풀어 내려고 안간힘을 썼지만 허사였다.

아무리 용을 써도 신계의 힘은 꿈쩍도 하지 않았다.

어떻게 하면 이 기운을 다스릴 수 있을까.

벽에 가로막힌 루얀은 답답하게 한숨을 내쉬면서 테오를 바라보았다.

'걱정 말거라. 반드시 방법을 찾을 테니.'

그렇게 루얀의 고민이 깊어지고 있을 때, 아래층에서 알리제의 목소리가 치고 올라왔다.

"루얀, 잠깐 내려와 봐."

뭔가 일이 생긴 듯했다.

루얀은 테오의 머리를 쓰다듬어 주고는 천천히 1층으로 내려갔다.

용병 사무실에는 낯선 남자가 찾아와 있었다.

루얀이 눈짓으로 묻자 알리제가 재빨리 남자를 소개했다.

"일루트 용병 길드에서 오신 분이야. 이걸 가지고 오셨어."

알리제는 그렇게 말하면서 꾸깃한 쪽지 하나를 내밀었다.

쪽지를 펼쳐 본 루얀은 내용을 확인하고는 피식 헛웃음을 지었다.

파란 열매가 맺힌 곳에서 기다리겠습니다. 도움이 필요합니다.

"의뢰인은 누구지?"

루얀의 질문에 이번에는 용병 길드의 직원이 앞으로 나섰다.

"신원을 밝히지 않았습니다. 다만 의뢰비를 선금으로 지불했기 때문에 수임했습니다."

용병 길드의 직원이 건넨 묵직한 동전 주머니에는 무려 20개의 금화가 들어 있었다.

20골드짜리 의뢰!

루얀은 금화 주머니를 가만히 바라보다가 쓴웃음을 지었다.

"블랑 용병단을 지목했겠지."

"맞습니다. 콕 집어서 블랑 용병단에게 의뢰를 맡기고 싶다고 했습니다."

역시 예상대로였다.

또 무슨 일이 일어나려고 하는가.

루얀은 한참이나 말없이 금화 주머니를 만지작거렸다.

그저 의뢰를 전달하는 것뿐인데, 용병 길드 직원의 표정은 어딘가 어색한 구석이 있었다. 루얀은 그의 표정만 봐도 대략적인 상황을 눈치챌 수 있었다.

"용병 길드에서는 다른 용병단을 추천했겠군."

루얀이 정곡을 찌르자 화들짝 놀란 직원이 손사래를 치면서 허둥거렸다.

"저, 절대로 그런 일은 없었습니다."

강한 부정은 오히려 긍정을 의미하기도 하는 법.

하지만 루얀은 직원을 질책하지 않고 그냥 흘려 넘겼다.

무려 20골드짜리 의뢰다.

이런 특급 임무라면 용병 길드 입장에서도 욕심이 났을 터.

모종의 거래가 있는 다른 용병단을 앞세우는 것도 이해하지 못할 일은 아니었다. 지금 중요한 것은, 결국 이 쪽지가 블랑 용병단에 도착했다는 사실이었다.

의뢰인이 끝까지 블랑 용병단만을 고집했다는 뜻이다.

"알겠다. 이 의뢰는 블랑 용병단에서 맡겠다."

루얀은 더 이상 따지지 않고 고개를 끄덕이면서 쪽지를 품에 갈무리했다. 그러자 용병 길드 직원은 뭔가 아쉬운 듯한 표정으로 루얀을 훑어보다가 마지못해 물러났다.

"무운을 빌겠습니다."

진심이 전혀 느껴지지 않는 덕담이었지만, 어찌 되었든 의뢰는 블랑 용병단이 정식으로 수임하게 되었다.

그동안 입을 꾹 다물고 있던 알리제는 직원이 돌아가자마자 루얀에게 득달같이 달려들었다.

"루얀, 이거 너무 수상하지 않아? 의뢰인이 신원을 밝히지 않았다잖아."

"괜찮다. 누군지 알고 있다."

"그래? 누군데?"

의외였을까. 알리제가 눈을 동그랗게 뜨고 루얀을 바라보았다. 하지만 루얀은 선뜻 대답하지 못하고 어색하게 그녀의 시선을 피했다.

"글쎄."

"그게 뭐야! 안다면서?"

알리제가 어안이 벙벙한 표정으로 투정을 부렸지만, 루얀은 그저 어깨를 으쓱할 수밖에 없었다.

이런 식으로 의뢰를 맡길 이는 루얀이 알기로 하나뿐이었다. 그들을 펄스 마을로 향하게 했던 그 존재일 것이 분명했다.

이번에는 또 무엇을 원하는 것일까.

루얀도 조금은 신경이 쓰이기도 했지만, 굳이 미리 고민하지 않아도 곧 답을 알게 될 것이었다.

"좋아. 루얀이 맡기로 했으니까 반대할 생각은 없어. 무슨 결정이든 따를 거니까."

루얀이 말을 아끼자, 알리제는 어쩔 수 없다는 듯 고개를 끄덕였다. 하지만 여전히 문제는 남아 있었다.

"그런데 그 쪽지 말이야. 수수께끼 같던데, 어딘지나 알고 맡은 거야?"

파란 열매가 맺힌 곳에서 기다리겠습니다.

쪽지만 보면 장소를 유추하기 어려운 것도 사실이었다.

하지만 루얀은 오히려 그렇기에 이유도 묻지도 않고 의뢰를 수락했다.

"장소도 알 것 같군."

"그래? 그럼 바로 준비할게. 어디로 가는 거야?"

루얀은 용병단의 식구들을 쭉 둘러본 후에야 툭 하고 말을
내뱉었다.

"해칠링 마을."

루얀의 담담한 목소리에 케시우스가 화들짝 놀라면서 그를
빤히 바라보았다.

'맙소사! 해칠링이라고?'

이 모든 일이 시작된 곳!

루얀이 고향을 다시 찾게 되었다.

"페롯이 죽었다."

빛이 한 점도 들지 않는 캄캄한 회의실에서 한 남자가 조용
히 말을 꺼냈다.

테이블에는 총 5개의 자리가 준비되어 있었지만, 한 자리가
비어서 유난히 휑하게 느껴졌다.

남자의 말에 다른 3명의 인영(人影)이 빈자리를 힐끔 돌아보
았다.

"그렇다면 쥴르의 소환은……."

"쥴르도 죽었다."

낮은 침음이 흘러나오고, 이어서 회의실에 무거운 정적이 흘
렀다.

쥴르가 누구인가.

신이다.

비록 위계가 높은 신은 아니지만, 절대로 죽음이라는 말이 어울리는 존재는 아니다.

"쥴르를 죽이려면 직접 그의 영역으로 들어가야 할 텐데요?"

"그렇게 했더군."

믿기 어려운 말이었다.

같은 신이라고 할지라도 다른 신의 집에 쳐들어가서 존재를 멸하는 것은 불가능에 가까운 일이었다.

그런데 불가능할 것이라 생각했던 일이 실제로 벌어졌다.

그것도 인간에 의해서.

"차질이 생기겠군요."

이번에는 여자의 목소리였다.

자세히 살펴보면 테이블에는 유난히 가느다란 실루엣이 하나 있었다.

상석에 앉은 남자는 다소 신경질적으로 고개를 끄덕였다.

"루얀이라는 놈. 생각보다 더 귀찮아졌어."

회의장에 앉은 사람들은 이미 루얀에 대해 파악하고 있었다.

그도 그럴 게, 지금 비어 있는 한 자리의 주인은 페롯이었다.

페롯과 쥴르가 루얀에 대해 파악하고 있었으니, 그 정보가 이들에게도 전해진 것이다.

"어떻게 할까요?"

"난처하군. 조용히 처리하고 싶었는데 말이지."

그들도 처음에는 크게 신경을 쓰지 않았던 것도 사실이었다.

검은 사자 기사단과 로돌프가 나섰다. 그리고 페롯과 쥴르까지 가세했으니 금방 해결될 일이라 믿었다. 하지만 결과적으로 호랑이에게 먹이를 주고 키운 셈이 되고 말았다.

더 이상 조용히 처리하는 것은 불가능한 상황이었다.

"잡음이 나올 거다. 먼저 명분부터 만드는 것이 좋겠지."

상석에 앉은 남자가 말하자 3인이 서로 눈치를 살폈다.

누군가는 나서야 한다는 말이었으니까.

가장 덩치가 큰 실루엣이 먼저 몸을 뒤로 뺐다.

이번 일에 그는 어울리지 않았다.

남은 둘은 여전히 눈치를 살피면서 머뭇거렸다.

먼저 나서지 않으려는 기색이 역력했다.

결국 상석에 앉은 남자가 결정을 내렸다.

"베네치아. 그대가 나서 줘야겠다. 어떻게 해야 하는지는 알고 있겠지?"

명령이 떨어졌으니 이제는 망설이고 있을 수도 없었다.

"네. 확실히 처리하겠습니다."

베네치아는 고개를 꾸벅 숙이면서 명을 받들었다.

그가 다시 고개를 들었을 때, 테이블에는 그 누구도 남아 있지 않았다.

"조용한 마을이네."

"루얀, 여기가 정말로 네 고향이야?"

해칠링 마을이 내려다보이는 뒷산에서 에릭과 에디가 신기하게 주변을 두리번거렸다.

그들의 반응이 유난스러운 것은 아니었다.

클로양과 제라드도 다소 의외라는 표정을 하고 있었으니까.

루얀을 품기에는 너무나도 작고 평범한 마을이었다.

"그래도 좋은 곳이다."

루얀은 짐짓 태연한 척 말했지만, 그의 눈에서는 그리운 마음이 진하게 묻어 나왔다.

해칠링 마을.

본래 일루트에서 상당히 멀리 떨어진 곳이었지만 텔레포트를 이용하자 순식간에 도착할 수 있었다.

이번 의뢰에는 단 1명의 예외도 없이 용병단과 학파의 모든 식구들이 함께하게 되었다.

아직 눈을 뜨지 못한 테오까지 루얀의 등에 업혀 있었다.

"나도 결혼하면 여기에 정착할까? 뭔가 특별한 게 있을 것도 같은데."

"가정부터 틀렸잖아. 누가 너 따위랑 결혼을 해 주겠냐."

잠시 분위기가 어색해지자 에릭과 에디가 다시 혓바닥을 놀려 댔다.

하지만 그들의 수다도 오래가지는 못했다.

알리제가 나서서 그들의 명치에 팔꿈치를 꽂아 넣었으니까.

"멍청이들아, 좀 닥쳐 줄래? 루얀에게 시간을 좀 줘야지."

알리제는 루얀을 방해하지 않기 위해서 최대한 작은 목소리로 속삭이면서 쌍둥이를 끌고 멀어졌다.

아무리 작은 목소리라고 해도 듣지 못할 그가 아니었지만, 루얀도 이번만큼은 모른 척하면서 마을을 가만히 바라보았다.

항상 그리운 마을이었다.

돌아갈 수만 있다면, 과거의 천진난만한 루얀이 되어서 마을 사람들과 인사를 나누고 싶었다.

젖은 장작을 말려 주고, 약초를 찾아주고, 고양이 집을 지어 주면서 살고 싶었다.

'이제 그럴 수 없겠지.'

루얀도 잘 알고 있었다.

절대로 그 시간은 돌아오지 않는다는 것을.

그리고 이제는 그래서도 안 된다는 것을.

해칠링 마을의 사람들은 겨우 평화를 되찾고 살아가고 있었다. 이들에게 루얀은 과거의 망령이자 번민의 씨앗이다.

먼저 가슴에 묻은 가족들의 안식을 방해하는 악몽일 뿐이다.

인사는커녕, 사람들의 눈에 띄어서 좋을 것이 없었다.

'내가 할 수 있는 일은 숨는 것뿐이니……. 비겁하다 욕해도

좋소.'

　잠시 심호흡을 하면서 마음을 가다듬은 루얀은 준비해 온 로브를 깊숙하게 눌러 썼다.

　"가자."

　루얀이 먼저 걸음을 옮기자 눈치를 살피던 용병단이 뒤를 따랐다. 그리고 마지막까지 루얀을 응시하던 케시우스가 일행의 흔적을 지웠다.

　작은 시골 마을에 동시에 11명의 외지인이 찾아온 것은 분명 이례적인 일이었다. 하지만 마을 사람들은 용병단을 힐끔거리면서도 끝까지 루얀을 알아보지는 못했다.

　빠르게 마을을 가로지른 용병단은 곧 명패조차 없는 허름한 대장간 앞에 도착하게 되었다.

　해칠링 대장간은 여전했다.

　까앙, 까앙.

　망치 소리가 규칙적으로 울려 퍼지고, 후끈한 열기와 시큼한 땀 냄새가 훅 풍겨 왔다.

　그제야 루얀은 로브를 벗고, 표정을 부드럽게 풀었다.

　"밖에 뉘시오?"

　용케 바깥의 기척을 느낀 거스가 잠시 망치질을 멈추고 가라앉은 목소리를 내뱉었다.

　온종일 한마디도 하지 않은 모양.

　그 또한 변하지 않은 모습이었다.

"아저씨."

루얀이 문을 벌컥 열고 들어가자 거스는 눈을 끔뻑거리다가 이내 망치를 툭 떨어트렸다.

"루얀!"

"오랜만이에요."

거스는 때가 가득 낀 더러운 손으로 눈을 마구 문질렀다. 어쩌면 헛것을 보고 있는 것이라 생각하는지도 몰랐다.

"애꿎은 눈은 그만 괴롭히시고, 얼른 일이나 마치시죠?"

루얀이 환하게 웃으면서 농담을 던지자 거스가 성큼성큼 다가와서 그를 와락 껴안았다.

"정말 루얀 맞지? 내가 잘못 본 게 아니지?"

"확신도 못하면서 먼저 껴안고 보는 거예요?"

"반가워서 그렇지 이놈아!"

거스는 버럭 소리를 지르면서도 연신 루얀의 등을 쓰다듬었다. 마치 자신의 아이처럼 반갑게 맞아 주는 모습에 루얀도 잠시 울컥해서 입술을 깨물어야 했다.

한참이나 루얀을 껴안고 있던 거스의 눈에는 물기가 가득 맺혀 있었다.

"그동안 잘 지내셨어요?"

"돌봐야 할 입이 하나 사라지니까 나야 편했지. 아주 홀가분하더구나."

"홀가분한 게 아니라 아주 홀아비가 되셨네요. 옷은 빨아 입는 거죠?"

둘은 계속 농담을 주고받았지만 그 사이에는 감출 수 없는 애정으로 가득했다.

"내, 내가 뭘 본 거지?"

"저게 루얀이라고?"

그 생소한 모습에 경악한 용병단의 식구들은 입을 떡 벌리고 눈알을 굴려 댔다.

그도 그럴 것이, 농담을 하는 루얀의 모습은 처음이었다.

항상 무뚝뚝하던 루얀에게 이토록 인간적인 면이 있을 거라고 상상이나 했겠는가.

그러거나 말거나 해후의 감격은 오래도록 이어졌다.

루얀과 거스는 이미 그들만의 세계에 빠져 있었다.

"완전히 돌아온 거냐?"

"아니요. 일이 생겨서 잠시 들렀어요."

거스의 얼굴에 일순간 서운한 기색이 스쳐 지나갔다.

하지만 거스는 애써 감정을 감추면서 너스레를 떨었다.

"그래. 너도 다 사정이 있겠지. 그나저나 뒤에 분들은 누구시니?"

이제야 다른 사람들의 모습이 눈에 들어온 것일까.

루얀도 뒤늦게 자신의 실수를 깨닫고 거스에게 일행을 차례로 소개해 주었다.

"함께 일하는 동료들이에요."

사람이 워낙 많아서 하나하나 소개하는 것도 꽤 번거로운 일이었는데, 다행히 분위기는 그리 나쁘지 않았다.

병풍이 되어서 숨조차 쉬지 못하고 있던 용병단이 기회는 이때다 싶어서 마구 앞장서 나섰으니까. 그리고 드래곤들 중에서는 케시우스가 가장 먼저 자신을 소개했다.

"케시우스입니다. 음……. 작은 술집을 하나 하고 있죠. 이 친구들은 비우스, 운다라, 버로크, 그리고 카린이라고 합니다."

혹시라도 다른 놈들이 말실수라도 할까 봐 먼저 나선 것이었다.

당연히 루얀도 그 사실을 눈치챌 수 있었다.

'이건 어쩔 수 없겠지.'

거스에게는 아무것도 숨기고 싶지 않았지만, 이들의 정체까지 밝히는 것은 아무래도 무리였다.

일행의 소개가 끝나자 거스는 옷매무새를 가다듬고 정중하게 허리를 숙였다.

"우리 루얀이 사회성이 부족합니다. 폐를 끼치지는 않았는지……."

예의상 한 말에 불과했다.

하지만 눈치 없는 도마뱀 하나가 그 말을 덥석 주워 먹었다.

"늙은 인간이 뭘 좀 아는구나. 루얀의 사회성은……."

비우스는 이 세상에 있는 가장 악독한 욕설을 죄다 끌어모아서 루얀의 수식어로 사용하고 싶었다.

하지만 그는 끝내 자신의 욕망을 실현할 수 없었다.

케시우스가 재빨리 그의 앞을 가로막아서 시야를 차단하고, 버로크가 그의 입에 주먹을 욱여넣었다.

"읍! 으읍!"

비우스는 목젖까지 들어오는 주먹에 발버둥 쳤지만 드래곤들의 팀워크를 이겨 내지는 못했다.

절묘하게 위기를 극복한 케시우스는 부드럽게 웃으면서 예의를 차렸다.

"오히려 우리가 신세를 지고 있습니다. 루얀은 훌륭한······. 크흑, 훌륭한 인격자입니다."

어째서인지 비통한 신음이 하나 섞이기는 했지만 나름대로 적절한 수습이었다.

용병단의 소개가 끝나자 거스는 무엇인가 크게 깨달은 것처럼 손뼉을 치면서 호들갑을 떨어 댔다.

"아 참! 내 정신 좀 봐. 귀한 손님들이 오셨는데 가만히 있을 수는 없지."

거스는 허둥지둥 대장간의 구석으로 달려가더니 금고에서 와인 한 병을 꺼내 왔다.

"루얀, 기억나?"

"그럼요. 잊을 수가 없죠."

루얀이 수련을 끝내고 마을을 떠날 때에도 함께 마셨던 와인이었다.

거스의 형편을 생각하면 지나치게 무리를 했다고도 할 수 있는 고급 와인. 하지만 루얀이 이 와인을 기억하는 것은 비싼 가격 때문이 아니었다.

'정말 최악이었지.'

아무리 추억으로 보정해 보려고 해도 그 떫고 시큼한 맛은 도저히 미화되지 않았다.

"언젠가 네가 돌아오면 함께 마시려고 하나 더 준비했다."

거스는 옛 기억을 더듬는 듯, 아련한 표정으로 와인을 바라보다가 대뜸 코르크 마개를 돌리려고 했다.

"잠깐만요!"

기겁한 루얀은 황급히 거스를 말리면서 그의 손을 와인에서 떼어냈다.

"응? 무슨 문제라도 있더냐?"

"문제라기보다는……. 오늘은 제가 준비한 걸로 드시죠."

루얀은 어색하게 웃으면서 등 뒤로 손짓을 보냈다.

그러자 에릭과 에디가 앞으로 나서더니 짊어지고 온 보따리를 '쿵' 하고 내려놓았다.

"이게 다 무엇이냐?"

거스는 벌어진 보따리 안을 힐끔 살피다가 안에 가득 들어있는 술병을 보고 눈을 동그랗게 떴다.

"대단한 건 아니지만, 케시우스가 직접 만든 술이에요."

루얀은 대수롭지 않게 말했지만, 거스가 이 술의 가치를 알게 된다면 기겁할 일이었다.

　황제조차 그리움에 시달리게 만들었다는 전설의 명주, 골든 럼! 이제는 돈이 있어도 구할 수 없는 보물이 보따리를 가득 채우고 있었다.

　"크흠. 직접 만드셨다고 하니 거절할 수도 없겠구나."

　거스는 케시우스에게 살짝 눈인사를 보내면서도 뭔가 아쉬운 듯 입술을 삐죽거렸다.

　"에잉. 6실버나 주고 산 고급 와인인데. 오늘도 썩히겠네."

　그 귀여운 투정에 루얀은 피식 헛웃음이 나오려는 것을 꾹 억눌러야만 했다.

　'여전히 순수한 분이시군.'

　때론 모르는 것이 약이 되기도 하는 법.

　골든 럼 한 병의 가치가 10골드를 상회한다는 사실은 굳이 밝힐 필요가 없을 것 같았다.

　거스와 진하게 해후의 정을 나눈 루얀은 밤이 늦어서야 산길을 올랐다. 이미 산에는 어둠이 짙게 내려앉았지만 그의 걸음에는 머뭇거림이 없었다.

　너무나도 익숙한 길이었으니까.

　블랑이 좋아하는 과일과 고기를 잔뜩 사서 이 산을 오를 때면 언제나 설렘으로 가득 했었다.

이제는 설렘이 아닌 씁쓸한 기억만이 루얀을 괴롭혔지만, 대신 그의 곁에는 믿음직한 동료들이 함께였다.

'낯선 길일 텐데 다들 잘 따라오는군.'

살벌한 독주를 10병도 넘게 마셨지만 용병단의 그 누구도 흐트러진 모습을 보이지 않았다.

그도 그럴 것이, 고작 취기에 무릎을 꿇을 정도로 허약한 이들이 아니었다. 그런데 그 순간, 루얀의 등 뒤에서 우당탕거리는 소리가 울려 퍼졌다.

힐끔 뒤를 돌아보니 에릭과 에디가 나무뿌리에 발이 걸려서 볼품없이 땅을 구르고 있었다.

"으아아! 습격이다! 다들 조심해."

"나를 쓰러트리다니, 보통 놈들이 아니야!"

그들의 눈은 이미 초점이 사라져서 몽롱하게 풀려 있었다.

에릭과 에디는 몸을 일으키려다가 비틀거리면서 다시 쓰러져서 나뒹굴었다. 그럼에도 뭐가 그렇게 좋은지, 헤실헤실 웃는 꼴이 가관이었다.

"이 멍청이들, 취해 버린 거야?"

알리제는 쓰러진 에릭과 에디의 위를 훌쩍 뛰어넘으면서 고개를 절레절레 내저었다.

"나 안 취했거든!"

"적의 규모가 엄청나! 알리제, 내가 시간을 끌 테니까 어서 도망쳐!"

루얀의 예상과는 달리, 고작 취기 따위에 무릎을 꿇는 이들이 바로 여기에 있었다.

'곤란하군.'

루얀은 이미 테오를 업고 있었으니, 쌍둥이까지 챙기기에는 손이 모자랐다. 결국 다른 이들에게 도움을 청하려는 순간, 사달이 나고 말았다.

"내 뒤로는 한 걸음도 못 간다! 이 악마야!"

"으하하하! 같이 죽자!"

마치 헤엄치듯 땅을 뒹굴던 에릭과 에디가 번쩍 손을 치켜들더니 누군가의 발목을 확 낚아챘다.

비우스였다.

"으헉! 무슨 짓이냐!"

알리제와 마찬가지로 쌍둥이를 뛰어넘으려 했던 비우스는 허공에서 발이 붙잡혀 땅에 처박히고 말았다.

쾅.

기우뚱 쓰러져서 얼굴부터 땅에 처박힌 비우스는 온몸을 부르르 떨면서 경련을 일으켰다.

"이 건방진 인간들이!"

곧 비우스의 몸에서 어마어마한 마나가 뿜어져 나왔다.

후아아앙.

이대로 두면 당장 이 산 전체를 지워 버릴 것만 같은 기세였다.

"비우스, 진정해라!"

당황한 케시우스가 재빨리 그를 저지하고 나섰다.

하지만 비우스는 분노로 인해 이미 눈이 뒤집힌 상태였다.

"오늘은 기필코 저 저능한 인간들을 죽이고 말 것이다!"

비우스가 진심으로 마나를 끌어 올리자 케시우스도 쉽게 그를 저지하지 못하고 표정을 굳혔다.

"되었다. 거기까지만 해라."

결국 보다 못한 루얀이 비우스의 마나를 흩어 버렸다.

그제야 비우스는 이성을 되찾을 수 있었지만, 여전히 분이 풀리지 않아서 거칠게 콧김을 뿜어 댔다.

"또 참으란 말이냐? 이 인간들이 무슨 짓을 했는지 봤을 텐데!"

비우스는 차마 루얀에게는 대들지 못하고 케시우스에게 분노를 쏟아 냈다.

"인간들은 술에 취하면 자주 실수를 한다더군. 인간보다 성숙한 인격을 지닌 네가 이해해라."

케시우스는 은근히 비우스의 비위를 맞추면서 진정시켰다.

"크흠. 그, 그건 그렇지."

단순한 비우스는 칭찬 한마디에 홀라당 넘어가서 짐짓 근엄한 표정을 지어 보였다. 하지만 비우스의 수난은 그것으로 끝이 아니었다.

그가 옷을 털고 일어나려고 하자 에릭과 에디가 득달같이 달려들더니 고간을 붙들고 늘어졌다.

"못 간다고 했을 텐데? 덤벼라 이 시커먼 놈아!"

"꿈에 나타나서 나를 괴롭혔겠다? 너도 한번 당해 봐라!"

에릭과 에디는 철천지원수라도 만난 것처럼, 아주 필사적이었다.

"크아악! 놔라! 미친 인간들아, 놓으란 말이다!"

비우스는 비명을 내지르면서 벗어나려 안간힘을 썼지만 역부족이었다.

치졸한 개싸움은 에릭과 에디의 전문 분야였으니까.

사방이 어둑한 야산에서 세 남자가 마구 뒤엉키는 모습은 거짓말로라도 보기 좋다고 하기 어려운 광경이었다.

'일단 쌍둥이부터 말려야겠군.'

루얀도 이쯤에서 소란을 멈춰야겠다고 생각했다.

하지만 막상 손을 쓰려던 그는 멈칫하고 말았다.

'설마…….'

아주 또렷한 눈빛으로 서로 시선을 교환하는 쌍둥이의 모습을 목격한 탓이었다. 거기에 슬쩍 올라간 입꼬리가 더해지자 이보다 더 사악한 표정도 없을 듯했다.

'취한 것이 아니었군.'

루얀은 퍽 황당해져서 헛웃음을 흘리다가 결국 모른 척 고개를 돌렸다.

"으아악! 거기는 안 된다!"

"흥. 안 되긴 뭐가 안 돼!"

"작다고 봐줄 것 같아? 아주 터트려 주마!"

도대체 뭐가 작고, 뭘 터트린다는 뜻일까.

상상하는 것만으로도 오금이 저려서 루얀은 애써 생각을 중단시켰다.

'한 침대'를 운운하면서 쌍둥이를 괴롭혔던 비우스에게 권선징악의 참교육이 임하는 순간이었다.

표정만 보자면 누가 '악'인지는 모를 일이었지만.

'여긴…… . 변한 게 없군.'

우여곡절 끝에 집에 돌아온 루얀은 마당을 쭉 둘러보면서 감상에 젖었다. 모든 것이 기억에 남아 있는 모습 그대로였다. 아니, 오히려 더 깔끔해진 것 같기도 했다.

다소 쌀쌀한 밤바람이 마당을 스치고 지나가도 낙엽 하나 구르지 않았다.

'거스 아저씨…… .'

굳이 확인해 보지 않아도 알 수 있었다.

거스가 약속을 지켰음을.

─네 아버지 묘는 내가 이 상태 그대로 보존해 두마. 다녀오거라.

대장간 일로 바쁜 와중에도 매일같이 산을 올랐을 거스의 모습을 생각하니 또다시 가슴이 뭉클해졌다.

"잠시 다녀올 곳이 있다. 먼저 들어가서 쉬어라."

루얀은 클로양에게 테오를 안겨 주고 천천히 뒤뜰로 향했다.

그리웠지만, 오히려 피하고 싶었던 만남이 그를 기다리고 있었다.

'그동안 평안하셨소?'

어머니의 옆에서 잠든 블랑의 봉분도 루얀이 떠나던 날과 전혀 달라지지 않은 모습이었다.

루얀은 마치 홀린 것처럼 터덜터덜 다가가서 블랑의 묘를 가만히 바라보았다.

참으로 하고 싶은 말이 많았다.

하지만 무슨 말부터 꺼내야 할지 혼란스러웠다.

'이미 지켜보고 있었겠지만, 다시 한번 보여 드리리다.'

루얀은 블랑의 봉분 앞에서 천천히 마나를 끌어 올렸다. 그리고 그가 할 수 있는 최선의 마법을 펼쳤다.

"프로스트 월!"

쩌저적.

1m 높이의 얼음 벽이 울타리가 되어 뒤뜰을 감싸 안았다.

블랑의 '틈새 이론'으로 발현한 4써클 마법.

하지만 루얀의 헌정 마법은 이것으로 끝이 아니었다.

"익스플로전!"

쩌어엉.

얼음 울타리가 일시에 폭발하면서 아주 작은 얼음 알갱이들이 사방으로 비산했다.

사라라락.

뒤뜰을 가득 뒤덮은 얼음 알갱이는 달빛을 받아 반짝거리면서 블랑의 쉼터를 아름답게 장식했다.

'이것이 당신의 마법이요.'

블랑도 여기까지는 도달하지 못했지만, 그의 방식은 틀리지 않았고 결국 길을 만들어 냈다. 블랑이 아직 살아 있었다면 그는 이보다 훨씬 더 높은 경지에 올랐을 것이 분명했다.

마법을 쏟아 낸 루얀은 이후 한참이나 미동조차 없이 블랑의 묘를 응시했다.

물론 정말로 아무것도 하지 않은 것은 아니었다.

마음속으로 블랑과 끝없이 대화를 나눴다.

대답이 돌아올 리 없는 대화였지만, 그간의 시시콜콜한 이야기를 모두 털어놓았다.

'이미 다 알고 있는 이야기라 지루하진 않았을까 걱정이요.'

그렇게 혼자 마음속을 시끄럽게 만들던 루얀은 날이 밝아올 때에야 돌아섰다.

'또 오겠소. 당신이 바랐던 세상을 만든 후에.'

그가 다시 이 집에 돌아오는 날에는 많은 것들이 바뀌어 있을 것이었다. 마나의 불균형으로 고생하는 이들이 평안을 찾고, 대륙의 모든 사람들이 블랑의 이름을 알게 될 것이다.

루얀은 반드시 그리 만들 것이라 또 다시 다짐했다.

오랜 대화를 마치고 루얀이 돌아서자 알리제와 케시우스가 그를 바라보고 있었다.

루얀도 이미 알고 있었다.

그들 또한 밤새 저 자리를 지켰다는 사실을.

"피곤할 텐데. 왜 쉬지 않고."

민망해진 루얀은 알리제를 똑바로 바라보지도 못하고 짐짓 퉁명스럽게 말을 내뱉었다.

그러자 알리제가 활짝 웃으면서 그에게 다가왔다.

"나도 인사를 드리고 싶어서."

루얀을 스쳐 지나간 알리제는 블랑에게 다가가서 다소곳하게 절을 올렸다.

그녀에게서 과연 한 왕국의 왕녀다운 기품이 느껴졌다.

알리제가 블랑에게 무슨 마음을 전했는지는 루얀도 알 수 없었다. 하지만 그를 방해하지 않고, 밤새 그녀의 차례를 기다렸던 마음만큼은 확실하게 느낄 수 있었다.

절을 올리고 돌아온 알리제는 쑥스러운 듯 뺨을 붉히면서 먼저 집으로 돌아가 버렸다.

루얀도 피식 헛웃음을 지으면서 그녀의 뒤를 따랐다.

하지만 케시우스는 그들의 뒤를 따르지 않고 여전히 뒤뜰에 남아 블랑의 봉분을 바라보고 있었다.

그렇게 얼마나 시간이 흘렀을까.

한참이나 가만히 서 있던 케시우스가 돌연 90도로 허리를 숙였다. 놀랍게도 드래곤이 자발적으로 인간에게 예를 갖추고 있었다.

"나 또한 무엇이 운명인지 알지 못한다. 하지만 그 시작이 그대였다는 것은 분명하겠지."

케시우스는 진심으로 명복을 빌어 주었다.

세상을 바꾼 첫 발걸음에 대한 예우였다.

"가련한 인간이여, 이제 나에게 맡기고 부디 평안하라."

❦

루얀 일행은 길조차 없는 험한 산속을 헤집으면서 끝없이 앞으로 나아갔다.

"정말? 정말로 아무것도 기억나지 않는다고?"

산악 행군이 힘들 법도 하건만 비우스는 벌써 200번째 같은 질문을 반복하고 있었다.

"어후, 너무 취했나 봐. 여기까지 어떻게 왔는지도 모르겠다니까?"

"무슨 일이라도 있었어요?"

에릭과 에디는 애써 비우스의 시선을 피하면서 오리발을 내밀었다. 어젯밤의 진실이 밝혀지는 순간 목숨을 부지할 수 없을 테니, 그들로서도 필사적일 수밖에 없었다.

"비우스, 지겹지도 않나? 이제 그만 해라."

"그만하라고? 네가 내 기분을 알아? 저 인간의 손이……."

비우스의 입에서 상상력을 자극하는 말이 튀어나오려고 하자 케시우스가 기겁해서 그의 입을 가로막았다.

"그만! 제발 그 말만큼은 하지 마라."

세상에는 직접 경험해 보지 않아도 그 끔찍함을 알 수 있는 일도 있는 법이었다.

케시우스의 호들갑에 비우스도 더 이상 말을 꺼내지 않고 입을 닫았다. 사실 흥분해서 말이 튀어나왔을 뿐, 누구보다도 그에게 더 고통스러운 기억이었으니 발설해서 좋을 것은 없었다.

그제야 루얀 일행은 조용히 목적지를 향해 나아갈 수 있었다.

제국 최북단에 위치한 해칠링 마을. 그리고 해칠링 마을에서도 가장 깊숙하게 들어가야만 닿을 수 있는 비경(祕境).

루얀 일행이 향하는 곳은 말 그대로, 세상의 끝이었다.

"루얀, 정말로 이 길이 맞는 거야?"

"걱정 마라. 거의 다 왔다."

알리제의 당혹스러운 질문에 루얀은 무심한 목소리로 그녀를 안심시켰지만, 그 이후로도 산행은 5시간이 넘게 이어졌다.

심지어 그 길이라는 것도 쉬이 상상하기 어려울 정도로 험난했다.

세상에 이런 곳도 있었을까.

수풀이 울창한 산을 오르고, 호수를 건너고, 얕은 절벽을 뛰어넘었다. 오죽하면 체력이 뛰어난 용병단의 식구들도 호흡이 거칠어질 정도였다.

"루얀. 거의 다 왔다며. 도대체 언제까지 가야 하는 거야?"

끝 모를 산행에 지쳐 버린 에릭이 결국 풀썩 주저앉으면서 볼멘소리를 내뱉었다.

그러자 루얀이 걸음을 멈추고 그를 힐끔 돌아보았다.

"도착했다."

"뭐? 여기라고?"

에릭은 어정쩡하게 다시 몸을 일으켜 주변을 두리번거렸다.

하지만 이내 황당한 표정으로 다시 루얀을 돌아보았다.

"아무것도 없는데?"

당황한 사람은 에릭만이 아니었다.

다른 사람들도 눈을 동그랗게 뜨고 주변을 두리번거리기 바빴다. 그도 그럴 것이, 일행이 도착한 곳은 그저 잡초만 무성한 공터였다.

고작 이런 곳에 오기 위해서 지금까지 고생을 한 것일까.

에디의 표정에는 허탈한 감정마저 드러났다.

알리제와 클로양도 다소 맥 빠진 태도로 루얀의 옆으로 다가 왔다.

"파란 열매가 맺히는 곳이라고 하지 않았어?"

"있었다. 과거에는."

루얀은 블랑의 허리를 고치기 위해 영약을 찾아 나섰고, 여기서 신목(神木)을 발견했었다.

신목에 맺힌 영약은 결국 쓰지 못했지만, 그래도 신목은 그에게 큰 도움이 되었다.

'큰 은혜를 입었지.'

덕분에 폭주를 일으킨 내력과 마나를 다스릴 수 있었고, 계획한 시간 안에 수련을 마칠 수 있었다.

안타깝게도 루얀과 신목의 인연은 거기까지였다.

신목은 마지막으로 그에게 나뭇가지 하나를 선물하고는 자취를 감추었다.

아니, 사라진 줄로만 알았다.

당시에는 모습을 감춘 신목을 찾아낼 재주가 없었으니까.

하지만 지금은 달랐다.

루얀은 신목의 존재를 확실하게 느낄 수 있었다.

'계속 여기에 있었던 것이냐?'

희미하지만 태초의 기운이 흐르며 오롯이 신목의 형상을 이루고 있었다.

"그럼 이제 어떻게 해야 돼?"

"글쎄. 그건 잘 모르겠군."

알리제가 뭔가를 기대하는 눈치로 물었지만, 루얀도 딱히 방법이 있는 것은 아니었다.

태초의 기운을 느낄 수 있게 되었지만, 아직 그것을 다룰 수는 없었다. 루얀의 능력으로도 신목의 은신을 파훼하는 것은 불가능했다.

"일단 인사부터 하지."

잠시 고민하던 루얀은 어렴풋한 신목의 형상을 바라보면서 정중하게 포권을 취했다.

"은혜를 잊지 않았다. 빚을 갚고자 하는데 모습을 드러내겠나?"

루얀도 이곳에서 무슨 일이 벌어지고 있는 것인지는 알 수 없었다.

하지만 쪽지의 내용에 따르면 분명 도움이 필요하다고 했다.

어쩌면 신목에게 빚을 갚을 수 있는 기회인지도 몰랐다.

포권지례에 반응한 것일까.

곧이어 놀라운 일이 벌어졌다.

화아아아.

루얀이 바라보고 있는 곳에서 찬란한 빛이 뿜어져 나왔다.

빛을 피해서 잠시 눈을 감았다가 뜬 루얀의 앞에는 어느새 거대한 나무가 자리 잡고 있었다.

천고의 영약을 품고 있는 신령한 나무! 틀림없었다.

그런데 무엇인가 이상했다.

과거의 위용이 무색하게도 신목은 다소 앙상한 모습이었다.

'무슨 일이 있었던 것이냐.'

루얀은 놀란 기색을 감추면서 신목을 훑어보았다.

거대한 기둥뿌리는 여전하지만 나뭇잎이 메마르고, 나뭇가지가 힘없이 늘어져 있었다.

"우왁! 이게 뭐야?"

"갑자기 어디서 나타난 거야?"

신목의 등장에 깜짝 놀란 에릭과 에디는 비명을 내지르면서 주춤 뒷걸음질을 쳤다.

"신기하구나. 이건 분명 신계의 기운인데……."

놀란 것은 드래곤들도 마찬가지였다.

수백 년을 살아온 그들에게도 이토록 신묘한 경험은 처음이었다.

케시우스는 정체를 파헤치겠다는 듯, 신목을 뚫어지게 노려보았다. 하지만 그들 중에서도 가장 크게 놀란 사람은 바로 클로양이었다.

클로양은 눈알을 쏟아 낼 것처럼 눈을 크게 치켜뜨고 몸을 파르르 떨어 댔다.

"어째서 이렇게까지……."

사제인 클로양은 신목의 기운을 누구보다 민감하게 받아들이고 있었다.

신목이 내뿜는 가느다란 신성력이 그녀의 마음을 아프게 만들었다.

스으으.

신목은 금방이라도 끊어질 것처럼 연약한 기운을 흘리면서도 무엇인가를 꼬옥 껴안고 있었다.

도대체 무엇을 지키고자 하는 것일까.

그 가녀린 헌신을 목격한 클로양은 힘껏 주먹을 움켜쥐었다.

모두가 각자의 이유로 망설이고 있을 때, 가장 먼저 루얀이 앞으로 나섰다.

"고생이 많았구나."

루얀은 신목에 다가가서 축 늘어진 나뭇가지 하나를 부드럽게 쓰다듬었다. 루얀의 위로를 받은 신목은 그제야 힘겹게 감싸 안고 있던 것을 내놓았다.

뜨드드득.

나무가 크게 진동하면서 기둥에서 틈이 벌어졌다.

처음에는 작은 틈새에 불과했지만, 시간이 지날수록 그 구멍이 커졌다. 그리고 종내에는 하나의 문이 만들어졌다.

신목이 스스로 문을 열고 루얀을 받아들인 것이었다.

"이거 환영이 너무 노골적인데?"

"그래도 나쁜 곳 같아 보이지는 않잖아."

문이 생성되자 에릭과 에디는 서로 눈빛을 교환하더니 성큼 안으로 들어섰다.

과거, 워프 게이트에 빨려 들어갔던 것과도 비슷한 모습이었다. 에릭과 에디가 나무의 틈새를 통과하자 그들의 모습은 '획' 하고 사라져 버렸다.

"우리도 가지."

루얀은 담담하게 말하면서 쌍둥이의 뒤를 따라 신목의 문을 통과했다.

스르륵.

잠시 주변이 어두워지는가 싶더니 이내 푸르른 나무로 빼곡한 숲이 펼쳐졌다.

앞서 들어간 에릭과 에디도 멀리 가지 않고 바로 앞에서 대기하고 있었다.

그런데 그들의 태도가 어딘가 이상했다.

에릭과 에디는 미세하게 몸을 떨면서 경직되어 있었다.

"저기, 루얀. 이게 어떻게 된 것인지는 모르겠지만……."

"뭔가 잘못된 것 같은데?"

에릭과 에디가 거세게 흔들리는 눈빛으로 루얀을 돌아보았다. 그들의 호들갑이야 하루 이틀 일도 아니지만, 이번만큼은 루얀도 쌍둥이의 의견에 동의할 수밖에 없었다.

확실히 좋은 상황은 아니었으니까.

"인간! 당장 이곳을 나가라!"

적대감으로 가득한 목소리가 사방에서 메아리쳤다.

수십의 목소리가 하나로 뭉쳐서 날카롭게 울려 퍼지고 있었다.

'은신술이 꽤 뛰어나군.'

목소리는 울창한 나무숲의 너머에서 들려왔다.

누군가 나무 뒤에 숨어서 그들을 경계하고 있다는 뜻이다.

'대략 30명 정도인가?'

힐끔 훑어보니 나뭇잎을 엮어서 옷을 만들어 입은 이들이 눈에 들어왔다. 모두가 활을 들고 있었고, 이미 강하게 당겨진 시위가 정확하게 루얀을 노리고 있었다.

'쯧. 귀찮아지겠군.'

공교롭게도 루얀이 도착한 곳은 정체를 알 수 없는 이들의 포위망 안이었다.

'일단 인간은 아닌 것 같은데.'

오랜 세월을 겪은 이들의 마나가 느껴졌다.

언뜻 보면 인간과 크게 다르지 않지만, 개중에는 200년 가까이 살아온 이들도 있었다.

이미 인간의 수명을 훌쩍 뛰어넘은 존재들.

무엇보다도 모두가 케시우스만큼이나 수려한 외모를 지니고 있었고, 귀가 유난히 길고 뾰족했다.

"루얀. 이게 무슨 일이야?"

이윽고 용병단의 식구들도 루얀의 뒤를 따라서 포위망 안으로 속속 도착하기 시작했다.

반응은 쌍둥이와 크게 다르지 않았다.

알리제와 클로양, 제라드도 몸을 딱딱하게 굳히고 눈알을 굴려 댔다. 하지만 다른 태도를 보이는 이도 있었다.

드래곤 중에서 가장 먼저 문을 통과한 카린은 거창한 환영 인파를 발견하고는 고개를 갸웃거렸다.

"뭐야? 엘프잖아?"

엘프! 200년의 수명을 누리는 고귀한 종족.

그들은 숲의 친구이자 생명을 귀하게 여기는 선한 생명이었다. 하지만 인간들에게 엘프는 심성보다 수려한 외모로 더 유명했다.

미(美)의 종족.

누구 하나 아름답지 않은 이가 없고, 투명하다는 말이 어울릴 정도로 뽀얀 피부와 그윽한 눈동자는 뭇 사람들의 로망이라고 했다.

'엘프를 보는 건 처음이군.'

루얀도 엘프에 대해서는 들어 본 적이 있었다.

엘프는 인간들의 앞에 나서는 일이 거의 없어서 환상의 종족으로 여겨지지만, 오히려 그래서 더 선망의 대상이 되는 것인지도 몰랐다.

그런데 그토록 보기 어렵다는 엘프가 무려 30명도 넘게 몰려

와서 루얀 일행을 포위하고 있었다.

그뿐인가. 생명을 소중하게 여긴다는 고귀한 종족이 루얀을 죽일 듯 노려보고 있었다.

분명 이상한 일이었다.

그때, 마지막으로 문을 통과한 케시우스가 주변을 둘러보면서 고개를 끄덕거렸다.

"역시 엘프들이었군. 방금 전의 나무는 엄마 나무였나?"

케시우스는 이미 이 곳의 정체를 짐작하고 있는 듯했다.

그러자 나무 뒤에 몸을 감춘 엘프들에게서 다시 목소리가 흘러나왔다.

"그렇다! 너희는 위대한 엄마 나무의 영역을 침범했다. 이곳은 '푸른 숲의 부족'만을 허락하는 곳이다."

"실례했군. 원치 않는다면 나가겠다."

케시우스는 엘프들을 자극하지 않고 한발 뒤로 물러났다.

드래곤인 그가 이렇게까지 낮은 자세로 임하는 것은 분명 이례적인 일이었다. 그러자 카린이 오히려 이 상황을 받아들이지 못하고 케시우스에게 따져 물었다.

"갑자기 왜 이래? 쟤들한테 약점이라도 잡혔어?"

"카린, 숲의 친구들은 존중받아 마땅하다. 그들의 영역은 지켜줘야 한다."

케시우스가 그렇게까지 말하자 카린도 더는 따지지 못하고 눈치를 보면서 입을 다물었다.

"좋다. 지금 당장 나간다면 벌하지 않겠다. 하지만 저 가증스러운 인간은 두고 가라."

그 즉시 화살 한 발이 날아와서 루얀의 발밑에 '콱' 틀어 박혔다. 엘프들이 말한 '가증스러운 인간'이 누구인지 확실하게 밝혀지는 순간이었다.

하지만 이는 케시우스도 절대로 수용할 수 없는 요구였다.

엘프들을 존중하지만, 그들은 선을 넘고 있었다.

"이유를 물어도 되겠나?"

"저 인간이 우리 부족의 보물을 가져갔다. 절대로 용서할 수 없다."

엘프들의 목소리에는 분노가 가득했다. 그 순간 케시우스는 이번 의뢰의 내용을 떠올려 낼 수 있었다.

파란 열매가 맺힌 곳에서 기다리겠습니다.

당시에는 무슨 뜻인지 알 수 없었지만, 이제는 윤곽이 그려졌다. 엄마 나무와 파란 열매, 그리고 엘프들의 보물.

퍼즐을 맞춰 본 케시우스는 화들짝 놀라면서 루얀을 돌아보았다.

"루얀, 설마……. 훔쳤습니까?"

chapter 3

"주인이 있는 물건인 줄 몰랐다."

루얀도 눈치가 있으니 분위기가 심상치 않다는 것쯤은 알아챌 수 있었다. 하지만 산에서 영약을 취한 것이 그렇게까지 큰 잘못인지는 이해하기 어려웠다.

"하아, 그게 뭔지는 알고 건드린 겁니까?"

케시우스는 한숨을 푹 내쉬면서 루얀에게 '파란 열매'의 정체를 알려 주었다.

"엄마 나무의 열매는 엘프 부족 차기 장로에게 내리는 선물입니다."

엄마 나무는 200년에 딱 한 번만 열매를 맺는다.

차기 장로로 선택받아 태어난 엘프는 그 선물을 받아들이면서 장로의 위를 계승하게 된다. 그런데 루안이 열매를 가져갔으니 엘프 부족은 장로의 대가 끊기게 된 것이다.

재앙이나 다름없는 일.

"확실히 곤란해졌군."

그제야 내막을 파악한 버로크와 운다라도 표정을 딱딱하게 굳혔다.

"왜? 무슨 일인데? 심각해?"

아직도 영문을 모르는 것은 비우스와 카린뿐이었다.

카린이야 어려서 그렇다 치더라도 비우스의 무식함은 과연 놀라운 수준이었다.

'후우, 저 멍청한 놈을 어떻게 해야 좋을까.'

케시우스는 비우스를 못마땅하게 바라보다가 이내 시선을 거두고는 다시 엘프들의 앞으로 나섰다.

"사정은 알겠다. 하지만 이상하군. 엘프가 아니면 발견할 수 없는 열매일 텐데?"

"그건……. 우리도 이유를 모른다."

엘프들의 목소리에서 망설임이 느껴졌다.

케시우스는 그들이 거짓말을 하고 있다는 사실을 바로 눈치챌 수 있었다.

"이유 없이 벌어지는 일은 없는 법. 너희도 알고 있을 텐데?"

케시우스가 정곡을 찌르자 일순간 수풀이 바스락거렸다.

"루안이 열매를 발견할 수 있었던 것은 결국 엄마 나무가 스스로 공개했기 때문이겠지."

이번에도 대답은 돌아오지 않았다.

역시 그들도 알고 있었던 것이다.

모든 것이 엄마 나무의 뜻이었다는 사실을.

숲에는 잠시 어색한 침묵이 흘렀다.

바람조차 한동안 숨을 죽였다. 그러다 어느 순간, 마치 억눌린 신음과 같은 목소리가 불쑥 튀어나왔다.

"우리는……. 인정할 수 없다!"

엘프는 삶과 죽음의 경계가 명확한 존재다.

그들은 태어난 날부터 정확하게 200년을 산다.

그래서 자신이, 그리고 친구가 언제 자연의 품으로 돌아갈 것인지를 확실하게 안다.

모두가 정해진 수명을 공유하기 때문에 죽음을 대하는 태도가 인간보다 훨씬 더 성숙한 것도 당연한 일이었다.

부족의 일원이 천수를 다하는 날에는 축제가 열렸고, 슬픔보다는 축복으로 친구를 떠나보냈다.

하물며 부족의 장로가 자연으로 돌아갈 때에는 어떻겠는가.

200년에 한 번 열리는 가장 큰 축제가 바로 장로의 마지막이었다.

하지만 '푸른 숲의 부족'은 이번만큼은 축제를 열 수 없었다.

오히려 비통한 마음으로 장로의 소천을 지켜봐야만 했다.

차기 장로로 예정된 아이가 엄마 나무의 선물을 받지 못한 탓이었다.

"어째서 이런 일이……."

"엄마 나무여, 우리가 무엇을 잘못했다고 벌을 내리십니까."

부족을 이끌고, 숲을 수호해야 할 장로의 자리는 그렇게 공석이 되었다. 열매를 빼앗긴 장로 예정자는 시름시름 앓기 시작했고, 금방이라도 숨이 끊어질 것처럼 호흡도 약해졌다.

200년의 수명이 보장된 엘프에게는 있을 수 없는 일이었다.

"저 아이만의 일이 아닙니다. 우리도 결국 저렇게 되겠지요."

엘프들은 입을 모아서 자신들의 불운한 미래를 예견했다.

이대로라면 푸른 숲의 부족은 끝장이었다.

다시 열매가 맺히려면 200년을 기다려야 하는데, 그 전에 부족은 멸망하고 말 것이었다.

그런데 더욱 허탈한 것은, 이 모든 일이 엄마 나무의 결정이었다는 사실이었다.

"엄마 나무여, 이유를 말씀해 주신다면 나서겠습니다."

"부디 당신을 도울 수 있도록 해 주소서."

엘프들은 간절하게 청했다.

하지만 현실은 바뀌지 않았다.

─그에게 모든 것을 주어라. 그것이 모두를 위한 일이니.

엄마 나무는 루얀에게 아낌없이 온정을 베풀었다.

열매를 내준 것으로도 모자라서 부상을 당하고 돌아온 루얀을 다시 받아 주기까지 했다.

따사로운 품을 허락했고, 엄마 나무의 가장 신성한 나뭇가지도 내려주었다.

당연히 푸른 숲의 부족은 반발했다.

마냥 받아들이기에는 현실이 너무나 암담했으니까.

"부족이 위험합니다."

"우리는 저 인간을 용서할 수 없습니다."

결국 엘프들은 루얀을 원망하기에 이르렀다.

5년 전, 루얀이 엄마 나무의 아래에서 수련을 하는 모습을 지켜보면서 그들은 치를 떨었다.

"엄마 나무여, 용서하소서. 제가 모든 업을 떠안고 가겠습니다."

결국 부족의 최고 연장자가 결단을 내렸다.

생명을 귀하게 여기는 종족의 본분마저 깨고 루얀을 죽이기로 결심한 것이다.

당시의 루얀은 아직 내력이 충분하지 않을 때였고, 엘프가 나선다면 어렵지 않게 사살할 수 있는 수준이었다.

하지만…….

엄마 나무가 루얀에게 향하는 문을 막아 버렸다.

다른 길로 돌아서 접근하려고도 했지만 허사였다.

엄마 나무는 번번이 길을 비틀어서 루얀을 보호했다.

"도대체 왜……."

이유조차 알 수 없지만, 엄마 나무가 원치 않는다는 사실만
큼은 확실하게 알 수 있었다.

엘프들은 고통에 몸부림치면서도 루얀을 가만히 두고 볼 수
밖에 없었다.

결국 루얀은 떠났고, 얼마 지나지 않아서 엄마 나무는 시들
기 시작했다. 엄마 나무를 보살필 장로가 없으니 홀로 고독하
게 늙어 가는 것이었다.

"결국 이리 될 것이 뻔했는데, 왜 그 인간을 감싸셨습니까."

엘프들은 매일같이 하소연을 했지만 이미 돌이키기에는 늦
은 후였다.

엄마 나무의 그늘 아래서 살아가는 푸른 숲의 부족도 함께
쇠퇴하기 시작했다. 그런데 이 와중에 엄마 나무가 다시 루얀
을 받아들였으니 어찌 가만히 있을 수 있겠는가.

서운함, 원망, 그리고 분노로 가득 찬 엘프들은 끝내 활을 들
었다.

"우리는……. 인정할 수 없다!"

이제 와서 루얀과 맞선다 하여 무엇이 달라질까.

엘프들도 거기까지는 알지 못했다.

하지만 단 하나만큼은 분명했다.

루얀이 이 모든 일의 원흉이라는 것.

엘프들은 그를 제거하면 다시 옛 부족의 평화로운 모습을 되찾을 수 있지 않을까 하는 헛된 기대를 품고 있었다.

"케시우스, 이제 되었으니 물러나라."

엘프 부족과 케시우스의 대치를 지켜보던 루얀은 씁쓸한 표정으로 앞으로 나섰다.

"나 때문에 피해를 당했다고 하니 사과하겠다. 미안하다."

의도한 것은 아니었지만 어찌 되었든 엘프 부족이 큰 곤경에 처하게 되었다.

당연히 루얀도 마음이 불편할 수밖에 없었다. 하지만 엘프들은 루얀의 사과를 받아 줄 생각이 없는 듯했다.

"인간. 진정으로 반성한다면 목숨으로 갚아라!"

루얀을 둘러싼 나무숲에서 섬뜩한 살기가 모락모락 피어올랐다. 그들은 이미 루얀을 죽이기로 결심을 굳힌 후였다.

'이렇게까지 분노가 깊었나.'

루얀은 한숨을 삼키면서 품에서 파란 열매를 꺼내 들었다.

기껏 준비했지만 블랑을 잃고, 아직 열매를 쓰지도 못한 상황이었다. 대신 블랑을 기억하기 위해 열매를 항상 품고 살아온 루얀이었다.

"너희들이 말한 그 열매다. 늦었지만 이제 돌려주겠다."

루얀이 엄마 나무의 열매를 꺼내자 엘프들의 눈에서 안광이 번뜩였다.

"어, 어떻게 아직까지⋯⋯."

"인간! 당장 놓아라! 그 더러운 손으로 다룰 보물이 아니다!"

열매를 발견한 엘프들은 더 흥분해서 살기를 드높였다.

그들의 태도에서 반드시 되찾고야 말겠다는 결연한 의지가 느껴졌다.

"가져가도 좋다."

루얀은 순순히 열매를 앞으로 내밀고 엘프들의 흥분이 가라앉기를 기다렸다. 하지만 엘프들은 여전히 경계를 풀지 않고 날카롭게 목소리를 높였다.

"흥! 믿을 수 없다. 인간은 탐욕스러워서 쉽게 남의 것을 갈취하고, 절대 내어 놓지 않는다고 들었다."

옳은 말이다. 인간의 탐욕은 끝이 없다.

그것은 루얀 또한 마찬가지였다.

'인정한다. 내 욕심이었지.'

당시에는 이 영약에 주인이 있으리라고는 상상조차 하지 못했다. 하지만 알았다면 달랐을까?

아니다. 그래도 루얀은 망설임 없이 열매를 취했을 것이다.

블랑을 위한 일이었으니까.

'그때로 다시 돌아간다고 해도 나는 똑같이 했겠지.'

아버지의 허리를 고치기 위해서라면 상대가 엘프가 아니라 세상 전부라 할지라도 전쟁을 불사했을 것이 분명했다.

결국 그의 욕심이 화를 부른 것이다.

이는 부정할 수 없는 사실이었다.

하지만…….

"신목이 지금이라도 나를 부른 것에는 이유가 있을 터. 내가 할 수 있는 일이 있다면 흔쾌히 돕겠다."

루얀은 그로 인해 벌어진 일을 그냥 외면할 생각이 없었다. 지금이라도 문제를 바로잡고 신목에게 빚을 갚아야 했다.

"뻔뻔한 인간! 너 따위가 뭘 할 수 있다는 거지? 이미 늦었다. 우리 부족에는 벌써…….'

여자 엘프의 까랑까랑한 목소리가 루얀에게 날을 세웠다. 하지만 그 순간 다른 엘프가 앞으로 나서며 그녀의 말을 끊었다.

"그만! 더 이상 저 인간의 말에 놀아나지 마라."

은신을 풀고 앞으로 나선 엘프는 푸른 숲의 부족에서 가장 나이가 많은 자였다. 장로의 자리가 공석이 된 탓에 가장 연장자가 부족을 이끌고 있었던 것.

엘프 노인은 스스로 모습을 드러내고 살벌한 기세로 루얀을 압박했다.

"인간. 세 치 혀로 빠져나갈 생각은 하지 마라. 우리는 너를 죽이고 엄마 나무의 선물을 되찾을 것이다."

엘프의 의지는 확고했다.

더 이상 대화로 풀어 나갈 수 있는 상황이 아니었다.

'싸우고 싶지 않았건만…….'

루얀은 퍽 난감한 표정으로 엘프 노인을 바라보았다.

그러자 잠시 물러나 있던 케시우스가 엄한 표정을 짓고 다시 앞으로 나섰다.

"누가 누굴 죽이겠다고? 숲의 아이들아, 언제부터 이렇게 오만했더냐!"

케시우스가 노성을 터트렸다.

드래곤 피어!

본능적인 공포를 자극하는 그 위엄 넘치는 목소리에 엘프 노인은 사색이 되어 몸을 벌벌 떨었다.

"위, 위대한 존재!"

엘프들은 그제야 케시우스의 정체를 알아보았다.

사실 진즉에 알아봤어야 마땅하지만 분노가 그들의 시야를 좁히고 있었던 것이다.

'왜 드래곤이 저 인간의 옆에 있는 거지?'

엘프들에게는 절망적인 상황이었다.

엘프가 과분하게도 숲의 수호자라고 불린다지만, 드래곤은 격이 다른 존재였다. 부족 전체가 달려들어도 어찌할 수 없는 진짜 수호자가 바로 드래곤이었다.

"사정은 안타까우나, 너희들의 고난이 또 다른 희생자를 만들어서는 안 될 일이다."

케시우스는 고압적으로 턱을 치켜들고 엘프들에게 훈계를 내렸다. 감히 거역할 수 없는 목소리 앞에서 엘프 노인은 눈을 질끈 감고 고개를 숙였다.

'우리 부족의 운명은 결국 여기까지였구나.'

엘프 노인의 눈에서 물방울 하나가 툭 떨어져 내렸다.

그와 동시에 활을 쥔 손에 잔뜩 힘이 들어갔다.

"우리 부족에게 끝이 정해져 있는 것이라면…….."

엘프 노인이 씁쓸하게 중얼거렸다.

그러자 그의 몸에서 막대한 마나가 솟구쳤다.

엘프 노인의 의도를 읽은 것일까, 나무에 은신하고 있는 모든 엘프들이 일제히 마나를 끌어 올렸다.

드드드득.

그 막대한 기세에 천지가 흔들리고 거센 돌풍이 몰아쳤다.

그와 동시에 엘프 노인이 눈을 번쩍 뜨면서 활을 치켜들었다.

"더 이상은 피하지 않겠다!"

엘프 노인이 결사 항전을 선언했다.

그에 맞춰 수십의 화살에서 녹색 마나가 솟구쳐 매섭게 타올랐다.

화르르.

그러자 당황한 케시우스는 허둥대며 루얀의 눈치를 살폈다.

"이, 이게 아닌데……."

케시우스는 사실 겁이나 좀 주려던 계획이었다.

그가 나서서 목소리에 힘을 주면 엘프들도 마지못해 루얀의 뜻을 따르리라 생각했던 것이다.

하지만 결과는 정반대였다.

그의 호통은 불난 집에 부채질을, 아니 기름을 부은 꼴이 되고 말았다.

루얀은 참아 온 한숨을 푹 내쉬면서 케시우스를 노려보았다.

"케시우스, 일을 복잡하게 만들었구나."

"아니, 나는……."

"되었다. 차라리 아무것도 하지 마라."

루얀의 질책에 풀이 죽은 케시우스는 어깨를 축 늘어트리고 뒤로 물러났다.

결자해지(結者解之).

이제 이 싸움은 루얀이 나서서 해결해야 할 문제였다.

루얀은 업고 있는 테오를 알리제에게 넘겨주고 천천히 활을 꺼내 들었다.

"와라. 신목에게 빚이 있으니, 다치게 하진 않겠다."

활의 종족이라 자부하는 엘프와 궁신이 끝내 격돌했다.

엘프는 태생적으로 명궁의 자질을 갖춘 종족이었다.

시력이 뛰어나서 멀리 볼 수 있고, 자연과 친화력이 높아 바람을 능숙하게 읽는다. 또한 팔이 길어서 활을 길게 당길 수 있고, 탁월한 민첩성과 집중력으로 활 끝에 흔들림이 없다.

엘프가 활을 들면 소드 마스터도 긴장을 해야 한다는 말이 나오는 것도 이러한 이유 때문이었다.

명실상부 궁술의 대가들!

그러한 엘프가 무려 30명이나 모여 활을 들었음에도 루얀은 태연하기만 했다. 오히려 그들을 해치지 않겠다고 공언하며 자비를 베풀기까지 했다.

엘프들의 얼굴에 냉소가 걸리는 것도 당연한 일이었다.

"인간. 활로 우리와 맞서겠다는 것이냐!"

루얀이 활을 꺼내 들자 비웃음은 더욱 짙어졌다.

하지만 이내 분위기가 달라졌다.

엘프 노인이 루얀의 활을 알아본 까닭이었다.

"설마 그건……."

엄마 나무의 가장 신성한 나뭇가지.

부족의 장로조차 감히 손대지 못했던 신물이 루얀의 손에 들려 있었다.

엘프 노인의 눈에서 불똥이 튀었다.

이는 절대로 용납할 수 없는 일이었다.

"이놈! 신물을 감히 누구에게 겨누는 것이냐!"

엘프 노인의 호통에 모든 엘프들이 루얀의 활을 알아보았다.

콰아아아.

그 즉시 어마어마한 마나와 함께 끔찍한 살기가 휘몰아쳤다.

"반드시 죽일 것이다! 그리고 신물 또한 회수할 것이다!"

이성을 잃은 엘프들은 모든 마나를 화살에 담아 지체없이 쏘아 보냈다.

피피핏.

30개의 녹색 빛줄기가 사방에서 날아들었다.

과연 활의 종족!

무시무시한 속도였다.

쉬이익.

엘프들이 날린 빛줄기는 순식간에 거리를 지우고 일직선으로 날아들었다. 하지만 루얀은 여전히 활을 들고 서 있을 뿐, 시위조차 당기지 않았다.

'가증스러운 인간. 죽어라!'

엘프들은 루얀의 죽음을 확신했다.

엘프의 화살은 쏘기 전부터 반응해도 피하는 것이 거의 불가능하다. 하물며 루얀은 마지막까지 꼼짝도 하지 못했으니 이미 끝이 난 것이나 다름없었다.

곧이어 모든 빛줄기가 한 점으로 모여 루얀을 폭격했다.

하지만 이미 그 자리에 루얀은 없었다.

'아니! 어떻게…….'

분명 빈틈 따위는 없었는데 루얀은 어떻게 빠져나간 것인지, 어느새 훌쩍 뒤로 물러나 있었다.

그것으로 끝이 아니었다. 뒤로 몸을 날린 루얀은 허공에 뜬 채로 빠르게 시위를 당겼다.

빠드득.

발을 땅에 지탱하지 않았음에도 루얀의 활은 조금도 흔들리지 않고 완벽하게 전방을 조준했다.

엘프라 할지라도 감히 도전할 수 없는 안정감이었다.

투웅.

이윽고 루얀의 활에서 화살 한 발이 튀어나왔다.

콰르르르.

무시무시한 내력이 담긴 화살은 차라리 순수한 강기 덩어리라고 해도 좋을 정도였다.

결국 수십의 빛줄기와 단 한 발의 화살이 충돌했다.

콰아앙.

격렬한 충돌이었다. 그 충격에 숲 전체가 흔들리고, 일대의 공기가 납작하게 눌려 연쇄 폭발을 일으켰다.

콰콰쾅.

새파란 화염이 솟구치고, 광풍이 몰아닥쳤다. 그 충격을 이겨 내지 못한 30개의 녹색 빛줄기가 반대로 휙 튕겨 나갔다.

단 한 발의 화살이 모든 엘프들의 화살을 압도한 것이다.

'말도 안 돼!'

엘프 노인은 루얀의 압도적인 힘에 경악해 입을 떡 벌렸다.

하지만 진짜 놀라운 일은 이제부터였다.

쒜에엑.

튕겨 나간 30개의 화살이 왔던 길을 그대로 되돌아가기 시작
했다. 루안의 화살은 무식하게 위력만 강력한 것이 아니었다.

소름이 돋을 정도로 정교하기도 했다.

30개의 화살이 한 점에 모였을 때, 그것들이 모두 반대로 튕
겨 나갈 수 있도록 완벽하게 각도와 힘을 계산해 낸 것이다.

이것이 바로 신궁의 경지!

뜻이 있다면 굳이 활로 쏘아 보낼 필요는 없다.

어떻게든 화살에 닿을 수만 있다면, 그것들은 모두 궁신의
의지를 잇는다.

신궁 오의.

잠룡규사(潛龍窺伺).

루안이 더욱 힘껏 내력을 끌어 올리자 되돌아가는 화살에서
시퍼런 강기가 솟구쳤다.

화르륵.

숨죽였던 잠룡이 두 눈을 번쩍 뜨고 존재감을 드러냈다.

엘프들이 쏘았지만, 이미 루안의 내력을 품은 화살들은 온전
히 그의 것이 되었다.

화살은 날아왔던 것보다 족히 2배는 더 빠른 속도로 되돌아
갔다. 이내 푸른 빛줄기는 소리마저 떨쳐 냈다.

무음시(無音矢).

엘프 노인이 정신을 차렸을 때에는 이미 시퍼런 화살이 그의 미간을 노리고 있었다.

다른 엘프들도 상황은 다르지 않았다.

손가락 하나 까딱하지 못하고 궁신의 화살을 바라볼 수밖에 없었다. 이미 압도적인 격차가 증명된 상황.

루얀은 굳이 엘프들의 목숨을 거두지 않고 자비를 베풀었다.

신궁 오의.

질풍취우(疾風驟雨).

제3식 환(環).

엘프들의 미간을 꿰뚫으려던 화살이 일순간 허공에서 우뚝 멈춰 섰다. 눈앞 1㎝ 정도를 남겨 둔 아찔한 순간이었다.

화르르.

멈춰 선 화살은 속도를 잃었음에도 추락하지 않았다.

여전히 시퍼런 강기를 불태우면서 언제라도 미간을 꿰뚫을 수 있도록 기회를 노렸다.

"화, 화살이 살아 있다니……."

얼굴이 새하얗게 질린 엘프들은 활을 툭 떨어트리고 털썩 주저앉았다. 활의 종족이라 자부하는 엘프들도 감히 상상조차 해

본 적이 없는 궁술이었다.

'이게 인간의 궁술이라니! 믿을 수 없다!'

엘프 노인은 마지막까지 포기하지 않고 눈앞의 화살을 노려 보았다. 하지만 화살이 허공을 헤엄치다가 그의 정수리를 '꽉' 찍어 누르려 하자 기겁하면서 엉덩방아를 찧었다.

"으헉!"

끝까지 버티던 엘프 노인이 주저앉자 숲에는 루얀의 강기가 타오르는 소리만 가득 울려 퍼지게 되었다.

"약속대로 해치진 않겠다."

홀로 우뚝 선 루얀은 담담하게 말하면서 내력을 거두었다.

엘프들의 주변을 헤엄치던 화살은 그제야 힘을 잃고 후드득 떨어져 내렸다.

"돕겠다는 말 또한 아직 유효하다. 이 열매가 필요한 자에게 안내하라."

이전과 전혀 달라지지 않은, 담담한 목소리였다.

하지만 드래곤의 위엄 앞에서도 결전을 각오했던 엘프들도 그 담담한 목소리 앞에서는 감히 고개를 들 수 없었다.

자신을 '아브라함'이라고 소개한 엘프 노인을 따라 숲으로 들어가자 아주 신비한 풍경이 펼쳐졌다.

'여기가 엘프들의 마을인가?'

숲의 친구답게 그들의 터전은 굉장히 자연친화적이었다.

거대한 나무에 아담한 집이 놓였고, 그 위를 덮은 나무 이파리가 천연 지붕의 역할을 해주고 있었다.

자세히 들여다보면 나뭇가지 하나 허투루 꺾지 않고, 있는 그대로를 활용하는 모습이었다.

'아름다운 곳이군.'

각양각색의 꽃들이 정갈하게 놓인 길을 따라 듬성듬성 자리한 나무집을 보고 있으면 마치 동화 속에 들어와 있는 것처럼 느껴졌다.

곳곳에서 하얀 나비가 꽃밭을 날고, 그 뒤를 따라 엘프 꼬맹이들이 신나게 뛰어다녔다.

그 모습이 어찌나 평화로워 보였으면, 루얀조차 은연중에 미소를 지을 정도였다.

하지만 감탄만 하고 있을 때는 아니었다.

루얀과 일행은 환영받지 못하는 손님이었으니까.

"인간. 마을의 그 무엇도 함부로 만지지 마라."

아브라함은 마지못해 일행을 안내하면서도 여전히 못마땅한 표정이었다.

에릭과 에디가 홀린 듯 꽃에 다가가려고 하자 아브라함이 재빨리 앞을 가로막으면서 그들을 죽일 듯 노려보았다.

"인간들은 역시 무례하구나. 허락한 곳 외에는 통행을 금지

한다.”

그 서슬 퍼런 기세에 에릭과 에디는 움찔 놀라면서 루얀의 등 뒤로 숨어들었다.

“아, 아니. 우리가 뭘 하려던 것은 아니고…….”

“그냥 신기해서 그랬지.”

하지만 루얀은 아브라함을 더 이상 압박하지 않고 고분고분하게 고개를 끄덕였다.

“알겠다. 주의하도록 하지.”

어찌 되었든 신목에게 빚을 갚으러 온 길이었으니, 굳이 엘프들을 자극할 필요는 없었다.

“따라와라.”

차라리 난동이라도 부리기를 바랐던 것일까.

아브라함은 루얀의 고분고분한 태도까지도 불만스럽게 바라보다가 홱 고개를 돌렸다.

곧 루얀 일행은 마을에서 유일하게 다르게 생긴 집에 도착할 수 있었다.

‘여기로군.’

나무 기둥에 생긴 커다란 옹이구멍을 이용해 만든 집. 그런데 어째서인지 다른 집들과는 달리 다소 칙칙한 느낌이었다.

“선대 장로가 머물 때에는 마을에서 가장 활기가 넘치던 집이었다.”

루얀의 내심을 읽은 것인지, 아브라함이 씁쓸한 목소리로 중얼거렸다. 이 집이 이렇게 쇠퇴한 것도 장로의 부재와 무관하지 않은 일이리라.

'직접 보면 알겠지.'

루얀이 성큼 앞으로 나서서 옹이구멍으로 들어가자 용병단의 식구들도 서둘러 그 뒤를 따랐다.

특별히 가구라고 할 것도 없는 단출한 방이었다.

낙엽을 엮어서 만든 침대 하나가 전부였고, 그 위에 작은 여자아이 하나가 누워 있었다.

인간의 기준으로 보자면 고작 열다섯 살 정도나 되었을까.

반짝이는 은발이 팔꿈치까지 내려왔고, 아이답지 않은 또렷한 이목구비가 확 눈길을 끌었다. 다만 아직 젖살이 빠지지 않아 통통한 뺨이 다른 엘프들과는 다른 모습이었다.

"끄아앙. 너무 귀엽다! 깨물어 주고 싶어!"

"인형은 아니겠지?"

아이를 발견한 알리제와 클로양은 눈을 초롱초롱하게 빛내면서 발을 동동 굴려 댔다. 테오의 입학식 때에도 그랬지만, 귀여운 것만 보면 사족을 못쓰는 여자들이었다.

루얀은 호들갑을 떠는 두 여자를 뒤로하고 엘프 아이에게 천천히 다가갔다.

"이 아이가……."

루얀이 조심스럽게 묻자 아브라함이 마지못해 고개를 끄덕였다.

"이름은 프레시아라고 한다. 차기 장로로 예정된 아이였지. 선대 장로가 떠나고 벌써 5년째 이 상태지만."

아이, 프레시아는 호흡이 불규칙했고, 엘프의 상징이라고도 할 수 있는 쫑긋한 귀가 축 늘어져 있었다.

퍽 안타까운 일이었다. 이렇게 작고 가녀린 소녀가 그토록 커다란 짐을 떠안고 태어났다니.

"상태가 많이 안 좋은가?"

"보는 그대로다. 가끔 눈을 뜰 때도 있지만, 대부분 누워만 있는 상황이다."

아브라함의 말에 루얀은 고개를 끄덕이면서 파란 열매를 품에서 꺼냈다.

'늦어서 미안하구나.'

이제라도 영약이 본래의 주인을 찾아가야 마땅한 일이었다.

루얀은 열매를 한 손에 쥐고 천천히 프레시아의 입가로 가져갔다. 그런데 그 순간, 프레시아의 주변을 맴돌고 있는 거친 기운이 느껴졌다.

'잠깐. 이건……'

분명 낯설지 않은 느낌이었다. 그가 경험하기도 했고, 매일 이러한 현상을 지켜보는 중이었으니까.

'마나 폭주!'

놀랍게도 프레시아는 테오와 같은 상태였다.

엘프 특유의 마나와 신목의 기운이 뒤엉켜 폭주를 일으키고 있었다. 그나마 2개의 기운만이 얽혀 있으니 테오보다는 상태가 낫다고도 할 수도 있겠지만, 절망적인 상황이라는 것만은 동일했다.

'이건 영약으로 해결할 수 있는 문제가 아닐 텐데?'

깜짝 놀란 루얀은 열매를 먹이려던 손을 멈추고 고민에 빠져들었다.

신목의 열매가 천고의 영약이라고는 하지만 만병통치약은 아니다. 더군다나 프레시아는 이미 의식이 없는 상황이니 영약의 기운을 제대로 흡수할 수도 없을 것이었다.

루얀이 표정을 심각하게 굳히자 결국 아브라함의 입에서 호통이 터졌다.

"인간, 분명히 엄마 나무의 선물을 돌려준다고 했을 텐데? 역시 기만이었나?"

루얀이 막상 열매를 돌려주려고 하니 아까워한다고 오해를 한 탓이었다.

이쯤 되자 루얀도 조금은 짜증이 치솟아서 퉁명스럽게 아브라함을 바라보았다.

"만약 열매를 먹였는데도 차도가 없다면, 그때는 어떻게 할 텐가?"

루얀의 뾰족한 목소리에 아브라함은 입술을 달싹거리다가 결국 말없이 시선을 피했다.

엘프 부족에게 생긴 문제는 그리 간단한 것이 아닐지도 몰랐다.

"귀중한 열매라고 하지 않았나?"

루얀의 날카로운 질문에 아브라함은 입을 꾹 다물 수밖에 없었다.

옳은 말이다. 엄마 나무의 열매는 푸른 숲의 부족에게 세상 그 무엇과도 바꿀 수 없는 보물이었다. 오죽하면 엘프 종족의 본분마저 잊고 인간을 죽이려 했겠는가.

"열매를 돌려주는 건 어렵지 않다. 다만 이대로 괜찮은지를 묻는 것이다."

아브라함은 루얀과 프레시아를 번갈아 바라보다가 한숨을 푹 내쉬었다.

'엄마 나무여, 우리는 어떻게 해야 좋겠습니까?'

장로의 운명을 타고 난 프레시아는 이미 너무나 쇠약해져 몸을 가누지도 못하고 있었다.

과연 이제 와서 엄마 나무의 열매를 취한다고 건강을 회복할 수 있을까.

아브라함은 확신할 수 없었다. 아니, 부정적인 생각이 더 먼저 들었다.

그도 알고 있었던 것이다.

문제가 그리 간단하지 않다는 것을.

그럼에도 루얀을 여기까지 안내한 것은 지푸라기라도 잡는 심정일 뿐이었다.

'프레시아가 열매를 취하고도 깨어나지 못한다면……'

다시 엄마 나무의 열매가 맺히려면 200년을 기다려야 한다.

그 전에 푸른 숲의 부족은 멸망해 버릴 것이 분명했다.

"그래서 어쩌자는 거지?"

마음이 복잡해진 아브라함은 퉁명스러운 목소리로 오히려 루얀을 쏘아붙였다. 하지만 문제를 해결하기로 결심한 루얀은 차분하게 대화를 이어 갔다.

"열매를 돌려주기 전에 더 자세히 알아야겠다. 엘프는 이 열매를 먹으면 장로가 되는 건가?"

"아무나 열매를 먹는다고 되는 일은 아니다. 장로가 될 엘프는 태어날 때부터 정해져 있다."

아브라함의 대답을 듣고 루얀은 다시 고민에 빠져 들었다.

엘프 부족에서 단 1명, 선택받은 엘프만이 이 열매의 기운을 다스릴 수 있다.

그렇다면 이 아이는 다른 엘프들과 무엇이 다른 것일까.

'아무래도 조금 더 확인이 필요하겠군.'

곁에서 그냥 지켜보는 것만으로는 한계가 있었다.

"잠시 실례하겠다."

루얀은 대뜸 손을 뻗어서 프레시아의 손목을 움켜쥐었다.

그러자 아브라함이 펄쩍 뛰면서 눈에 쌍심지를 켜고 루얀을 노려보았다.

"무슨 짓이냐! 엘프의 몸에 손대지 마라!"

인간의 신체 접촉은 엘프들에게 가장 민감한 문제였다.

그것은 엘프들이 숲의 은둔자로 남게 된 이유이기도 했다.

추악한 욕망을 지닌 인간들은 예로부터 엘프의 미모를 소유하려 했다.

모습을 드러냈다가는 노예로 잡혀가는 경우가 허다했고, 무려 200년의 수명이 다할 때까지 다시는 부족의 품으로 돌아오지 못했다.

무척이나 끔찍한 일.

상황이 이러하니 루얀의 돌발 행동에 아브라함이 경기를 일으키는 것도 무리는 아니었다.

하지만 루얀은 아브라함의 호통에 대꾸조차 하지 않았다.

온 신경을 집중해서 프레시아의 맥을 살필 뿐이었다.

츠르륵.

루얀이 슬쩍 흘려보낸 내력이 프레시아의 가녀린 몸을 관통해 혈도를 따라 회전했다. 그리고 빠르게 그의 손으로 되돌아왔다.

그제야 루얀은 알아챌 수 있었다.

프레시아가 다른 엘프들과 다른 이유를.

'이 아이, 설마……'

쉽게 평정심을 잃지 않는 루얀조차도 이번만큼은 깜짝 놀라면서 눈을 크게 치켜떴다.

그사이에 아브라함이 분노를 참지 못하고 루얀의 멱살을 거칠게 낚아챘다.

"인간! 천벌이 두렵지도 않느냐!"

아브라함도 힘으로는 루얀을 어찌하지 못한다는 사실을 이미 인정하고 있었다. 하지만 부족의 일원이 희롱당하는 것을 가만히 지켜보고 있을 수는 없었다.

결국 보다 못한 케시우스가 나서서 아브라함의 억센 손길을 저지했다.

"아브라함, 선을 넘지 마라."

"하지만……."

드래곤의 경고에 움찔한 아브라함은 어쩔 수 없이 뒤로 물러나면서도 입술을 삐죽거렸다. 하지만 정작 당사자인 루얀은 그때까지도 멍하게 프레시아를 바라보고 있을 뿐이었다.

'천무지체다!'

자연과 완벽하게 하나가 되어 모든 기운을 받아들일 수 있는 순수한 몸. 이는 중원과 소블레스 대륙을 통틀어서 오직 루얀만이 도달한 경지였다.

루얀에게 환원심법을 이어받은 테오조차 아직은 천무지체에 이르지 못했다. 그런데 이 작은 엘프 소녀의 몸 안에 그토록 특별한 힘이 깃들어 있었다.

루얀도 타인의 몸에서 천무지체의 흐름을 발견하는 것은 이번이 처음이었다.

그러니 어찌 놀라지 않겠는가.

'이래서 특별한 엘프였던 것인가?'

천무지체라면 충분히 설명이 된다.

프레시아는 신목의 열매를 온전히 받아들일 수 있는 체질을 타고난 것이다.

'잠깐! 그렇다면…….'

한참이나 멍하게 서 있던 루얀은 뒤늦게 고개를 번쩍 들면서 아브라함을 돌아보았다.

"장로 예정자가 열매를 먹으면 어떻게 되지?"

루얀의 격앙된 목소리에 놀란 아브라함은 불만조차 잊고 엉겁결에 대답하고 말았다.

"엄마 나무의 축복을 받아서 그 기운을 다룰 수 있게 된다."

그다지 친절한 대답은 아니었지만 루얀에게는 그것으로 충분했다.

'신목의 기운. 그러니까 신계의 힘을 다룰 수 있게 되는 것이다!'

신계의 기운은 루얀도 겨우 감지만 했을 뿐, 아직 다루지 못하는 힘이었다. 그런데 천무지체를 타고난 엘프는 놀랍게도 그 힘을 다룰 수 있다고 했다.

'어떻게 그럴 수 있지?'

혹시 장로 예정자는 태어날 때부터 신계의 힘을 다루는 방법을 깨우치는 것일까.

루얀은 죽은 듯 누워 있는 프레시아를 빤히 바라보았다.

그녀에게 물어보는 것이 가장 빠르겠지만, 안타깝게도 프레시아는 대화가 가능한 상태가 아니었다. 그렇다면 이대로 프레시아가 깨어날 때까지 손을 놓고 있어야 하는 것일까.

루얀은 이내 천천히 고개를 들어서 아브라함에게 시선을 돌렸다.

"이제 알겠군."

결국 루얀은 답을 찾아낼 수 있었다.

열쇠는 프레시아가 아니라 아브라함이 쥐고 있었다.

아니, 보다 정확하게 말하자면 그들 모두가 가능성을 담고 있었다.

마을의 입구에서 엘프들과 충돌했을 때였다.

루얀은 단 한 발의 화살로 30명의 엘프를 무력화시킬 수 있었다.

깔끔하게 해결됐으니 더 파고들 필요는 없었지만, 당시 루얀은 이상한 느낌을 받았다.

'엘프들은 지닌 마나에 비해 제대로 힘을 발휘하지 못했다.'

엘프들은 모두가 소드 마스터에 근접한 마나를 보유하고 있었다. 가장 연장자인 아브라함의 경우에는 알리제보다 더 많은 마나를 품고 있기도 했다.

그런데도 루얀은 그들을 상대함에 있어서 크게 어려움을 겪지 않았다.

　　'엘프들이 그 상황에서 힘을 아꼈을 리는 없을 테고.'

　　돌이켜 생각해 본 루얀은 곧 그 이유를 짐작해 낼 수 있었다.

　　'마나를 활용하는 방식이 다른 것이겠지.'

　　엘프만의 고유한 마나 운용법!

　　그들은 신목의 그늘 아래에서 살아간다.

　　항상 신계의 기운과 함께한다는 뜻이다.

　　엘프들이 신계의 기운과 조화를 이룰 수 있는 방식으로 마나 운용법을 발전시켰다고 해도 이상한 일은 아니리라.

　　모든 가능성을 취합한 결과, 루얀은 하나의 결론에 도달할 수 있었다.

　　'모든 엘프들은 신계의 힘을 다루는 방법을 알고 있다!'

　　장로가 되지 못하는 것은 오직 체질의 차이일 뿐.

　　천무지체라는 특별한 신체에 엘프 고유의 마나 운용법이 더해지면 장로가 되어 신목을 돌볼 수 있게 되는 것이다.

　　루얀은 잠시 물러 서서 다시 쪽지를 꺼내 보았다.

　　기다리겠습니다.

　　그는 지금껏 '파란 열매'라는 힌트와 '도움이 필요하다.'라는 말에만 집중을 했었다.

하지만 오히려 가장 중요한 부분은 기다리겠다는 말이었다.

루얀을 기다린 것은 신목도, 엘프 부족도 아니었다.

신계의 기운이 그를 기다리고 있었다.

'정말로 신계의 힘을 다스릴 수만 있다면.'

모든 문제를 해결할 수 있다.

신목에게 은혜를 갚고, 프레시아를 치료할 수 있다.

푸른 숲의 부족도 옛 모습을 되찾을 것이다.

하지만 무엇보다 중요한 것은…….

테오를 깨울 수 있다!

폭주를 일으켜서 뒤엉킨 여러 기운 중에서 끝까지 해결할 수 없었던 마지막 퍼즐 조각이 바로 여기에 있었다.

루얀은 힘껏 주먹을 움켜쥐면서 아주 신중하게 말을 꺼냈다.

"아브라함, 엘프의 마나 운용법을 배우고 싶다."

루얀의 뜬금없는 말에 아브라함은 눈을 크게 치켜뜨고 끔뻑거렸다.

루얀이 무슨 말을 하는 것인지 이해하기까지 오랜 시간이 걸린 탓이었다.

그러다 결국 분노를 터트리면서 버럭 노성을 내질렀다.

"정말 상종 못 할 인간이구나! 우리에게 더 빼앗아갈 것이 남았더냐!"

아브라함의 입장에서야 불쾌한 것도 당연했다.

루얀도 그 마음을 이해할 수 있었다.

하지만 그에게도 엘프의 힘이 꼭 필요했으니 이대로 물러날 수는 없었다.

루얀은 흔들림 없는 눈빛으로 아브라함을 똑바로 바라보았다.

"그렇다면 거래를 하지."

"흥! 우리는 인간과 거래하지 않는다!"

아브라함은 루얀의 제안을 듣지도 않고 거절했다.

그에게 필요한 것은 오직 엄마 나무의 자비일 뿐, 인간에게서 얻을 수 있는 것은 없다고 생각했다.

하지만 과연 그럴까?

이어진 루얀의 말에 아브라함의 눈빛이 크게 흔들렸다.

"프레시아라고 했나? 이 아이를 치료해 주겠다."

"그, 그건 거래가 될 수 없다. 애초에 네가 열매를 훔쳐 가지 않았다면 이런 일도……."

"그렇다면 이건 어떤가? 궁술을 가르쳐 주겠다."

루얀의 기습적인 제안에 아브라함은 결국 완전히 할 말을 잃고 말았다.

활의 종족에게 궁술을 가르쳐 주겠다는 인간이라니!

이보다 더 오만하고 가소로운 제안도 없을 터였다.

하지만 아브라함은 절대로 그 제안을 거절할 수 없었다.

이미 루얀의 궁술을 직접 목격했으니까.

아브라함의 요청을 받고 푸른 숲의 부족 엘프들이 모두 한자리에 모였다.

그 숫자는 대략 50여 명.

"우와, 여긴 천국일까?"

"이건…… 꿈일 거야."

에릭과 에디는 몽롱한 표정으로 엘프들을 쭉 둘러보았다.

숫기가 없는 제라드는 차마 엘프들과 시선조차 맞추지 못하고 뺨을 발갛게 물들였다.

과연 미의 종족!

엘프들은 그저 가만히 서 있는 것만으로도 범접하기 어려운 아우라를 뿜어 댔다.

대륙에서 가장 아름답다고 하는 이들도 이 숲에 오면 감히 얼굴을 들지 못할 것이 분명했다.

"멍청이들아. 침 흐르잖아! 입 다물어."

알리제는 마치 불결하다는 듯 쌍둥이를 타박했지만, 막상 그녀의 시선도 엘프들의 얼굴을 힐끔거리기 바빴다.

"크흠. 모두 모였다."

인간들의 시선이 불편할 법도 하건만, 아브라함은 애써 내색하지 않고 목소리를 가다듬었다.

'인간에게 배움을 청하는 것은 정말 싫지만…….'

루얀의 궁술은 가히 압도적이었다.

그가 보여 준 신위와 비교한다면 엘프들의 활은 장난감에도 미치지 못하는 수준이다.

아브라함은 인간에게 얻을 수 있는 것이 없으리라 생각했지만, 현실은 반대였다. 그들은 오히려 루얀에게 매물로 내놓을 수 있는 것이 있다는 사실을 감사해야 할 판이었다.

'우리는 강해져야 해.'

이미 푸른 숲의 부족은 몰락해 가고 있는 상황이다.

이대로라면 머지않아 엄마 나무의 보호를 받지 못하게 되는 날이 올 수도 있다.

그들에게는 스스로 부족을 지킬 수 있는 힘이 필요했다.

아브라함뿐만 아니라 모두가 그 사실을 알기 때문에 지금 이 자리에 모인 것이었다.

인간의 기준으로 따지자면 고작 열 살 정도나 되었을까.

꼬맹이들까지 활을 들고 나선 것만 보더라도 그들의 의지를 알 수 있었다.

"준비할 것이 있다."

루얀은 무심한 표정으로 엘프들을 쭉 둘러보다가 홀연히 숲으로 사라졌다. 그리고 대략 10분 정도가 지났을 때, 굉장히 굵은 밧줄 하나를 들고 돌아왔다.

"자, 이제 수련을 시작하지."

루얀의 말에 엘프들은 바짝 긴장하면서 그의 눈치를 살폈다.

과연 얼마나 굉장한 궁술을 가르쳐 줄 것인가!

인간이 엘프보다 더 뛰어난 궁술을 발휘할 수 있었던 비법은 무엇일까!

긴장감과 기대감으로 얽힌 기묘한 분위기가 엘프들을 휩쓸고 지나갔다.

꿀꺽.

아브라함을 마른침을 삼키며 천천히 루얀을 향해 다가갔다.

"무엇부터 하면 되지?"

그 비장한 태도에 루얀은 피식 헛웃음을 지으면서 아브라함의 손에 밧줄을 쥐여 주었다.

"일단 당겨라."

그때까지만 해도 엘프들은 전혀 알지 못했다.

미의 종족이라 불리는 그들이 오우거 뺨치는 팔뚝을 지니게 될 것이라는 사실을.

루얀이 들고 온 밧줄의 정체는 나무줄기와 산짐승의 근육을 엮어서 만든 수련 도구였다.

몇몇 엘프들은 밧줄을 발견하고 탄성을 내지르기도 했다.

"아! 저건……."

그들에게도 익숙한 물건이었다.

루얀이 엄마 나무의 아래에서 수련하는 모습을 지켜봤으니까.

과거, 루안은 저 밧줄을 아주 무식하게 잡아 당기면서 그 자신을 괴롭히곤 했었다.

당시 엘프들은 그 무식한 수련법을 비웃었는데, 이제 그들도 똑같은 짓을 해야 할 상황이었다.

'저 단순한 밧줄이 궁술의 비법이었다니.'

그래도 강해질 수만 있다면 무엇을 망설이겠는가.

지나치게 품위 없는 몸짓이라 꺼림칙할 뿐, 그리 어려워 보이지도 않았다.

"이 정도로는 만족스럽지 않지만 준비운동이라고 생각하겠다."

젊은 엘프 하나가 호기롭게 루안의 수련법에 도전했다. 하지만 그의 표정이 일그러지기까지는 채 10초도 걸리지 않았다.

'이, 이건 뭐지?'

가장 먼저 밧줄에 도전한 엘프는 꼼짝도 하지 않는 밧줄을 보고 눈을 동그랗게 떴다. 하지만 내뱉은 말이 있으니 이대로 물러날 수는 없는 일이었다.

오기가 생긴 엘프는 이를 악물고 있는 힘껏 밧줄을 잡아 당겼다.

"끄으응."

물론 부질없는 짓이었다.

밧줄이 잠시 꿈틀거리는가 싶었지만 그뿐이었다.

'내가 고작 밧줄 하나를 당기지 못한다고?'

엘프는 믿을 수 없다는 듯 자신의 손을 내려다보았지만, 사실 당연한 일이었다.

다른 누구도 아닌 루얀의 단련법이다.

수련에 있어서는 '적당히'라는 것을 모르는 루얀이 어설픈 밧줄을 준비했을 리 만무했다.

'잠깐. 이 인간은 어떻게 이 밧줄을 당긴 거지?'

과거, 루얀이 이 밧줄을 수 천 번씩 당겼던 것을 떠올린 엘프는 혀를 내두르면서 물러났다.

그러자 아브라함이 속사정도 모르고 고개를 갸웃거렸다.

"친구여, 어서 시작하지 않고 뭐 하는 건가?"

"그, 그게……. 민망하지만 내 힘으로는 무리일세."

엘프는 솔직하게 자신의 실패를 고백했다.

부족함을 인정하는 것은 매우 용감한 일이며, 물러날 때를 아는 것 또한 아름다운 일이다.

엘프는 그렇게 스스로를 포장하면서 자신의 자리로 돌아가려고 했다. 하지만 자신의 의지로 포기할 수 있으리란 생각은 크나큰 착각이었다.

포기할 생각이라면 처음 밧줄을 봤을 때부터 도망쳤어야 했다. 이미 시작했다면, 어중간하게 그만두는 것을 용납할 루얀이 아니었다.

물러나려던 엘프는 그의 어깨를 붙잡는 다부진 손에 흠칫 놀라면서 뒤를 돌아보았다.

"그만하라고 하지 않았다."

루얀이 무서울 만큼 단호한 표정으로 그를 바라보고 있었다.

"아, 아니 나는 무리……."

"나약한 소리 하지 마라. 정말 죽을 각오로 덤벼든다면 못할 일이 없다."

고작 밧줄 하나를 당기기 위해 죽을 각오까지 해야 하는 것일까.

엘프는 루얀의 시선을 피하면서 애써 딴청을 부렸다.

이상하게도 거역하기 어려운 눈빛이었다.

"궁술을 배우고 싶다고 하지 않았나? 엘프가 이렇게 나약한 자들인 줄 몰랐군."

"우리가 나약한 것이 아니라 인간의 방식이 무식한 것이다!"

그래도 자존심은 있는 것일까.

루얀의 도발에 엘프는 발끈하면서 소리쳤다.

하지만 그러면서도 감히 루얀과 시선을 맞추지는 못하고 슬금슬금 뒷걸음질을 쳤다.

그때 엘프의 눈앞에서 '휙' 하고 바람이 스쳐 지나갔다.

분명히 바람일 뿐이었다. 그런데 눈을 깜빡이고 보니 엘프는 어느새 다시 밧줄의 앞으로 돌아와 있었다.

'어떻게…….'

눈으로 보지도 못했건만, 루얀이 순식간에 그를 들어서 옮겨 놓은 것이었다.

심지어 그것으로도 끝이 아니었다.

섬뜩한 느낌을 받은 엘프는 조심스럽게 자신의 목을 내려다 보았다.

우우웅.

도대체 어디에서 구해 온 것인지, 루얀이 날카로운 단검으로 그의 목을 겨누고 있었다. 시퍼렇게 타오르는 오러는 이것이 절대 장난이 아니라는 사실을 증명하고 있었다.

"당겨라. 죽고 싶지 않다면."

루얀의 목소리에는 살기마저 담겨 있었다.

그는 진심이었다.

"미, 미친 인간! 검을 거둬라!"

깜짝 놀란 엘프는 자신도 모르게 상스러운 욕설을 입에 담고 말았다.

"이런 엉성한 마음가짐이라면 언젠가는 큰일을 치를 터. 차라리 지금 죽는 것이 낫다."

루얀이 기세를 드러내자 강렬한 압박이 숲 전체를 억누르고 내려앉았다.

'크으윽.'

기세에 짓눌린 엘프들은 입도 뻥긋하지 못하고 부족의 일원이 위협을 받는 것을 지켜볼 뿐이었다.

"하, 하겠다! 그러니 이제 그만 검을……."

결국 부족의 지원마저 끊긴 엘프는 울며 겨자 먹기로 다시 밧줄을 붙잡을 수밖에 없었다.

"한 뼘을 당기면 살려 주겠다."

과연 이것을 수련이라고 할 수 있을까.

엘프들의 목숨을 건 도박이 시작되었다.

엘프는 등골을 날카롭게 찌르는 살기에 몸서리치면서 미친
듯이 밧줄을 당겼다.

뜨드득.

죽음에 대한 공포는 기적을 일으키기에 충분했다.

온 몸을 비틀면서 밧줄을 당긴 엘프는 기어이 목표를 달성
하고는 털썩 주저앉았다.

"하아, 해냈다."

"하면 된다고 하지 않았나. 내일은 두 뼘이다."

안도하던 엘프는 하루 만에 2배로 뛴 목표치에 사색이 되어
몸을 파르르 떨어 댔다.

하지만 루얀의 시선은 이미 그에게서 떠난 후였다.

"다음."

루얀이 대충 손가락을 까딱거리자 다른 엘프 1명이 부웅 떠
올라서 그에게 끌려왔다.

허공섭물.

그 지고한 무위에 선택받은 엘프는 채 감격할 시간조차 없
이 밧줄 앞에 서게 되었다.

"당겨라. 죽고 싶지 않다면."

엘프의 숲에서 곡소리가 울려 퍼졌다. 아주 오랫동안.

❦

'꽤 잘 따라오는군.'

루얀은 밧줄을 한 뼘씩 당기고 나가떨어지는 엘프들을 바라보면서 헛웃음을 삼켰다.

그가 이렇게까지 엘프들을 몰아붙인 것은 계산을 확실하게 하기 위함이었다.

루얀은 거래를 했다.

그렇다면 반드시 엘프들을 강하게 만들어 줘야 마땅하다.

어중간하게 끝내는 것은 그의 성격에 맞지 않았다.

시간이 많지 않다는 점까지 생각하면 그의 수련은 더욱 혹독해질 수밖에 없었다. 그렇게 모든 엘프들이 루얀의 시험을 통과하고, 마지막으로 아브라함만이 남게 되었다.

"굳이 협박하고 싶지는 않다. 알아서 당겨라."

아브라함은 부족의 연장자였으니, 루얀도 그를 배려해서 단검을 내렸다. 하지만 그 배려에 숨통이 트인 아브라함은 거칠게 반항을 하고 나섰다.

"인간. 솔직하게 말해라. 그냥 우리를 괴롭히려는 속셈이 아니냐!"

굉장한 비법이라도 알려 줄 것처럼 거래를 제안해 놓고, 막상 하는 짓이 '밧줄 당기기'라니.

아브라함이 원한 것은 이런 멍청한 짓이 아니었다.

화려한 기교와 궁극의 비기를 배우고 싶었다.

하지만 루얀이 듣기에는 한심한 소리일 뿐이었다.

걷지도 못하는 자가 나는 법을 알려 달라는 꼴이 아닌가.

'아무래도 직접 보여 줄 필요가 있겠어.'

아주 귀찮은 일이지만, 공정한 거래를 위해서는 한 번쯤 짚고 넘어가는 것도 좋을 듯했다.

"그렇다면 보여 주지."

루얀은 슬쩍 고개를 돌려서 용병단의 식구들을 돌아보았다.

에릭과 에디 탓에 항상 왁자지껄한 용병단이었지만 지금만큼은 놀라운 집중력을 보여 주고 있었다.

'역시 무인은 무인이로군.'

그들은 단순한 수련까지도 날카롭게 지켜보면서 배울 점을 찾고 있었다. 드래곤들도 루얀의 수련법이 꽤 신선했는지, 흥미로운 눈빛이었다.

하지만 단 1명만은 예외였다.

죽은 생선과 비슷한 눈빛으로 화단을 뒹굴고 있는 한량 하나가 루얀의 눈에 들어왔다.

당연히 비우스였다.

"비우스, 잠시 도와주겠나?"

루얀이 부드럽게 말했지만 비우스는 들은 척도 하지 않고 열심히 빈둥거렸다.

본능적으로 귀찮은 일이라는 사실을 파악한 것이었다.

'쳇. 또 무슨 일을 시키려고.'

비우스는 차라리 모른 척을 하다가 한 대 맞고 끝내는 것이 훨씬 깔끔하다는 사실을 이미 알고 있었다.

그런데 어째서인지 루얀의 태도가 평소와는 달랐다.

화를 내지도 않고 주먹을 치켜들지도 않았다.

"비우스, 네 도움이 필요하다."

이제야 위대한 존재의 유능함을 알아본 것일까.

우쭐해진 비우스는 거만하게 턱을 치켜들며 천천히 몸을 일으켰다.

"크흠. 그렇게까지 말한다면야 이 몸이 나서 줘야겠지."

콧구멍까지 씰룩거리는 것을 보면 어지간히도 신이 난 모양이었다.

루얀은 그런 비우스를 이끌고 대략 1km 정도 떨어진 장소로 자리를 옮겼다.

"다른 놈들이 알아서는 안 되는 아주 중요한 일이로군."

"딱히 그렇지는 않다."

비우스의 우쭐한 태도도 딱 거기까지였다.

루얀은 퉁명스럽게 대꾸하면서 비우스의 머리에 사과 하나를 턱 올렸다.

"자, 잠깐만! 설마⋯⋯."

그제야 무슨 일이 벌어질 것인지를 짐작한 비우스가 다급하게 손을 내저었다.

　활을 든 엘프와 머리 위의 사과.

　이쯤 되면 모르기가 더 어려운 상황이었다.

　"걱정 마라. 저들의 궁술도 나쁘진 않다."

　나쁘지 않은 정도로 괜찮은 것일까.

　조금도 안심이 되지 않는 말이었다.

　"사, 살려 줘! 이 악마가 결국 나를 죽이려 해!"

　비우스는 비명을 내지르면서 동료들에게 도움을 요청했지만, 그와 시선을 맞추려는 드래곤은 아무도 없었다.

　물론 당연한 일이었다.

　그 누구도 비우스를 대신해서 희생하고 싶지는 않을 테니까.

　"안 해! 아니, 못 해!"

　비우스는 발버둥을 치면서 루안에게서 벗어나려고 했다.

　하지만 나지막한 목소리 하나가 그를 꼼짝도 하지 못하게 만들었다.

　"움직이는 표적이라……. 그것도 재미있겠지."

　이 정도면 살해 의도가 명백하다고 봐도 무방할 정도였다.

　딱딱하게 굳어 버린 비우스는 식은땀을 흘리면서 애처롭게 루안을 바라보았다.

　"저, 정말 괜찮은 거죠?"

　"괜찮다. 움직이지만 않는다면."

그 즉시 비우스는 완벽한 석상이 되었다. 어깨라도 들썩였다
가는 머리가 날아갈 판이었으니 숨조차 편히 쉴 수 없었다.

표적을 준비한 루얀은 곧바로 아브라함에게 돌아와서 눈짓
으로 신호를 보냈다.

"맞출 수 있나?"

"흥! 엘프를 무시하는 것이냐! 그 정도도 못할 줄 알고?"

"만약 비우스를 화나게 만든다면 뒷감당은 너의 몫이다."

드래곤의 머리에 활을 쏜 엘프.

정말 사소한 사고라도 생긴다면 부족 전체가 몰살당할 수도
있는 일이었다. 하지만 아브라함은 망설이지 않고 가볍게 활을
들었다.

실수 따위는 있을 수 없다는 확신이 담긴 동작이었다.

빠드득.

곧 아브라함이 있는 힘껏 활을 당겼다.

그럴수록 비우스의 얼굴은 점점 더 잿빛으로 물들어 갔다.

피이잉.

끝내 아브라함의 손에서 시위가 미끄러졌고, 화살이 엄청난
속도로 튀쳐나갔다.

쉬이익.

루얀은 결과를 보지 않아도 알 수 있었다.

이미 화살의 경로가 그의 눈에 선명하게 그려졌다.

'명중이군.'

하지만 막상 그의 입에서 튀어나온 말은 차가운 질책이었다.

"그게 너의 최선인가?"

루얀은 퉁명스럽게 말을 내뱉으면서 뒤늦게 활을 들었다.

가볍게 시위를 당기고, 조준조차 거치지 않고 대충 화살을 쏘았다.

파아앙.

그 즉시 화살이 엄청난 속도로 허공을 갈랐다.

내력을 사용하지 않아서 무음시에 이르지는 못했지만, 그래도 굉장한 위력이었다.

루얀이 쏜 화살은 곧장 추격을 시작했다.

아브라함이 쏜 화살의 뒤를 빠르게 따라붙었다.

쒜에엑.

그리고 결국에는 아브라함이 쏜 화살을 관통해서 반으로 쪼개 버렸다.

믿을 수 없는 속도와 위력!

심지어 루얀의 화살은 그것으로도 그치지 않았다.

나아가 비우스 머리에 놓인 사과를 정확하게 꿰뚫었다.

파악.

폭발해 버린 사과는 흔적조차 남기지 못하고 소멸했다.

그제야 털썩 주저앉은 비우스는 거칠게 숨을 몰아쉬었다.

"흐아악, 진짜 죽을 뻔했다."

화살이 정수리를 스치고 지나가는 느낌은 두 번 다시 겪고 싶지 않은 끔찍한 경험이었다. 그러거나 말거나 태연하게 활을 내린 루얀은 여전히 무심한 눈빛으로 아브라함을 돌아보았다.

"답이 되었나?"

루얀은 직접 증명해 주었다.

무식할 정도로 강력한 힘이야말로 궁사의 제1덕목이라는 것을. 하지만 어째서인지 가장 큰 깨달음을 얻은 사람은 아브라함이 아니라, 비우스였다.

"생각해 보니 아직 못해 본 것이 참 많구나! 세상은 살 만한 곳이었어."

단 한 발의 화살로 루얀과 아브라함의 격차는 확연하게 드러났다.

보다 빠르고, 더 강력한 화살!

내력을 사용하지 않은 순수한 궁술 대결에서도 아브라함은 결코 루얀의 상대가 될 수 없었다.

'허! 이렇게까지 차이가 날 줄이야.'

아브라함은 멍하게 자신의 활을 바라보다가 이내 격렬하게 고개를 가로저었다.

"인정할 수 없다! 이건 궁술이 아니라 활의 차이다!"

아브라함은 다소 거칠게 목소리를 높이면서도 루얀의 활을 향해서는 감히 삿대질을 하지 못했다. 그도 그럴 것이 엄마 나무의 가장 신성한 나뭇가지로 만든 활이다.

부족의 장로조차 감히 욕심내지 못했던 신물이 루얀의 손에 들려 있었다. 이토록 특별한 신물을 이용했으니 궁술에서도 차이가 나는 것이 당연했다.

그러자 루얀은 고개를 절레절레 내저으면서 한숨을 푹 내쉬었다.

"아브라함. 아직도 모르는군."

루얀도 자신의 활이 특별하다는 사실은 알고 있었다.

하지만 격차를 만들어 낸 것이 과연 그것뿐일까.

루얀은 주저하지 않고 그의 활을 아브라함에게 휙 던져 주었다.

"바꿔서 쏴 볼 텐가?"

"내, 내가 엄마 나무의 신성한 가지를⋯⋯."

얼떨결에 활을 받아 든 아브라함은 감격에 복받쳐서 손을 부들부들 떨어 댔다. 하지만 그러면서도 싫지만은 않은지, 절대로 신목의 나뭇가지를 놓지는 않았다.

루얀은 아브라함의 주접을 무시하고 그의 활을 빼앗듯 낚아챘다.

"이번에는 내가 먼저 하지."

빠드드득.

루얀은 가볍게 시위를 당겼을 뿐이지만 활대가 굉음을 터트리면서 거세게 휘어졌다. 그러나 그것도 오래가지는 못했다.

쩌억.

루얀의 힘을 이겨 내지 못한 활대가 결국 부러지면서 활줄에 매달려 덜렁거렸다.

'이런 미친 인간 같으니!'

루얀의 무지막지한 힘에 깜짝 놀란 아브라함은 이내 이를 악물고 신목의 나뭇가지를 들었다.

'위대한 활과 함께라면 나도…….'

이제 그가 무엇인가를 보여 줄 차례였다.

그런데 이게 어떻게 된 일일까.

있는 힘껏 시위를 당겼음에도 활은 꿈쩍도 하지 않았다.

'이거 왜 이래?'

손가락이 아니라 손바닥으로 활줄을 움켜잡고 당겨 봐도 마찬가지였다.

"끄으으응."

아브라함은 아무리 용을 써도 활을 당길 수 없었다.

'말도 안 돼! 이 활을 그렇게 쉽게 당겼다고?'

분명 루얀은 이 활을 어렵지 않게 다뤘다.

그다지 힘을 들이는 기색도 아니었다.

그제야 아브라함은 알 수 있었다.

보물을 다루는 데에도 자격이 필요하다는 사실을.

한참이나 끙끙대던 아브라함은 결국 어깨를 축 늘어트리고는 루얀에게 활을 돌려주었다.

"이제 알겠나?"

"크흠. 인정한다. 내가 경솔했다."

제아무리 고집이 센 엘프라고 할지라도 이쯤 되면 인정하지 않을 수 없었다.

루얀의 발끝이라도 따라가기 위해서는 일단 더 강한 활을 써야 한다. 그리고 더 강한 활을 다루기 위해서는 그만한 힘이 필요하다.

기본조차 모르고 '궁술'을 운운했으니 부끄러울 지경이었다.

'우물 안 개구리라고 했던가? 우리가 너무 편협했구나.'

아브라함은 고개를 푹 숙이고 자책했다.

그러자 루얀이 다가와서 그에게 불쑥 손을 내밀었다.

"아브라함. 고개를 들어라."

과거의 아브라함이었다면 인간의 위로 따위 절대 받아들이지 않았겠지만, 이제는 그도 달라지기로 했다.

'그래. 우리도 다른 이의 손길을 받아들여야 해.'

아브라함은 루얀의 진심을 기꺼이 받아들이면서 손을 맞잡으려고 했다.

하지만……

그의 손에 들어온 것은 루얀의 정겨운 손이 아니라 두툼한 밧줄이었다.

"당겨라."

당연하지만, 격려 따위를 할 루얀이 아니었다.

"죽고 싶지 않다면."

제 발로 연장자 특별 대우를 걷어찬 아브라함을 기다리는 것은 시퍼런 오러였다.

❧

 엘프들이 루얀에게 수련을 받은 지 일주일이 지나면서, 이제
그들의 모습도 사뭇 달라져 있었다.
 날렵하고 매끈하던 체형은 단단하게 다져졌고, 팔에도 근육
이 붙어서 나무 이파리 옷이 팽팽하게 부풀었다.
 고작 일주일 만에 이토록 극단적인 변화를 이루었으니, 수련
이 얼마나 지독했는지를 충분히 알 수 있었다.
 달라진 것은 엘프들의 외형만이 아니었다.
 수련의 형태도 처음과는 조금 달라져 있었다.
 "준비하라."
 루얀의 지시에 2명의 엘프가 앞으로 나섰다.
 그들은 서로 반대쪽에서 밧줄 하나를 붙잡고 마주 섰다.
 "시작."
 신호가 떨어지자 두 엘프는 있는 힘껏 자신의 쪽으로 밧줄을
당기기 시작했다.
 "으아아!"
 엘프들은 미의 종족답지 않게 괴이한 함성까지 내지르면서
모든 힘을 쏟아 냈다.
 후끈한 열기와 시큼한 땀, 그리고 한껏 화가 난 근육이 한데

어우러져 기묘한 긴장감을 자아냈다.

뿌드득.

두 엘프의 중간에 낀 밧줄은 비명을 터트리면서 출렁거렸지만, 쉽사리 어느 한쪽으로 기울지는 않았다.

"친구여! 내게 양보해라!"

"끄으응. 너야말로 양보해. 난 어제도 굴렀다고!"

절대 물러날 수 없는 한판 승부.

여기서 지는 사람은 루얀의 추가 훈련을 받아야 한다. 당연히 그 추가 훈련이라는 것은 끔찍하기 그지없는 형벌이었다.

"진짜 해 보자는 것이냐?"

"오늘은 절대로 질 수 없다!"

항상 서로를 배려하고, 선한 마음가짐을 유지하던 엘프들이 이제는 악귀와 같은 표정으로 서로를 노려보고 있었다.

그들의 눈에서는 섬뜩한 독기가 뚝뚝 떨어져 내렸다.

뿌드득.

이윽고 치열했던 승부의 결과가 드러났다.

밧줄이 아주 미세하게 한 쪽으로 끌려갔다.

분명 크지 않은 차이였다.

하지만 둘의 표정만큼은 극명하게 갈렸다.

"으하하하! 살았다! 나는 살았다고!"

"크흑. 오늘도 추가 훈련이라니! 차라리 죽어 버릴 거야!"

승리한 엘프는 광소를 터트리고, 패배한 엘프는 닭똥 같은 눈물을 뚝뚝 흘리면서 좌절했다.

이미 그들은 평화를 사랑하는 엘프의 모습이 아니었다. 이곳에는 힘으로 평화를 쟁취하는 악귀들만이 남아 있을 뿐이었다.

승부가 갈리자 곧장 우악스러운 손이 다가와 패배한 엘프의 뒷덜미를 확 낚아챘다.

"가자."

"아, 안 돼! 살려 줘!"

패배한 엘프는 바닥에 손자국을 길게 남기면서 지옥으로 질질 끌려갔다. 그 모습이 어찌나 끔찍했으면, 엘프들은 동료의 최후를 차마 지켜보지 못하고 눈을 질끈 감아 버렸다.

물론 그러면서도 누구 하나 나서는 이는 없었다.

그저 '내가 아니라서 정말 다행이다.'라고 생각할 뿐.

"자. 약속한 대로 추가 훈련을 시작한다."

50명의 엘프 중에서 정확하게 25명.

패배한 엘프들을 한 곳에 모은 루얀은 무심한 눈초리로 그들을 쭉 둘러보았다. 고작 열 살 남짓한 꼬맹이들의 모습도 보였지만, 루얀의 눈에는 그 어떤 감정도 드러나지 않았다.

"일단 가볍게 시작하지. 팔굽혀펴기 500회 실시."

도대체 어떤 기준에서 생각하면 500회를 가벼운 시작이라고 할 수 있는 것일까. 패자 조의 엘프들은 절망스러운 표정으로 하늘을 올려다보았다.

'엄마 나무여. 왜 저런 인간을 마을에 들이셨습니까.'

그들에게는 모든 것이 원망스러운 순간이었다.

하지만 루얀이 내력을 끌어 올리자 엘프들은 허둥지둥 일어나서 자세를 잡았다.

어차피 해야 할 수련이라면 맞기 전에 하는 편이 훨씬 더 현명한 선택이었으니까.

"구호는 잘 알고 있겠지? 하나에 지는 놈은, 둘에 죽는다."

루얀은 모두가 자세를 잡은 것을 확인하고 단호하게 구령을 시작했다.

"하나."

구령에 맞춰 25인의 엘프들이 일제히 팔을 굽히고 땅을 향해 몸을 밀착했다.

그리고 비명이나 다름없는 목소리로 구호를 내질렀다.

"지는 놈은!"

"둘."

"죽는다!"

엘프들이 인간의 구령에 맞춰 팔굽혀펴기를 하는 모습은 세상 그 어디에서도 볼 수 없는 장관이었다.

물론 당사자들에게는 죽을 맛이겠지만.

루얀은 여기에서 만족하지 않고, 엘프들의 사이를 돌아다니면서 매의 눈으로 그들을 감시했다. 그러다 엉덩이가 내려가는 엘프의 허벅지를 발로 걷어차 버렸다.

퍼억.

"너는 처음부터 다시."

이보다 더 끔찍한 일이 또 있을까.

이미 탈진한 엘프는 입에 게거품을 물고 경련을 일으켰다.

"많이 지쳤군. 휴식이 필요하겠어."

"고, 고맙다."

"그래. 죽어서 영원히 쉬어라."

루얀은 과연 훌륭한 마법사였다.

그의 말 한마디에 엘프가 기적처럼 기운을 차렸으니까.

엘프는 언제 쓰러졌냐는 듯 재빨리 몸을 일으켜서 다시 자세를 잡았다.

"지는 놈은! 죽는다! 지는 놈은! 죽는다!"

그렇게 500회의 팔굽혀펴기를 마치자 패자 조의 엘프들은 녹초가 되어서 널브러졌다.

하지만 루얀은 숨을 돌릴 시간조차 허락하지 않고, 그들의 앞에 다시 밧줄을 설치했다.

지옥의 투기장이 재영업을 준비하고 있었다.

"다시 시작하지. 알겠지만 지는 놈은 추가 훈련이다."

루얀의 담담한 목소리에 엘프들은 마치 좀비처럼 흐느적거리면서 몸을 일으켰다. 이제 그들의 눈빛에는 독기를 넘어 살기까지 넘실대고 있었다.

"크흐흐. 다 발라 버릴 거야!"

"드루와! 드루와!"

"이 승부가 끝나면 그녀에게 고백할 거야!"

엘프들은 슬슬 미쳐 가고 있었다.

휴식을 취하면서 그 모습을 지켜본 승자 조의 엘프들은 동료들의 고통을 가슴 깊이 새겼다.

'이러다가 내일은 내가 저기에 있는 거 아니야?'

동료들이 강해지고 있지만 마냥 기뻐할 수만은 없는 그들이었다. 지금 보고 있는 지옥은 내일 그들이 겪을 재앙의 예고편인지도 몰랐다.

하지만 어디 재앙이 예고를 하고 찾아오는 녀석이던가.

내일의 두려움을 애써 외면하면서 오늘을 즐기고 있던 승자 조에게 루얀이 뚜벅뚜벅 다가왔다.

"푹 쉬었나?"

도대체 또 무슨 사악한 짓을 계획하고 있는 것일까.

엘프들은 대답조차 하지 못하고 불안하게 눈알을 굴려 댔다.

그러자 루얀은 슬쩍 입술 끝을 끌어 올리면서 엘프들의 앞에 두툼한 자루 하나를 내려놓았다.

"슬슬 근력이 붙은 것 같으니 다음 단계로 넘어가겠다."

다음 단계!

그딴 것이 있으리라고는 상상조차 하지 못했던 엘프들은 숨이 턱 멎는 기분이었다.

루얀이 자루에서 꺼낸 것은 엄지손톱만 한 크기의 메추리알이었다.

"모두 나를 따라 하도록."

루얀은 중원의 강시처럼 두 손을 직각으로 세워서 앞으로 내밀었다. 엘프들은 영문을 모르면서도 감히 루얀에게 반항하지는 못하고 순순히 동작을 따라 했다.

"명심해라. 손을 내리면 죽는다."

루얀은 살기를 담아 경고하면서 엘프들의 손등에 메추리 알을 10개씩 올렸다.

"이건 또 무슨 짓이냐?"

결국 불안한 마음을 감추지 못한 아브라함이 대표로 나서서 루얀에게 따져 물었다.

하지만 결과적으로 아무런 의미도 없는 질문이었다.

루얀이 설명조차 없이 곧바로 지옥문을 열어젖혔으니까.

"마을 입구를 찍고 온다. 선착순 10명. 늦은 놈은 추가 훈련이다."

소스라치게 놀란 엘프들이 흠칫 몸을 떨었다.

겨우 승자 조에 포함되었음에도 결국 시련이 다가온 것이다.

하지만 머뭇거림도 잠깐일 뿐이었다.

루얀이 출발을 지시하지 않았음에도 엘프 하나가 갑자기 미친 듯이 달리기 시작했다.

"으아아! 나는 죽기 싫어!"

그 비명이 신호탄이 되었다.

승자 조의 엘프들은 누가 먼저랄 것도 없이 땅을 박찼다.

괜히 루얀에게 따지고 나섰다가 가장 뒤처지게 된 아브라함은 입술을 잘근 깨물면서 동료들의 뒷모습을 노려보았다.

'치사한 녀석들. 내가 이대로 질 것 같아?'

아브라함은 그 누구보다 더 필사적으로 땅을 박차고 앞으로 뛰쳐나갔다.

그때 엘프들의 등 뒤에서 루얀의 목소리가 흘러들어왔다.

"알이 하나 깨질 때마다 1시간씩 추가 훈련이다."

끼이익.

승자 조의 엘프들은 발로 땅을 긁으면서 급하게 멈춰 섰다.

하지만 이미 늦은 후였다.

그들의 손등에는 단 하나의 알도 남아 있지 않았다.

가장 열정적으로 내달렸던 아브라함도 마찬가지였다.

"그, 그걸 왜 이제 말해 주는 것이냐!"

"말하기 전에 달리더군."

그 말에 모든 엘프들이 가장 먼저 달린 동료를 날카롭게 쏘아보았다.

'저 개 같은…….'

엘프들은 생애 처음으로 '욕'이라는 것을 알게 되었다.

chapter 4

땀내 가득했던 해가 기울고, 엘프의 숲에도 밤이 찾아왔다.

'크흐흐. 드디어 때가 왔다!'

아브라함은 살벌하게 안광을 불태우면서 마음속으로 칼날을 갈았다.

루얀이라는 재앙이 들이닥친 이후부터 그에게는 하루하루가 죽음보다 더 고통스러운 시간이었다.

평화와 조화를 추구하던 엘프의 본성은 이미 사라졌고, 아브라함은 독기만 남아서 보이는 모든 것을 마구 당겨 버리고 싶어졌다.

흉측할 정도로 부풀어 오른 근육은 엘프의 정체성마저 뒤흔들었다.

'루얀! 네놈을 조각조각 부숴 주마!'

아브라함은 전신의 근육을 위협적으로 꿈틀거리면서 섬뜩하게 미소를 지었다.

저벅. 저벅.

곧 달빛을 가르고 루얀이 그에게 다가왔다.

평소와는 다르게 그 또한 사뭇 비장한 표정이었다.

"아브라함, 일찍 왔군."

"아니. 네가 늦은 거다!"

아브라함은 처음부터 기세를 휘어잡을 요량으로 거세게 루얀을 몰아붙였다. 하지만 루얀은 아무런 대구도 하지 않고 그저 어깨를 으쓱일 뿐이었다.

"루얀! 준비는 됐겠지?"

"문제 없다."

"각오를 단단히 해야 할 거다. 네가 얼마나 준비를 했든, 그것으로는 부족할 테니까."

아브라함은 이를 바득바득 갈면서 루얀을 노려보았다.

루얀이라는 놈은 무엇 하나 마음에 드는 구석이 없었다.

지나칠 정도로 태연한 저 태도 또한 마찬가지였다.

'네놈은 평안할 자격이 없다! 고통 받아야 마땅해!'

저 사악한 악마의 횡포에 얼마나 오랜 시간을 신음했던가.

해가 뜨면 지옥의 불구덩이에서 나뒹굴었고, 훈련이 끝나면 경련을 일으키는 근육과 함께 울어야 했다.

밤에도 쉽사리 잠이 들지 못했고, 겨우 쪽잠을 자려고 들면 루얀이 그의 꿈속까지 쫓아와서 메추리 알을 들이밀었다.

식은땀을 흘리면서 벌떡 일어날 때면 떠오르는 태양이 그렇게 야속할 수가 없었다.

'나 또한 똑같이 갚아 줄 것이다! 자비를 기대하지 마라!'

지난날들을 돌아본 아브라함은 더 독하게 마음을 다잡으면서 주먹을 움켜쥐었다.

드디어 맞이한 복수의 시간!

약속한 대로 루얀에게 엘프의 마나 운용법을 가르쳐 줄 차례였다. 하지만 아브라함의 기대와는 달리 루얀은 정중하게 포권을 취하면서 예의를 차렸다.

"배움에 최선을 다하겠다."

무인은 배움에 인색하지 않다.

중원에서도 그는 배울 점이 있다면 사교의 부두술까지도 파고들었다. 소블레스 대륙에 온 이후에도 많은 것을 깨우쳤으니, 이제 와서 배움에 한계를 둘 루얀이 아니었다.

'이게 아니야! 아니라고!'

아브라함은 루얀이 불안에 떨면서 추잡하게 바닥을 빌빌 기는 모습을 보고 싶었다. 그래도 직성이 풀리지 않을 것 같았다.

그런데 이렇게 얄미운 태도라니!

마음속에서 뜨거운 불길이 치솟았다.

'흥! 언제까지 그렇게 오만할 수 있는지 지켜봐 주마.'

아브라함은 기필코 루얀의 일그러진 얼굴을 보고야 말겠다는 각오로 입을 열었다.

"좋다. 가르쳐 주지. 먼저 엄마 나무의 은총을 느낄 수 있어야 한다. 정말 어려운 일이지."

아브라함은 '어려운 일'이라는 점을 강조하면서 음흉하게 입술 끝을 끌어 올렸다.

그래도 루얀은 그의 가르침을 가만히 듣고 있을 뿐이었다.

"우선 열흘간 굶으면서 몸을 가볍게 하고, 엄마 나무에게 매일 1만 번 절을 올려라."

아브라함은 오직 루얀을 괴롭히기 위해 구상한 수련법을 빠르게 쏟아 냈다.

당연히 이것은 엘프들의 방식이 아니었다.

'원래는 엄마 나무의 곁에서 오래 머물기만 하면 자연스럽게 느낄 수 있지만, 인간이 뭘 알겠어.'

루얀이 그랬던 것처럼, 지금은 그의 말이 규칙이고 법이었다.

"물론 끝이 아니다. 엎드려서 무릎으로 엄마 나무의 주변을 돌면서 허락을 기다려야 한다. 절대로 멈춰서는……."

"엄마 나무의 은총이라면 신계의 기운을 말하는 것인가?"

"건방진 인간! 내 말을 끊지 마라."

아브라함은 루얀이 갑자기 끼어들자 표정을 엄하게 굳히면서 호통을 쳤다.

그의 복수는 이제 시작일 뿐이었다.

지금 말한 것은 그가 계획한 괴롭힘 중에서도 극히 일부에 불과했다. 하지만 루얀이 눈매를 가늘게 좁히자 뜨끔한 아브라함은 급히 시선을 피하면서 주절주절 말을 내뱉었다.

"크흠. 다른 종족은 그렇게 부르기도 하더군. 아무튼 허락을 구한 다음에는…….'"

"되었다."

"뭐? 위대한 엘프들의 마나 운용법을 배우고 싶지 않은 것이냐!"

"아니. 신계의 기운이라면 이미 느끼고 있다."

루얀의 말을 이해하지 못한 아브라함은 잠시 눈을 끔뻑거리면서 멍청한 표정을 지었다.

'이 인간이 지금 무슨 말을 하는 거지?'

있을 수 없는 일이었다.

아니, 있어서는 안 되는 일이다.

루얀의 비명을 듣기 위해 밤낮을 가리지 않고 고민한 아브라함의 노력이 수포가 될 위기였다.

당황한 아브라함은 버럭 소리를 질렀다.

"거, 거짓말 하지 마라! 우리 부족의 혹독한 수련이 두려워서 피하는 것이겠지."

"거짓말을 할 이유가 없다."

"역시 인간은 엘프보다 열등하고 나약한 존재라는 것을 스스로 인정하는 구나!"

아브라함은 자신이 무슨 말을 하는 것인지도 모르고 무작정 언성을 높였다.

극단적인 조롱과 도발. 이쯤이면 루얀도 모멸감을 느끼고 득달같이 달려들어야 마땅했다.

아브라함과 푸른 숲의 부족이 그랬던 것처럼.

'어서 걸려들어라! 해낼 수 있다면서 어서 뛰어들란 말이다!'

하지만 루얀은 표정 하나 바꾸지 않고 여전히 차분한 눈빛으로 그를 바라보고 있을 뿐이었다.

"그다음을 알려 달라."

루얀은 진지했다.

그에게는 엘프들의 마나 운용법이 꼭 필요했으니까.

반면 아브라함으로서는 미치고 팔짝 뛸 노릇이었다.

"으드득. 인간! 그렇다면 한번 시험해 보겠다. 거짓말이었다면 각오하는 것이 좋을 거다!"

아브라함은 두 손을 번쩍 치켜들고 빠르게 마나를 끌어 올렸다. 신목의 기운과 반목하지 않고 자연스럽게 어우러지는 부드러운 마나였다.

우우웅.

초록빛 마나가 왈칵 흘러나오자 이내 숲에서 신묘한 기운이 함께 일어나 아브라함의 의지를 뒤따랐다.

휘이잉.

곧 바람이 불었다.

어둑한 숲에 녹아들어 차분하게 가라앉은 루얀의 검은 머리카락이 부드럽게 나부꼈다.

시원하고, 꽤 기분 좋은 경험이었다.

루얀은 가만히 눈을 감고 바람을 즐겼다.

아브라함은 그런 루얀을 못마땅하게 바라보다가 퉁명스럽게 질문을 툭 내던졌다.

"맞춰 봐라. 방금 지나간 바람에는 몇 가닥의 흐름이……."

"9개."

루얀은 아브라함의 질문이 채 끝나기도 전에 간결하게 대답했다.

'젠장. 어떻게 알았지?'

뜨끔한 아브라함은 애써 놀란 기색을 감추면서 눈알을 부라렸다. 그나마 루얀이 눈을 감고 있어서 표정을 들키지 않은 것이 다행이었다.

'바람에 섞인 기운은 우리 엘프들도 구분하기 쉽지 않은데.'

무엇인가 잘못 되었다. 그것도 아주 크게.

하지만 아브라함은 인정할 수 없었다.

이렇게 쉽게 복수를 포기할 수는 없었으니까.

"흥! 운이 좋았을 뿐이겠지. 이번에야말로 진짜 시험이다."

아브라함은 서서히 엉망이 되어 가는 계획의 끝을 추하게 부여잡고 다시 한번 힘껏 마나를 끌어 올렸다.

후아앙.

이전보다 훨씬 더 빠르고 사나운 돌풍이 몰아닥쳤다.

아브라함이 그가 지닌 모든 마나를 쏟아부은 탓이었다.

"이번에도 맞춘다면 인정해 주마! 그럴 리는 없겠지만."

아브라함은 혀끝까지 올라오는 거친 숨을 억누르면서 애써 태연한 척 턱을 치켜들었다.

물론, 감춘다고 해서 그의 상태를 모를 루얀이 아니었다.

지금껏 눈을 감고 바람을 즐기던 루얀이 눈을 번쩍 뜨면서 아브라함을 똑바로 바라보았다.

"32개. 설마 이 정도가 네 한계는 아니겠지?"

"젠장! 이럴 리가 없는데……."

루얀을 시험하려 했던 아브라함은 오히려 자신의 밑천을 시험받게 된 기분이었다.

'이럴 순 없어! 내가 얼마나 공들여 준비한 고문인데!'

루얀을 만난 모든 사람들이 그랬듯, 아브라함도 결국 똑같은 의문을 품게 되었다.

'진짜 이 인간 뭐지?'

누구나 그럴싸한 계획을 가지고 접근하지만, 언제나 결과는 마찬가지였다. 루얀은 아브라함의 분한 표정에도 아랑곳하지 않고, 무엇인가를 진지하게 고민하기 시작했다.

"들어 보니 엘프들의 방식도 좋은 수련법인 것 같군. 왜 지금은 하지 않는 것인가?"

"그, 그게 아니라……."

"전통을 잊는 것은 좋지 않다. 내일부터는 너희의 수련법도 병행하도록 하지."

당연한 말이지만, 루안을 시험하려 했던 자들의 말로는 그리 좋지 않았다.

"사, 살려 줘."

"더는 못하겠어!"

푸른 숲의 부족 엘프들은 죽음의 그림자가 가까워져 오는 것을 느끼며 치를 떨었다. 벗어날 수 없다면 차라리 당장이라도 혀를 깨물고 자결하고 싶은 심정이었다.

"끄아악! 도대체 이게 무슨 도움이 된다는 거야!"

하루의 시작은 여느날과도 다를 바가 없었다.

가벼운 구보로 몸을 풀고 밧줄 씨름으로 수련을 시작했다.

승자와 패자가 갈리고, 희비가 교차했다.

지독한 추가 훈련이 끝나면 손등에 메추리알을 올리고 뛰었다. 메추리알을 깨트린 엘프, 선착순에 들지 못한 엘프에게는 또 다시 추가 훈련이 기다리고 있었다.

분명 혹독한 수련이지만 그래도 여기까지는 엘프들에게도 익숙한 과정이었다.

그런데…….

"너희의 전통을 존중해서 오늘부터는 새로운 수련을 추가하겠다."

겨우 수련을 마치고 요단강을 둥둥 떠다니던 엘프들에게 청천벽력이 떨어졌다.

"저, 전통이라고?"

너무나도 이상한 일이었다.

엘프들도 모르는 엘프의 전통을 인간이 알고 있었으니까.

"늘 해 오던 수련이니 3시간이면 충분하겠지? 시작하라."

그때부터 50인의 엘프들은 엄마 나무 앞에 나란히 서서 1만 배의 절을 올리게 되었다. 3시간 안에 마치지 못하면 추가 훈련에 돌입하겠다는 엄포와 함께.

"이건 정말 미쳤어! 미친 짓이라고!"

결과는 당연히 실패였다.

그 누구도 온전히 1만 배를 채우지 못했다.

"전원 실패로군. 바로 추가 훈련을 시작하겠다."

지옥이 그들을 부르고 있었다.

비정한 현실에 좌절한 몇몇 엘프들은 실제로 혀를 깨물기까지 했다. 결국 참다못한 엘프 하나가 발끈하면서 루얀에게 목소리를 높였다.

"이런 전통에 대해 들어 본 적이 없다! 엘프의 전통을 인간이 어떻게 알고 우리를 괴롭히는 것이냐!"

"아브라함에게 직접 들었다. 신계의 기운을 다루기 위해 하는 훈련법이라고 하던데."

루얀의 말에 모든 엘프들의 서슬 퍼런 눈빛이 아브라함을 푹
찌르고 들어갔다.

"아브라함! 이 말이 사실인가?"

원망, 불신, 그리고 살기로 가득한 눈빛이 아브라함의 전신
을 난도질했다. 크게 당황한 아브라함은 식은땀을 흘리면서 미
친 듯이 손사래를 쳤다.

"드, 들어 보게! 거기에는 다 이유가……."

아브라함은 황급히 변명을 늘어놓으려 했지만 이미 눈이 돌
아간 엘프들은 그의 말을 들어주지 않았다.

"오늘 부족의 축제를 열어야겠구나."

"엄마 나무여. 또 1명의 친우가 우리의 곁을 떠났습니다. 그
의 소천을 축복하소서."

광기에 휩싸인 49개의 근육 덩어리가 조금씩, 아주 천천히
아브라함을 향해 짓쳐들었다.

그리고 그날 밤, 엘프족의 마나 운용법을 배우기 위해 공터
로 나간 루얀은 전신이 피로 물든 좀비를 발견할 수 있었다.

"크흐흐흐. 루얀! 오늘도 늦었구나!"

얼굴이 시퍼런 멍 자국으로 뒤덮인 아브라함은 더 이상 미의
종족이 아니라 그냥 미친놈이었다.

복수에 눈이 멀어 미친 좀비, 아니 엘프가 루얀을 향해 비척
비척 다가왔다.

"인정하지. 너는 이미 엄마 나무의 은총을 느끼고 있다."

아브라함의 모습이 어찌나 괴이했으면, 루얀조차 눈살을 찌푸릴 정도였다.

"크흐흐. 이제 엄마 나무의 힘을 다룰 수 있는 방법을 알려주겠다."

음침한 목소리가 퍽 마음에 걸리기는 했지만, 루얀도 바라던 바였다. 테오를 구하기 위해서는 하루다도 빨리 신계의 기운을 깨우쳐야만 했다.

"좋다. 무엇부터 하면 되지?"

"아무것도 할 필요 없다. 너는 그냥……."

아브라함은 말끝을 흐리면서 계속해서 루얀을 향해 다가왔다. 그리고 둘의 거리가 1m 이내로 줄어들었을 때, 갑자기 새하얀 은장도를 뽑아 들었다.

"그냥 죽어!"

그리 날카롭지도 않고, 화려한 장식으로 치장된 뭉툭한 은장도였다. 고작 이걸로 루얀을 죽일 수 있다고 생각했던 것일까. 너무 가소로운 시도라서 헛웃음도 나오지 않았다.

"아브라함, 진정해라."

루얀은 슬쩍 뒤로 물러나서 아브라함의 기습을 가볍게 피했다. 그런데 곧 놀라운 일이 벌어졌다.

스으윽.

은장도가 마치 살아 있는 것처럼 꿈틀거리더니 빛으로 변해서 길게 늘어났다. 그리고 루얀을 향해 빠르게 날아들었다.

푸욱.

빛으로 변한 은장도가 루얀의 복부를 가르고 아찔하게 파고 들었다.

'크윽. 이건 뭐지?'

피하거나 막을 수 있는 종류의 것이 아니었다.

아브라함이 찌른 것이 아니라 은장도가 스스로 빨려 들어왔다. 마치 마나가 몸에 흘러들어오는 것처럼 자연스럽게.

"크흐흐. 으하하하!"

아브라함의 음침한 웃음은 점점 더 소리가 커지더니 결국 광소로 변했다.

루얀은 훌쩍 뒤로 물러나서 아브라함과 거리를 벌리려고 했다. 그런데 어째서인지 다리에 힘이 들어가지 않았다.

"아브라함, 이게 무슨 짓이냐?"

"걱정하지 마라. 진짜로 죽지는 않을 테니까. 이건 부족의 장로에게 대를 이어 내려오는 축복의 검이다."

축복의 검은 푸른 숲의 부족이 지닌 또 하나의 보물이었다.

부족에 새로운 생명이 태어나면, 엘프들은 축복의 검을 아이의 손에 쥐여 준다.

축복의 검을 받아들인 아이는 엄마 나무를 직접 만나게 되고, 검증을 통해 그 은총을 허락받는다.

그것이 푸른 숲의 부족이 엄마 나무와 함께하는 방식이었다.

'진짜로 찌를 필요는 없지만, 어차피 죽지는 않을 테니.'

방식이 좀 달라지기는 했지만 결과는 달라지지 않을 것이었다. 말하자면 아브라함이 할 수 있는 마지막 복수라고나 할까.

일단 루얀을 찔렀다는 것만으로도 그간의 스트레스가 확 풀리는 기분이었다.

"크흐흐. 다녀와라. 늦게 돌아오면 더 좋고."

엄마 나무의 검증은 그리 녹록지 않다.

숲의 친구인 엘프들에게도 족히 사흘은 걸리는 일이다.

아브라함은 루얀이 아무리 강하다 할지라도 최소한 일주일은 일어나지 못할 것이라 확신했다.

'드디어! 우리 부족의 숲에 평화가 찾아오겠구나!'

루얀에게 복수를 하면서, 동시에 지옥 훈련에서 벗어날 수 있게 되었으니 이보다 더 좋을 수가 없었다.

그렇게 아브라함이 기뻐 날뛰고 있는 사이에도 루얀의 시야는 차츰 흐려져 갔다.

'쯧. 기분 좋은 경험은 아니로군.'

아브라함이 나쁜 마음을 먹고 행한 일이 아니라는 것쯤은 루얀도 충분히 알 수 있었다.

그는 약속을 지켰다. 실제로 엘프들이 신계의 기운을 다루는 방식을 알려 주었으니까. 다만 극심한 무력감이 온몸을 짓눌렀고, 곧 다리에도 힘이 풀려서 루얀은 털썩 주저앉고 말았다.

지금보다 훨씬 더 끔찍한 부상을 당한 적도 많지만 이렇게 무력한 순간은 처음이었다.

이내 눈꺼풀이 무겁게 막을 내리고 시야가 완전히 어둠에 잠겼다.

✿

"드디어 만났군요. 당신을 참 오래 기다렸답니다."

루얀은 청량한 목소리가 머리를 파고드는 것을 느끼고 퍼뜩 정신을 차렸다.

'여긴 어디지?'

대략 10평 남짓한 방에 깔끔한 테이블 하나가 놓여 있었다.

루얀은 테이블 앞에 앉아 있는 상태였고, 그의 앞에는 김이 모락모락 피어오르는 찻잔 하나가 놓여 있었다.

'이상한 기분이로군.'

분명 낯선 곳이지만 이상하게도 마음이 차분히 가라앉았다.

루얀은 슬쩍 고개를 들어서 주변을 둘러보았다.

츠츠측.

5개의 인영(人影)이 같은 테이블에 둘러 앉아 있었는데, 그 형체가 희끗희끗해서 얼굴을 확인할 수 없었다.

'일단 인간이 아닌 것만큼은 확실하군.'

테이블에 함께 앉아 있는 자들은 무엇 하나 확실하게 꼬집어 말할 수 없는 존재들이었다.

분명 눈에 보이지만 알아볼 수 없었고, 존재감이 느껴지지만 기척을 읽을 수는 없었다.

"그대들은 신인가?"

루얀이 넌지시 질문을 던지자 5개의 인영이 각자의 방식으로 일렁거렸다. 하지만 대답은 돌아오지 않았다.

루얀은 그것을 무언의 긍정으로 받아들였다.

'신이라…… 재미있군.'

5개의 인영은 모두 다른 모습이었다.

루얀의 정신을 일깨웠던 청량한 목소리는 개중에서 가장 선명하고, 밝은 형체의 것이었다.

"정신이 좀 드시나요?"

그는 언뜻 파란빛을 발하는가 싶다가도 노란빛의 속살을 내비치기도 했다.

무척이나 신묘한 모습.

루얀은 낯선 인영의 말에 대꾸하지 않고 힐끔 옆으로 시선을 돌렸다.

'이자는…… 하늘색인가?'

인지하기가 쉽지 않았지만, 집중해서 살피자 푸른 하늘을 닮은 연한 파란색을 느낄 수 있었다.

두 번째 인영은 첫 번째 존재보다 조금은 더 흐릿한 편이었지만, 그래도 거기까지는 '밝다'라는 느낌이 드는 수준이었다.

'여기까지가 내 한계인가? 아니면 저들이 모습을 드러내지

않는 것인가?'

테이블에 둘러앉은 존재들은 옆으로 갈수록 그 모습이 탁하고 흐릿했다.

세 번째 인영은 녹색과 비슷한 것도 같았지만 확신하기 어려웠고, 그 옆으로는 아예 구분조차 할 수도 없었다.

그리고 마지막으로 확인한 다섯 번째 존재!

루얀은 그와 눈을 마주한 순간 섬뜩한 느낌을 받아서 몸을 흠칫 떨었다.

'어둡다.'

가장 흐릿한 인영이지만 말로 형용할 수 없을 정도로 불길한 느낌이었다. 색상을 구분할 수 없음에도 루얀은 마지막 인영이 지극히 어둡다는 느낌을 지울 수 없었다.

루얀과 눈이 마주친 다섯 번째 인영은 크게 일렁이는가 싶더니 스르륵 흩어졌다.

"직접 확인했으니 이만 돌아가겠다."

다섯 번째 자리에 앉은 존재는 이 자리에 그다지 흥미가 없는 듯 했다. 하지만 루얀은 그 목소리를 듣는 순간 벼락이라도 맞은 것만 같은 기분이었다.

그의 의지로는 꼼짝할 수 없었고, 그저 몸이 파르르 떨렸다.

'저 목소리는!'

절대로 잊을 수 없는 목소리였다.

그에게 번뇌를 던져 주고, 수많은 밤을 불면으로 지새우게 만든 원흉이었으니까.

어찌 버렸다고 하였느냐. 가진 적도 없는 것을.

등선문을 가로막고 루얀에게 속세의 칠정을 강요했던 바로
그 목소리였다.
"잠깐! 기다려라!"
겨우 정신을 차린 루얀은 재빨리 다섯 번째 인영을 붙잡으려
고 했다. 하지만 이미 늦은 후였다.
그는 흔적조차 남기지 않고 사라져 버렸고, 이제 테이블에
남은 인영은 넷뿐이었다.
"말은 저렇게 하지만 저이도 당신을 아주 반가워했어요. 그
저 성격이 소심할 뿐이니 너무 심려하지 마세요."
루얀에게 처음 말을 걸었던 존재가 더욱 밝게 빛을 뿜어 대
면서 그를 진정시켰다.
'쯧. 놓쳐 버린 것인가?'
루얀은 답답한 마음에 혀를 차면서 다시 의자에 엉덩이를 붙
였다. 가장 중요한 자를 놓친 것만 같아서 못내 마음에 걸렸지
만, 지금은 이 자리에 집중할 필요가 있었다.
"항상 궁금했었다. 어떤 모습일지."
"상상했던 것과 달라서 실망스러운가요?"
"상상이라……. 무엇을 기대했는지는 나도 모르겠으나, 뭐가

보여야 비교라도 하지 않겠나?"

루얀이 '신'을 만나는 것은 이번이 처음도 아니었다.

비록 저급한 존재라고는 하지만 쥴르와 직접 맞섰고 놈의 영역에 들어선 적도 있었다. 하지만 여전히 그에게 '신'은 이해하기 어려운 존재였고, 형체가 불분명한 것도 마찬가지였다.

"더 명확한 모습으로 인사를 드리고 싶었지만 지금으로서는 방법이 없었네요. 이해해 주시기를."

"뭐, 그건 그렇다 치고. 본론으로 들어가지. 나를 부른 이유가 무엇이냐?"

"우리가 불렀다고 생각하시나요? 직접 찾아온 것은 당신인데요."

"귀찮으니 재미 없는 소리는 그쯤 해 두지."

루얀은 이미 확실하게 인과를 파악하고 있었다.

물론 엘프족의 마나 운용법을 알려 달라고 한 것은 그 자신이었다. 하물며 축복의 검을 휘두른 것도 아브라함이다.

그렇게 보면 모두 개인의 의지와 선택으로 인한 결과인 것처럼 보인다. 하지만 정작 가장 중요한 요소가 빠졌다.

바로 목적이다.

루얀도, 아브라함도 결코 이 만남을 이루기 위해 행동하지 않았다. 누군가의 의도에 의해 이 만남이 준비되었다면, 그건 명백히 '신'의 계획일 터였다.

"민망하네요. 모른 척 해 주셨으면 더 좋았을 텐데."

정체를 알 수 없는 신도 더 이상은 의뭉을 떨지 않고 솔직하게 인정했다. 하지만 루얀이 바라는 것은 고작 그런 인정 따위가 아니었다.

"본론을 말하라고 했다."

"감사한 마음을 전하고 싶었어요. 당신은 지금까지 아주 잘해 주셨어요."

　신이라는 작자의 용건이 고작 그것이었을까.

　루얀은 피식 헛웃음을 터트렸다.

"칭찬 고맙군."

　불쾌한 심기가 고스란히 담긴, 비틀린 목소리였다.

　루얀의 비아냥에 '신'도 당혹감을 드러내면서 잠시 몸을 들썩거렸다.

"무엇이 당신을 그렇게 화나게 했나요?"

"화나지 않았다."

　감정을 인정하고 싶지 않은 치기는 아니었다.

　루얀은 진심을 말했다.

　그리고 차분하게 호흡을 가다듬으면서 천천히 말을 이었다.

"인정하겠다. 내가 먼저 원했던 삶이었다. 혼자가 편하다 외치면서도 정작 홀로 고독하게 죽어 갈 순간이 두려웠다."

　루얀은 소블레스 대륙으로 넘어온 이후의 삶을 찬찬히 되짚어 보았다. 분명히 축복이었다.

　많은 것들을 깨닫게 되었고, 삶이 그리 단조로운 것이 아님을 알게 되었다.

'이 삶이 너희의 선물이라면 나는 은혜를 입은 것이겠지.'

그래서였다. 지금까지 그들을 원망하지 않은 것은.

신은 불쑥불쑥 그의 삶에 끼어들어서 자꾸 정해진 길을 종용했지만 참아 주었다.

그것이 루얀이 베풀 수 있는 자비였고, 보답이었다.

하지만 딱 거기까지였다.

"그런데 선물을 쥐여 주고 자꾸만 시험을 하려고 드는구나."

마치 머리 위에 있는 것처럼 그를 내려다보는 거만한 태도.

일언반구도 없이 먼저 판을 짜고, 대뜸 초대해서 헛소리나 하는 뻔뻔함. 그것만큼은 더 이상 참아 줄 수가 없었다.

상대가 신이라 할지라도.

무엇보다도…….

"듣자 하니 대륙이 엉망이라 하더군. 스스로 해결할 능력이 없는 것인가?"

누가 누굴 시험한단 말인가! 손도 대지 않고 코를 풀려고 하는 자들의 시험을 계속 견뎌야 할 이유는 없었다.

"이미 아시겠지만 우리는 직접 개입할 수가…….”

"되었다. 굳이 변명하지 않아도 된다. 앞으로도 은혜는 갚을 터이니."

그의 목소리에 담긴 묵직한 기세를 느낀 것일까.

4개의 인영이 일순간 일렁거리면서 루얀에게서 조금 멀어졌다. 하지만 이미 늦은 후였다.

"하나 나를 시험한 대가 또한 치러야 할 것이다."

루얀은 본격적으로 내력을 끌어 올리면서 거칠게 의자를 박차고 일어났다.

쿠웅!

신들의 영역을 뚫고 궁신의 내력이 내려앉았다.

곧 주변 배경까지 순식간에 바뀌었다.

후우우웅.

찻잔이 놓인 테이블은 온데간데없이 사라졌다. 대신 루얀이 주화입마를 맞이했던 무림의 장원이 모습을 드러냈다.

궁신의 영역!

이제 이 무(無)의 공간은 더 이상 신들의 전유물이 아니었다.

"내게 등선의 자격을 물었더냐? 그렇다면 나 또한 그대들의 자격을 묻겠다."

깜짝 놀란 신들은 몸을 크게 일렁거리면서 주춤 뒤로 물러났다.

"어, 어떻게……."

이곳은 신의 영역이었다.

인간의 의지로 변화를 일으킬 수 있을 만한 공간이 아니다.

심지어 그들이 누구인지를 생각해 본다면 더욱 놀라운 일이었다. 루얀을 초대한 다섯 신은 쥴르와 같은 저급한 존재가 아니었다.

지금은 그 존재가 많이 잊혔지만, 한때는 대륙을 구성하고 지탱했던 주신(主神)들이다.

그런데 다섯 주신이 힘을 모아서 만들어 낸 신의 영역에서 루얀이 오롯이 존재감을 드러냈으니, 어찌 놀라지 않겠는가.

신들의 개념에서도 이는 절대로 있을 수 없는 일이었다.

'이 정도일 줄은 몰랐는데.'

루얀과 대화를 나눴던 첫 번째 인영, 노란빛의 신은 마른침을 꿀꺽 삼키면서 주변을 둘러보았다. 방의 모습은 일견하기에도 소블레스 대륙의 양식이 아니었다.

'다른 세계의 모습인가?'

중원의 절대자가 고독하게 무위를 쌓아 올렸던 궁신의 영역!

믿을 수 없지만 이제는 오히려 신들이 루얀의 영역에 갇힌 꼴이었다.

"멈추세요. 우리는 당신과 싸우려고 하는 것이 아니에요."

노란빛의 신은 황급히 루얀을 진정시키려 했다.

하지만 이미 늦은 후였다.

"글쎄. 너희는 그렇게 결정했을지 몰라도 나는 아니다."

루얀은 계속 내력을 끌어 올리면서 담담하게 신들을 바라보았다.

고오오오.

루얀의 전신에서 감히 경시할 수 없는 막대한 기운이 쏟아져 나왔다.

과연 누가 신이고, 누가 인간인 것일까.

루얀이 뿜어내는 절대자의 기세가 공간을 완벽하게 장악하고 신들을 압박했다.

"오해하지 마세요. 우리의 결정을 무작정 따라 달라는 말이 아니에요."

"오해라……. 너희 태도를 보면 그런 것만은 아닌 것 같군."

그들이 정말로 루얀과 충돌을 피하고 싶었다면 정중하게 예를 갖췄어야 했다. 루얀은 그를 내려다보는 자들을, 그리고 그를 시험하는 자들을 용납하지 않는다.

"너희는 내게 아직 때가 아니라고 했었다."

"그렇게 말하기는 했지만……."

"지금은 생각이 달라졌나?"

루얀은 아직도 그날의 일을 생생하게 기억하고 있었다.

'아직 때가 아니다'라는 말로 그를 좌절시키면서 신계에 발을 들이지 못하게 했던 텃새를. 그런데 이제는 납치하듯 신계로 불러들인 것으로도 모자라서 '칭찬' 따위를 지껄이고 있었다.

"그런 것이 아니에요. 할 말이 있어서 자리를 마련했을 뿐이랍니다."

"그 또한 기회를 주었다. 바로 본론을 말하라고 했을 텐데."

할 말이 있다면 그때 말했어야 했다. 쓸데없이 말을 빙빙 돌려서 루얀의 속을 긁은 것도 그들이었다.

지금껏 견뎌 줬으니 이제 신들이 루얀의 시험에 응할 차례.

결국 답할 말이 궁색해진 노란빛의 신은 입을 꾹 다물고 조용히 일렁거렸다. 그러자 가만히 상황을 지켜보고 있던 다른 신이 앞으로 나섰다.

"무례하구나!"

여인의 까랑까랑한 목소리.

루얀이 색을 알아볼 수도 없었던, 네 번째 신이었다.

"괜한 트집을 잡지 말고 힘을 거두거라. 참아 주는 데에도 한계가 있다."

역시나 고압적인 말투였다.

여전히 루얀을 장기판의 말쯤으로 여기고 있다는 증거였다.

'신이라는 자들의 품격이 형편없군.'

루얀은 피식 헛웃음을 지으면서 손가락을 까딱거렸다.

"참지 않아도 된다. 나 또한 그럴 생각이니."

"건방진 놈! 알량한 힘을 과신하는 것 같은데, 그래 봐야 인간의 기준에서나 뛰어난 것일 뿐이다!"

결국 루얀의 도발에 폭발해 버린 네 번째 신이 엄하게 호통을 쳤다.

콰콰쾅.

신의 호통에 반응해 일대의 마나가 난폭하게 소용돌이치고, 낙뢰가 마구 쏟아졌다.

"정녕 혼쭐이 나야 정신을 차리겠느냐!"

네 번째 신은 오만하게 턱을 치켜들고 루얀을 내려다보았다.

루얀이 힘으로 신계의 영역을 억누른 것은 분명 놀라운 일이었지만, 그뿐이었다.

이곳이 신의 영역이라는 본질은 달라지지 않는다.

신들은 더욱 막강한 권능을 지니게 되고, 루얀은 제약을 받을 수밖에 없다. 굳이 손속을 겨뤄 보지 않더라도 이미 우위가 명백한 상황이었다.

하지만 루얀도 물러서지 않았다.

그는 여전히 태연한 표정으로 손가락을 까딱일 뿐이었다.

"정신을 차려야 하는 것은 내가 아닌 것 같군."

"좋다. 기어이 신의 시험을 받아야겠다면 내가 가르침을 내려주마."

네 번째 신이 분노를 터트리자 결국 상황을 돌이킬 수 없게 되었다. 루얀에게 우호적이었던 노란빛의 신도 더 이상은 상황을 수습하지 못하고 뒤로 물러났다.

'당신에게는 미안한 일이지만, 꼭 거쳐야 하는 과정일지도 모르겠군요.'

그러면서도 그들이 곤란을 겪게 될 것이라는 생각은 하지 않았다. 그저 루얀이 크게 다치지 않기를, 그리고 너무 좌절하지 않기를 바랄 뿐이었다.

그런데 곧 놀라운 일이 벌어졌다.

"진지하게 임해야 할 거다. 나는 가르침 정도로 끝내지 않을 것이니."

신들의 예상을 깨고 루얀의 몸에서 무시무시한 기운이 폭발했다.

　먼저 루얀의 우측 어깨에서 시퍼런 내력으로 빚어진 날개가 펼쳐졌다. 이어서 좌측 어깨에서는 황금빛 마나가 꽃을 틔우면서 한 쌍의 날개를 완성시켰다.

　펄럭.

　이것이야말로 궁신의 본모습!

　루얀의 날개가 펄럭일 때마다 공간이 일그러지면서 아지랑이가 피어올랐다.

　"말도 안 돼! 인간이 어떻게 신계에서……."

　경악의 연속이었다.

　루얀의 압도적인 무위는 신이라 할지라도 섣불리 그 끝을 가늠할 수 없었다. 무엇보다도, 루얀이 신의 영역에서도 모든 힘을 사용할 수 있다는 것이 의미하는 바는 절대 가볍지 않았다.

　"이자는 이미 인간이……."

　네 번째 신은 차마 뒷말을 입에 올리지도 못하고 몸을 부르르 떨었다. 하지만 놀라기에는 일렀다.

　루얀의 힘은 고작 이 정도로 끝이 아니었으니까.

　마궁 오의.

　매스 파이어 애로우.

루얀의 어깨에서 두 날개가 크게 펼쳐져 펄럭였다.

후우우웅.

그러자 새파란 날개가 일대의 공간을 장악하고 낮게 퍼져 나갔다. 궁신의 장원에는 오직 그의 내력만이 충만하게 들어찼다.

새파랗게 물든 궁신의 영역에 이내 황금빛 날개가 녹아들어 불화살로 변하기 시작했다.

화르륵.

거대한 불 기둥에서 무시무시한 열기가 뿜어져 나왔다.

톡 떨어져 나온 불똥 하나만으로도 장원의 연무장 바닥이 녹아서 움푹 파였다. 그토록 끔찍한 불화살이 하나, 둘, 빠르게 늘어나 공간을 가득 채웠다.

콰르르르.

종내에는 궁신의 영역이 온통 불화살로 빼곡하게 물들었다. 이제 그 수를 헤아리는 것은 불가능했다.

탐욕의 신, 쥴르를 잿더미로 만들었던 루얀의 새로운 비기.

그 압도적인 힘이 다시 세상에 모습을 드러냈다.

"폭(爆)."

루얀의 의지에 따라 수천 발의 불화살이 일시에 사방으로 뻗어 나갔다.

"피해라. 휘말리면 위험하다."

노란빛의 신은 다른 신들을 이끌고 훌쩍 뒤로 물러났다.

결국 네 번째 신만이 홀로 남아서 궁신의 혹독한 시험에 맞서게 되었다.

"반신의 힘이라……. 놀랍기는 하다만 거기까지다."

네 번째 신은 여전히 까랑까랑한 목소리로 소리치면서 가볍게 손을 들어 올렸다.

"이곳은 온전한 신만을 위한 영역이다. 멈춰라."

주신의 목소리!

그 안에는 힘이 담겨 있었다.

세상을 구성하는 것들에 대한 명령이었다.

쿠웅.

그 즉시 수천의 불화살들이 덜컥 멈춰 섰다. 불화살은 애꿎은 대기만 불태우면서 부질없이 연기를 뿜어 댔다.

'역시 쥴르와는 다르군.'

루얀은 어금니를 깨물면서 더욱 힘껏 주먹을 움켜쥐었다.

화르르륵.

공간을 가득 채운 불화살들이 거세게 불타올랐다.

덩치를 키우고 더 맹렬하게 화염을 떨쳐 댔다.

하지만 아무런 의미도 없는 반항일 뿐이었다.

불화살들은 공중에서 멈춘 채 한 발자국도 나아가지 못했다.

"이제 알겠느냐? 네가 누구를 상대하고 있는지."

힘껏 내력을 쏟아붓는 루얀과는 달리 네 번째 신은 평온한 호흡을 유지하고 있었다.

단 한 번의 손짓으로 둘의 격차가 확실하게 드러나는 순간이었다. 그래도 루얀은 내력을 거두지 않았다.

벌써 포기할 것이라면 애초에 시작도 하지 않았다.

"이미 말했다. 오늘 시험을 받는 자는 내가 아니라고."

우두둑.

루얀의 주먹이 강인하게 잠기는 것과 동시에 그의 어깨에서 날개가 사라졌다.

콰아아아.

결국 모든 내력과 마나를 전부 쏟아부은 것이다.

"흥. 끝까지 해보겠다면 나도 더 이상은 봐주지 않겠다."

지금껏 정체를 알 수 없었던 네 번째 신에게서 언뜻 분홍빛이 드러났다.

후아아앙.

그리고 그녀의 목소리에 화답하듯 세상의 모든 기운이 한 곳으로 모여들었다.

이것이 바로 진정한 신의 힘.

내력이나 마나보다 월등히 강력한 힘이었다.

쿠웅.

거대한 기운이 루얀의 어깨를 짓누르고 쏟아졌다.

'크윽.'

일순간 숨이 턱 막히고 시야가 어지럽게 흔들렸다.

루얀조차도 감당하기 어려운 무지막지한 압력이었다.

루얀은 손으로 무릎을 짚고 끝까지 저항했지만 조금씩 몸이 무너져 내렸다.

"지금이라도 무릎을 꿇고 얌전히 따르거라."

네 번째 신의 날카로운 목소리가 루얀의 어지러운 정신을 파고들었다. 그 목소리에도 거역할 수 없는 힘이 담겨 있어서, 아찔한 고통이 엄습해 왔다.

그런데 어째서일까. 조금씩 무너져 가는 와중에도 루얀의 얼굴에는 오히려 섬뜩한 미소가 걸렸다.

'확실히 강하기는 하지만…….'

루얀도 격차를 확실하게 느낄 수 있었다.

신은 분명히 강력한 힘을 지니고 있었다.

'그래도 전지전능한 존재는 아니다.'

만약 의지만으로 모든 것을 행할 수 있는 존재였다면, 루얀은 감히 저항조차 하지 못했을 것이다. 그저 '꿇어라.'라는 명령 하나로 루얀은 이미 무릎을 꿇고 있었을 테니까.

굳이 이렇게 힘 싸움을 벌이고 있다는 것은, 신들도 결국 어떠한 기운을 다루는 것에 불과하다는 뜻이다.

"신의 힘이라는 것. 이제 알 것 같군."

이 또한 세상을 구성하는 하나의 기운일 뿐. 루얀은 드디어 그 본질을 꿰뚫어 볼 수 있었다.

'그 어떤 힘도 자연을 직접 다스리지는 못한다.'

무공과 마법으로 바람을 잠시 빌려올 수는 있다.

하지만 불어오는 바람 자체를 쥐고 흔들 수는 없다.

신계의 기운도 마찬가지다.

루얀은 처음 이 힘을 느꼈을 때, 태초의 기운이라 이름을 붙였었다.

그만큼 대자연과 밀접하게 연결되어 있는 순수한 힘이었다.

그것을 직접 쥐고 흔들려고 했으니 통할 리가 만무했다.

'잠시 빌려오는 것이다. 방향만 제대로 잡으면 불가능한 일이 아니다.'

루얀은 지금 이 순간에도 그를 짓누르고 있는 강력한 힘을 온몸으로 받아들였다.

바라보고, 느끼고, 공감했다. 그리고…….

'나를 따라오겠느냐?'

이끌었다.

깨달음을 얻은 루얀의 의지는 결국 모든 것을 바꿔 놓았다.

샤아아아.

루얀을 압박하던 강력한 기운이 흩어지면서 찬란하게 빛을 뿌렸다. 더 이상 루얀을 적대하지 않고 그의 몸을 가볍게 통과해서 다시 자연의 품으로 돌아갔다.

"무, 무슨 짓을…….”

크게 놀란 네 번째 신은 몸을 크게 들썩거리며 비명을 터트렸다. 하지만 그때는 루얀이 이미 꼿꼿하게 몸을 세운 후였다.

신계의 기운은 자연의 품으로 흩어졌지만, 루얀은 그것이 사라지지 않았음을 잘 알고 있었다.

오히려 그 어느 때보다도 확실하게 느낄 수 있었다.

그의 곁에서 함께하고 있음을.

루얀은 허공에 손을 번쩍 들어서 맨손으로 활을 당기는 동작을 취했다.

신궁 오의.

의형궁(意形弓).

처음에는 분명 맨손이었지만, 시퍼런 내력이 길게 뻗어 나오면서 거대한 활이 루얀의 손에 놓였다.

츠츠측.

오직 내력으로, 그리고 의지만으로 만들어 낸 궁신의 활!

의형궁이 곧장 강하게 휘었다.

빠드득.

파랗게 타오르는 강기 덩어리가 화살이 되어 시위에 안착했다.

"파이어 애로우."

이어서 황금빛 화염으로 일렁이는 마법 화살이 나란히 자리를 잡았다.

하지만 여기서 끝이 아니었다.

샤아아아.

마지막으로 새하얀 연기가 피어오르더니 영롱하게 반짝이는

빛의 화살을 만들어 냈다.

루얀은 내력과 마나, 그리고 신계의 기운을 하나의 시위에
걸어서 힘껏 당겼다.

신궁 오의.

나선채(螺線彩).

콰르르르.

하나의 선으로 엮인 필살의 화살이 끝내 신의 영역을 가로
질렀다. 푸른 내력과 황금빛 마나, 그리고 새하얀 신력이 하나
로 뒤엉켰다.

3개의 빛줄기는 찬란하게 빛을 뿌리면서 신의 영역을 수놓
았다.

쉬이익.

하나의 화살처럼 보이던 빛줄기는 비행하면서 점점 더 폭넓
게 회전하기 시작했다.

콰아아아.

나선으로 회전하는 빛줄기의 뒤로 강렬한 소용돌이가 일어
났다. 앞서 만들었던 수천의 불화살이 소용돌이에 휘말려 폭발
하면서 빛줄기의 뒤를 따랐다.

콰콰쾅.

루얀이 만들어 낸 그의 영역이 함께 진동하면서 통째로 폭

발하고 있었다.

'말도 안 돼! 이런 힘은 들어 본 적도 없는데…….'

그 장엄한 파멸에 짓눌린 네 번째 신은 비명을 내지르는 것조차 잊고 가만히 일렁거렸다.

곧 폭발이 그녀를 휩쓸고 지나갔다.

더 이상의 폭음조차 내뿜지 않는 완벽한 파괴였다.

스으윽.

공간 자체를 지워 버린 나선의 빛줄기는 마치 아무런 일도 없었다는 듯 스르륵 흩어졌다.

뒤이어 드러난 모습은 가히 충격적이었다.

무(無)의 공간!

다섯 주신이 모여서 만든 신의 영역이 완전히 소멸하고, 그저 새하얀 적막만이 감도는 폐허가 펼쳐졌다.

그렇다면 네 번째 신은 어떻게 되었을까.

의외로 그녀는 멀쩡했다.

루얀이 마지막 순간에 자비를 베푼 덕분이었다.

하지만 그것으로도 충분했다.

정면으로 충돌하는 일은 벌어지지 않았지만, 모두가 결과를 예상할 수 있었다.

'힘을 거두지 않았다면…….'

네 번째 신은 소멸했다.

다른 신들뿐만 아니라 그녀 자신도 인정할 수밖에 없었다.

잔뜩 위축된 네 번째 신은 더 이상 목소리를 높이지 못하고 한 줌 연기로 변해 꿈틀거렸다.

너무 큰 충격을 받은 탓일까. 그녀는 금방이라도 소멸해 버릴 것처럼 아슬아슬한 모습이었다.

'이대로는 벨라가 위험해!'

위기를 감지한 신들이 재빨리 앞으로 나섰다.

노란빛의 신이 가장 먼저 앞을 가로막으면서 루얀의 기세를 차단했다.

"그만! 당신을 과소평가했음을 인정할게요."

"인정이라……. 누가 누구를 인정하겠다는 거지?"

오만한 말투였지만 이제는 신들도 루얀의 태도를 꾸짖을 수 없었다. 노란빛의 신은 오히려 자신이 또 말실수를 했다는 사실을 깨달을 수 있었다.

"미안해요. 우리가 제멋대로였다는 것을 인정한다는 말이었어요."

"좋다. 이제야 대화할 준비가 된 것 같군."

대화할 준비.

고작 그런 사소한 무대를 만들기 위해서 신계를 초토화시킨 것일까. 신들은 퍽 황당해져서 서로 눈빛을 교환했지만, 정작 루얀에게는 아무도 말을 꺼내지 못했다.

이유는 간단했다. 그들도 루얀이 무서웠으니까.

루얀도 이미 모든 내력과 마나를 소진해 버린 후였지만, 묵직한 존재감만큼은 사라지지 않고 신들을 긴장하게 만들었다.

"다시 묻겠다. 나를 부른 이유가 뭐지?"

"당신에게 신계의 기운을 다루는 방법을 알려 드리려고 했어요. 이제는 의미가 없어졌지만요."

애초에 신들의 목적도 루얀과 다르지 않았다.

신계의 기운을 다룰 수 있게 도울 작정이었다. 하지만 루얀이 스스로 그 방법을 깨우쳤으니, 민망한 상황이 되었다.

'뛰어난 인간이라는 것은 알았지만 혼자서 신계의 본질을 꿰뚫어 볼 줄이야.'

소름이 돋을 정도로 뛰어난 재능이었다.

물론 그렇기에 신들도 루얀을 선택했다.

오직 그만이 망가진 대륙을 구할 수 있는 희망이라고 생각했었다. 하지만 막상 본모습을 드러낸 루얀의 능력은 신들의 계산마저 아득히 뛰어넘고 있었다.

"어찌 되었든 결국 너희도 뜻을 이루었으니 불만은 없겠지?"

노란빛의 신은 '더 평화로운 방법도 있었다.'라고 쏘아붙이고 싶었지만 애써 말을 아끼면서 손을 공손하게 모았다.

신들은 모르고 있었지만, 루얀과 대화를 할 때에는 이것이 올바른 자세였다.

루얀은 신들의 고개가 꺾인 것을 확인한 후에야 기세를 거두고 손을 내렸다.

"하나 더 묻겠다. 그대들이 나를 통해 이루려는 것은 무엇이냐?"

'툭' 하고 내던진 질문 같지만, 사실 지금껏 계속 품어 왔던 의문이었다.

신들이 안내하는 길의 끝에는 과연 무엇이 있을까.

그들은 어떤 그림을 그리고 있는 것일까.

그저 길을 따라 걸어온 루얀으로서는 궁금할 수밖에 없었다.

"그, 그건……."

신들은 무척이나 곤란한 질문을 받은 것처럼, 서로 눈치만 살피면서 전전긍긍했다.

결국 루얀은 가볍게 한숨을 내쉬면서 고개를 가로저었다.

"답하고 싶지 않다면 좋을 대로 하라. 하지만 말하고 싶어졌을 때는 이미 늦었을 거다."

우두둑.

루얀의 주먹이 굳건하게 잠기면서 위협적인 소리가 울려 퍼졌다.

명백한 협박!

생애 처음으로 겪어 보는 난폭한 대화에 당황한 신들은 몸을 크게 들썩이며 허둥거렸다.

'무, 무슨 말을 하는 거지?'

신을 협박하는 인간이라니.

이보다 더 황당한 일도 없을 터였다. 하지만 그보다 더 황당한 것은, 루얀의 눈빛에 진심이 가득하다는 사실이었다.

루얀은 마음만 먹으면 신까지 두들겨 팰 수 있는 남자였다.

결국 다급해진 노란빛의 신이 재빨리 입을 열었다.

"이렇게 밝힐 계획은 아니었지만 어쩔 수 없네요. 정식으로 인사드릴게요. 제 이름은 사이하입니다."

"사이하?"

루얀은 신의 이름을 되뇌면서 곰곰이 생각에 잠겼다.

낯설지 않은 이름이었다. 잘 기억이 나지는 않지만 분명 어디선가 들어 본 적이 있었다. 그렇게 루얀이 생각을 되짚고 있을 때, 사이하가 갑자기 안광을 번뜩이면서 움직였다.

"말씀드릴 수 있는 건 여기까지예요. 그럼 다음에 뵙죠."

파앗.

그 말을 끝으로 사이하는 무의 공간에서 자취를 감춰 버렸다. 과연 신이라는 존재는 눈치까지 초월급인 것일까.

아주 찰나의 빈틈을 노린 절묘한 도주였다.

'쯧. 도망치는 것 하나는 발군이로군.'

아차하는 순간에 사이하를 놓쳐 버린 루얀은 씁쓸하게 혀를 차면서 주변을 돌아보았다.

사라진 것은 사이하만이 아니었다.

하늘색 인영과 녹색 인영 또한 이미 꽁무니를 뺀 후였다.

'뭐, 이미 예상은 했다만.'

그래도 모두가 도주에 성공한 것은 아니었다.

"그대도 도망칠 생각인가?"

루얀이 힐끔 뒤를 돌아보자, 이제 막 무의 공간을 빠져나가려던 네 번째 신이 덜컥 동작을 멈추고는 눈치를 살폈다.

그녀는 이전에 받은 충격 탓에 몸이 위축되어서 미처 빠져나가지 못한 상황이었다.

"도, 도망이라니! 무엄하다."

네 번째 신은 짐짓 위엄을 세워 보려 했지만 마음과는 달리 목소리가 잘게 떨리고 있었다.

"도망칠 생각이 아니었다니 다행이군. 그대에게 궁금한 것이 많다."

루얀이 한 걸음 가까이 다가가자 네 번째 신의 형체가 움찔 떨렸다. 형체가 불분명해서 표정을 읽을 수는 없지만, 누가 보더라도 그녀가 당황했다는 사실만큼은 확실히 알 수 있는 모습이었다.

네 번째 신은 안쓰럽게 눈치를 살피면서도 끝까지 포기하지 않고 도망칠 기회를 노렸다.

어떻게 하면 루얀의 손아귀에서 벗어날 수 있을 것인가!

불가능한 일을 고민하는 존재가 또 하나 늘어나는 순간이었다. 드래곤도, 신도 모두 한 존재의 앞에서는 공평하게 몸을 떨었으니, 루얀이야말로 평등의 씨앗이라 할 만했다.

"자, 잠깐! 거기서 이야기해."

루얀이 성큼 다가가자 네 번째 신은 그만큼 후다닥 뒤로 물러나면서 거리를 벌렸다.

"뭐지? 도망치지 않겠다고 하지 않았나?"

"도망은 아니고 그냥……."

애처롭게 들썩거리던 네 번째 신은 결국 몸을 축 늘어뜨리면서 루얀의 앞에 섰다.

대신 그녀는 모기 날갯짓보다도 작은 목소리로 중얼거렸다.

"그냥 보내 주면 안 되겠느냐?"

"글쎄. 말투를 보니 그다지 간절해 보이지 않는군."

"보, 보내 주시면 안 될까요?"

떨리는 목소리는 둘째 치더라도, 어렴풋한 형체에 분홍빛이 감도는 것만 봐도 그녀의 수치심을 충분히 느낄 수 있었다.

'교육은 이쯤이면 되었겠지.'

이미 다른 신들은 모두 꽁무니를 뺀 상황.

그에게 아무것도 말해 주지 않겠다는 의도가 분명했다.

여기서 가장 약한 자를 붙들고 괴롭혀 봐야 딱히 얻을 수 있는 것도 없을 것 같았다.

'경고를 못 알아들을 정도로 무지한 자들도 아닐 테고.'

오늘 루얀이 행한 것은 시험임과 동시에 경고였다.

신들도 이제는 그를 멋대로 휘두르려 하지 못할 것이었다.

루얀은 네 번째 신을 빤히 바라보다가 피식 헛웃음을 터트리면서 손을 휘휘 내저었다.

"그만 가 보거라. 조만간 다시 만날 날이 있겠지."

루얀은 무심하게 시선을 거두고는 먼저 등을 돌려서 무의 공간을 빠져나왔다.

스르륵.

루얀이 홀연히 사라지고, 홀로 남겨진 신은 주먹을 움켜쥐고 몸을 부르르 떨어 댔다.

'어디서부터 잘못된 거지?'

이렇게 치욕스러운 경험은 처음이었다.

인간에게 패배한 것으로도 모자라 놓아달라고 애걸하는 신세라니! 하지만 더욱 비참한 것은, 감히 복수하겠다는 의지조차 생기지 않는다는 점이었다.

'힘을 되찾는다면 오늘과는 다르겠지만······.'

그때까지 루얀이 과연 가만히 멈춰서 기다리고 있을까?

고작 5년 만에 신에게 대항할 수 있을 정도로 성장해 버린 괴물이다. 더 시간이 주어지면 어떤 무지막지한 존재가 되어 있을지는 아무도 알 수 없었다.

'하아, 어쩌자고 저딴 인간을······.'

네 번째 신은 이제야 케시우스의 심정을 알 것 같았다.

루얀은 재앙이다.

오직 피하는 것만이 답이다.

부딪쳐 봐야 괴롭고 피곤할 뿐이다.

하지만 그녀는 앞으로도 계속 루얀과 얽혀야 할 운명이었다.

그녀 또한 누군가에게는 '하늘'이라고 불리는 존재였지만, 오늘만큼은 하늘이 원망스러웠다.

'그냥 다 포기하고 확 도망갈까?'

그녀는 아직 모르고 있었다. 케시우스를 비롯한 드래곤들도 처음에는 모두 같은 생각을 했다는 것을.

그리고 그 누구도 성공하지 못했다는 사실을.

"크흐흐. 오늘 밤만큼은 정말로 단잠을 이룰 수 있겠구나."

아브라함은 축복의 검에 찔려 쓰러진 루얀을 내려다보면서 음침하게 광소를 흘렸다.

'결국 네놈도 인간일 뿐이지!'

찔러도 피 한 방울 나오지 않을 것만 같던 악독한 인간이 지금은 무기력하게 쓰러져 있었다.

아브라함은 그 모습을 가만히 지켜보는 것만으로도 흥겨운 마음을 감추기 어려웠다.

"이 모습을 부족의 친우들이 봤어야 하는 건데."

만약 다른 엘프들도 이 자리에 함께 있었다면 마을에 축제라도 열리지 않았을까.

'날이 밝으면 모두를 데려와야겠군. 아주 재미있는 구경거리가 될 거야.'

아브라함은 흐뭇하게 웃으면서 손가락의 루얀의 뺨을 톡톡 두들겼다. 곁에서 보던 것과는 달리 꽤 말랑말랑한 피부가 손가락에 달라붙어서 장난치는 재미가 쏠쏠했다.

뒷일이 걱정되지 않는다고 하면 거짓말이겠지만, 아브라함은 지금 이 순간을 즐기기로 했다.

'뭐 어때. 최소한 일주일은 깨어나지 못할 텐데.'

그 안에 루얀에게 당했던 핍박을 모두 갚아 줘야 했다.

지난 시간을 떠올린 아브라함은 다시 울분이 울컥 치솟아서 눈을 빨갛게 물들였다.

"그래. 이 정도론 어림도 없지! 우리가 당한 것이 얼마인데!"

아무래도 뺨을 두들기는 정도로는 분이 풀리지 않았다.

'어떻게 하면 이 수모를 갚아 줄 수 있을까?'

지금은 독기와 근육으로 똘똘 뭉친 악의 화신이 되었지만, 한때는 아브라함도 평화를 사랑하는 엘프였다.

누군가를 괴롭히는 방법에 대해 선뜻 떠올려 내기 어려운 것도 당연했다.

케시우스와 비우스에게 루얀의 상황을 전달했다면, 온갖 기상천외한 고문법이 튀어나왔을 텐데 퍽 안타까운 일이었다.

'그래! 나무에 거꾸로 매달아 놓고 하루에 세 번씩 침을 뱉어 줘야겠어!'

스스로 생각하기에도 아주 잔인하고도 훌륭한 복수였다.

아브라함은 자신의 창의력을 칭찬하면서 명치에서부터 가래를 끌어모았다.

"카악!"

생애 최대의 노력을 기울인 끝에 거의 주먹만 한 크기의 가래침을 입안 가득 모을 수 있었다.

'부족의 원수! 복수는 이제 시작일 뿐이다!'

아브라함은 '퉤' 하고 침을 뱉으면서 루얀을 내려다보았다. 그런데…….

루얀이 이미 눈을 뜨고 그를 빤히 올려다보고 있었다.

"아브라함, 뭐 하나?"

"크헥."

막 침을 뱉으려던 아브라함은 너무 놀라서 헛바람을 집어삼키고 말았다. 그러자 가래가 그의 입과 코로 빨려 들어가면서 기도를 틀어막았다.

"끄어억. 사, 살려 줘."

세상에 참으로 다양한 죽음이 존재한다지만, 아브라함은 그중에서도 가장 황당하고 더러운 죽음을 경험할 뻔했다.

"아브라함. 엉덩이가 내려갔다. 처음부터 다시!"

"크아악! 더는 못 해!"

이번이 벌써 몇 번째일까.

아브라함은 이미 팔굽혀펴기만 1,500번을 넘게 하고 있었다.

499번째에서 단 하나를 남기고 자세가 무너지는 바람에 처음부터 다시 시작한 것만 두 번이다. 근육이 찢어져서 아찔한 통증이 느껴졌고, 온몸에 힘이 빠져서 손가락 하나 움직일 수 없었다.

"할 수 있다. 스스로 한계를 만들지 마라."

이쯤 되면 루얀이 억지로 그를 괴롭히고 있다고 생각하는 것도 무리는 아니었다.

'차라리 어제 죽었어야 해.'

아브라함은 어젯밤에 질식사하지 못한 것이 원통했다.

그때 죽었다면 오늘의 고통은 없었을 테니까.

'지독한 놈. 어떻게 그렇게 빨리 돌아온 거지?'

루얀이 쓰러졌던 시간은 고작 30분 남짓에 불과했다.

엘프들도 꼬박 사흘을 기절하게 되는 과정이라는 점을 생각하면 분명 이상한 일이었다.

'도대체 무슨 수작을 부린 거지?'

다소 부정적인 표현이기는 하지만 객관적으로 보자면 루얀이 수작을 부린 것도 사실이기는 했다.

정상적인 길을 택하지 않았으니까.

애초에 신들은 루얀에게 신계의 기운을 가르쳐 줄 계획이었다. 그리고 신들의 가르침을 따랐다면 루얀이라 할지라도 꽤 시간을 허비했을 것이 분명했다.

하지만 그는 스스로 신계의 기운을 깨우쳤기 때문에 시간을 엄청나게 단축할 수 있었다. 그러한 사실을 모르는 아브라함은 무엇인가 잘못 되었다고 생각할 수밖에.

아니, 어쩌면 모르는 것이 오히려 더 다행일 수도 있었다.

루얀이 신마저 두들겨 패고 왔다는 사실을 알게 된다면, 아브라함은 더 이상 복수의 꿈마저 꾸지 못하게 되었을 테니까.

'혹시 엄마 나무의 은총을 받지 못하고 그냥 돌아온 것은 아니겠지?'

아브라함은 아주 합리적인 의심이 들었지만, 차마 그 의심을 입밖으로 꺼낼 용기는 없었다.

"아브라함. 빨리해라. 네가 늦으면 모두 점심을 굶게 된다."

루얀의 냉혹한 말에 모든 엘프들이 도끼눈을 뜨고 아브라함을 노려보았다.

"아브라함! 또 너인가?"

"알고 있는가? 네가 부족의 평화를 해치고 있다."

이대로는 쥐꼬리만 한 휴식 시간마저 빼앗길 판이었으니, 차라리 아브라함을 죽여서 훈련을 끝내겠다는 엘프까지 등장했다.

"그, 금방 끝내겠다."

악독한 근육 덩어리들의 원망 속에서 결국 아브라함의 팔굽혀펴기가 끝나고, 숲에도 달콤한 휴식 시간이 찾아왔다.

루얀은 엘프들과 조금 떨어진 나무의 기둥에 몸을 기대고 가만히 눈을 감았다.

'이제부터는 엘프들의 수련 시간을 줄여야겠어. 내게도 시간

이 필요하니.'

신계의 기운을 다루는 방법을 깨우치게 되었지만, 아직은 더 가다듬을 필요가 있었다. 그런데 그때, 경쾌한 발소리와 함께 누군가 루얀의 앞으로 다가왔다.

"저기⋯⋯."

앳된 목소리에는 망설임이 가득했다.

"무슨 일이지?"

루얀이 눈을 뜨고 아래를 내려다보자 엘프 꼬맹이 하나가 그를 올려다보고 있었다. 키가 그의 허리에도 미치지 못하는, 작고 귀여운 엘프 아이였다.

"이거 드세요."

엘프 아이는 등 뒤에 감추고 있던 큼지막한 과일을 루얀에게 불쑥 내밀었다.

퍽 귀여운 모습이었다.

만약 아브라함이 이딴 짓을 했다면 독살시도라고 볼 수 있었겠지만, 아이의 눈빛에는 순수한 마음이 가득 담겨 있었다.

"고맙구나. 잘 먹겠다."

루얀은 아이에게서 과일을 받아 들어 한 입 크게 베어 물었다. 상큼하면서도 달콤한 과즙이 입안 가득 퍼졌다.

꽤 귀한 과일이었던 모양.

루얀은 부드럽게 웃으면서 엘프 아이의 머리를 쓰다듬어 주었다.

"너는 내가 밉지 않으냐?"

"가끔은 죽이고 싶…… 아니, 미울 때도 있어요. 하지만 우리가 선택한 일이잖아요."

"그래도 몸이 많이 힘들 텐데 기특하구나."

"우리도 이제는 엄마 나무를 지킬 수 있다는 자신감이 생겼어요. 당신 덕분이에요."

"루얀이라고 불러도 된다."

루얀은 다시 한번 아이의 머리를 쓰다듬으면서 이름을 부르도록 허락해 주었다.

"네. 루얀, 앞으로도 잘 부탁해요."

아이는 씩씩하게 대답하면서 루얀의 손에 머리를 비볐다.

그 모습이 어찌나 귀여웠던지, 무심한 루얀조차 흐뭇하게 미소를 지을 정도였다.

"네가 이 부족에서 가장 나이가 어린 것 같은데, 몇 살이지?"

"헤헤. 서른 살이요."

여전히 앳되고 귀여운 목소리였다.

하지만 일순간 움찔한 루얀은 아이의 머리에서 조심스럽게 손을 내렸다.

루얀이 어색하게 시선을 피하자 고개를 갸웃하던 아이는 이내 폴짝폴짝 뛰어서 멀어져 갔다.

"친우들이 기다릴 거예요. 전 이만 가 볼게요!"

엘프 아이는 쾌활하게 손을 흔들었지만, 루얀은 멀뚱멀뚱 바라만 볼 수밖에 없었다.

어떻게 인사를 해야 좋을지 갈피를 잡을 수 없었으니까.

'여러모로 황당한 곳이로군.'

서른 살 엘프 아이가 떠나고 다시 조용해지는가 싶었지만, 이번에는 또 다른 이들이 루얀에게 다가왔다.

에릭과 에디, 그리고 제라드였다.

그런데 어째서인지 그들의 몰골이 엉망이었다.

"흐아아. 루얀. 그거 맛있어?"

잔뜩 지친 발걸음으로 다가온 에디는 루얀이 한입 베어 문 과일을 뚫어지게 바라보면서 군침을 흘렸다.

"먹던 것이라도 괜찮다면 주겠다. 그런데 무슨 일이라도 있었나?"

"딱히 일이 있었던 건 아니고. 가만히 구경만 하고 있으려니까 좀이 쑤셔서 말이야."

수련을 하고 왔다는 뜻.

엘프들이 혹독하게 수련하는 모습을 지켜보면서 그들도 자극을 받은 모양이었다.

'그러고 보니 한동안 신경을 쓰지 못했군.'

그동안 엘프들을 단련시키느라 용병단에게 소홀했던 것이 사실이었다.

루얀이 천천히 과일을 내밀자 득달같이 달려든 에릭과 에디는 과일 하나를 사이에 두고 앞다투어 혀를 내밀어 댔다.

"혀 치워라. 확 깨물어 버리기 전에."

"우리가 그렇게까지 농밀한 스킨십을 할 사이는 아닐 텐데?"

혀를 날름거리면서 신경전을 펼치는 모습은 엽기적이라는 말로도 부족한 장면이었다.

제라드도 허기가 지는지, 과일을 향해 손을 뻗으려다가 그 기괴한 모습을 보고는 흠칫 손을 거두었다.

'별로 걱정할 필요는 없겠어. 어디에서도 잘 지낼 이들이니.'

루얀은 한결같이 한심한 쌍둥이의 모습을 바라보면서 피식 헛웃음을 터트렸다.

에릭과 에디의 소동이야 그다지 대수롭지도 않은 일이었다.

그런데 그 순간, 루얀은 에릭과 에디에게서 평소와는 다른 모습을 발견할 수 있었다.

'능숙해졌군.'

집중해서 살피자 그들의 심장 부근에서 마나가 아주 자연스럽게 흐르는 것이 보였다.

'시간이 더 필요할 줄 알았는데. 생각보다 열심히 한 모양이야.'

그가 알려 준 약식 마나 심법에 완벽하게 적응을 한 것.

그렇다면 이제 다음 단계로 넘어갈 때가 되었다.

조금 더 심법의 운기 경로를 확장하면 보다 거대한 흐름을 만들 수 있을 것이었다.

'먼저 천돌혈과 상완혈부터 뚫어야 할 텐데…….'

현재 에릭과 에디는 심장 부근의 8개 혈도만 이용하고 있는 상황이다. 여기서 흐름을 확장하려면 반드시 천돌혈과 상완혈을 활용해야만 한다.

　'스스로 혈도를 개방하는 것은 무리일 거야.'

　에릭과 에디를 무시하는 것은 아니었다.

　그들은 어린 나이에도 불구하고 소드 익스퍼트 최상급을 바라보는 뛰어난 무인이다.

　다만 일평생 심장 주변에만 마나를 쌓고 운용했던 그들에게는 보이지 않는 벽과 선입견이 존재했다. 스스로 혈도의 개념을 이해하고 타통하는 것은 아무래도 무리였다.

　뿐만 아니라 천돌혈과 상완혈은 중추 혈도인 8맥을 연결하는 주요 관문이다.

　천돌혈은 흉부와 머리를 연결해서 위로 뻗어 나가고, 상완혈은 명치와 단전을 연결해서 아래로 흘러 나간다.

　'어설프게 도전했다가는 폐인이 될 수도 있지.'

　천돌과 상완은 흐름의 중심을 잡아 주는 관문답게 쉬이 공략하기 어려운 혈도였다.

　다행히 루안에게는 에릭과 에디를 도울 방법이 있었다.

　벌모세수.

　1갑자 이상의 내력을 지닌 고수가 외부에서 내력을 투입해서 강제로 혈도를 타통하는 방법이다. 이미 3갑자가 넘는 내력을 보유한 루안에게는 그리 어려운 일도 아니었다.

문제는 그 과정이 끔찍할 정도로 고통스럽다는 것.

'어쩔 수 없지. 이들을 믿어볼 수밖에.'

루얀은 에릭과 에디를 빤히 바라보다가, 그들이 과일을 모두 먹어치운 후에야 툭 말을 내던졌다.

"비무 한 판 하겠나?"

너무 갑작스런 제안이었을까.

손에 묻은 과즙까지 쪽쪽 빨아먹던 에릭과 에디는 눈을 크게 치켜뜨고 루얀을 바라보았다.

"당연하지!"

"우리는 언제나 환영이라고!"

제아무리 눈치가 부족한 그들이라도 단번에 루얀의 의도를 알아차릴 수 있었다.

루얀과 그들의 격차를 생각한다면 사실 비무는 애초에 성사될 수도 없는 일이다.

쌍둥이와 비무를 통해 루얀이 얻을 수 있는 것 또한 전무하다. 그럼에도 먼저 비무를 제안한다는 것은, 오직 그들을 위한 일이라는 뜻이었다.

'드디어……'

에릭과 에디는 이미 잔뜩 지친 상태였지만 루얀의 수련이라면 절대로 도망칠 생각이 없었다.

눈알을 까뒤집고 경련을 일으키는 엘프들을 지켜보면서도 내심 그들의 성장이 부러웠으니까.

그들은 몸이 부서지더라도 웃으면서 견딜 자신이 있었다.

"우리는 준비됐으니까 바로 시작하자고!"

에릭과 에디는 주먹을 움켜쥐면서 의욕을 불태웠다.

하지만 그들은 모르고 있었다. 몸이 부서질 각오로 임하는 수련이 아니라, 진짜로 몸을 부수는 수련이라는 것을.

루얀이 에릭과 에디를 이끌고 공터로 나서자 수많은 시선이 집중되었다.

'또 뭘 하려는 거지?'

'뭐야? 목검까지 들었는데?'

이제 막 식사를 마치고 휴식을 취하던 엘프들은 그들의 모습을 보고 흥미를 드러냈다.

엘프들은 지금껏 단순무식하게 체력 단련만 해 왔는데, 무기를 든 루얀의 모습은 호기심을 자극하기에 충분했다.

그중 몇몇은 눈을 초롱초롱하게 빛내면서 가까이 다가와 자리를 잡기도 했다.

'뭘 하려는 건지는 모르겠지만, 분명 대단한 수련이겠지?'

'우리도 언젠가는 저 수련을 받을 지도 몰라.'

엘프들은 체력 단련이 끝나면 루얀에게 화려한 기술을 배우게 될지도 모른다는 희망을 놓지 않고 있었다.

어쩌면 그들이 미래에 받게 될 수련을 미리 확인할 수 있는 기회인지도 몰랐다.

물론 기대에 부푼 것은 에릭과 에디도 마찬가지였다.

'루얀을 두 번 귀찮게 할 수는 없지.'

그들은 루얀의 가르침을 단 하나도 놓치지 않겠다는 각오로 두 눈을 부릅떴다.

"루얀. 비무라고 했으니까 그냥 공격하면 되는 거지?"

에릭의 질문에 루얀은 말없이 고개를 끄덕였다.

일단 비무의 형식을 빌리기는 했지만, 사실상 쌍둥이가 해야 할 일은 없었다.

그저 두들겨 맞기만 하면 된다.

기절하지 않고 최대한 오래 버티면서.

루얀의 생각을 모르는 에릭과 에디는 신중하게 자세를 잡고 쌍검을 뽑았다.

스르릉.

동시에 4개의 검이 뽑혀 나오고, 곧이어 파란 마나가 검에 맺혀서 아스라이 일렁거렸다. 오러만큼 선명하지는 않지만, 완성형에 가까워진 마나 소드였다.

동시에 에릭과 에디의 표정도 진지하게 변했다.

그들이 쥔 검보다 오히려 더 날카로운 눈빛이었다.

검을 쥔 순간부터 그들은 한심한 만담꾼이 아닌, 진짜 무인이 되었다.

'에릭. 가자!'

'신나게 놀아 보자고!'

잠시 눈빛을 교환한 에릭과 에디는 있는 힘껏 땅을 박차고 돌진했다.

타앗.

조심하라는 말은 하지 않았다.

그리고 힘을 아끼지도 않았다.

상대는 루얀이었으니까.

차차착.

에릭과 에디는 유기적으로 위치를 바꾸면서 현란하게 거리를 좁혀 갔다. 그 날렵한 모습에 감탄한 엘프들은 저도 모르게 주먹에 힘이 들어가는 것을 느꼈다.

'저 인간들도 대단하군.'

에릭과 에디는 분명 무시할 수 없는 무인들이었다.

하지만…….

퍼억.

자신들의 미래를 미리 엿보려던 엘프들에게 섬뜩하고도 살벌한 경종이 울렸다.

어째서일까.

엘프들의 눈에는 루얀이 웃고 있는 것처럼 보였다.

chapter 5

에릭과 에디의 협공은 과연 날카로웠다.

사사삭.

4개의 검이 풍차처럼 회전하면서 루안에게 날아들었다.

마나 소드가 빈틈없이 원을 그렸다.

에릭과 에디의 개인 무위는 소드 익스퍼트 상급에 불과하지만, 함께일 때는 익스퍼트 최상급 무인 이상의 힘을 발휘했다.

인간을 싫어하는 엘프들조차 순수하게 감탄할 정도였으니, 충분히 훌륭한 협공이었다.

그런데도 루안은 피할 생각조차 하지 않았다.

스윽.

오히려 한 걸음 앞으로 성큼 나아가면서 마나 소드로 뛰어들었다.

꽤 위태로워 보이는 모습.

하지만 전세가 뒤집히는 것은 순식간이었다.

루얀이 본격적으로 힘을 끌어 올렸으니까.

콰아아아.

루얀의 오른손에서 시퍼런 내력이 솟구쳤다.

일대를 단번에 집어삼킬 정도로 거대한 기운이었다.

심지어 그것으로도 끝이 아니었다.

왼손에서는 새하얀 신력이 안개처럼 뭉게뭉게 피어올랐다.

'저, 저게 뭐야!'

양손에 각기 다른 기운을 끌어 올리고 전진하는 루얀은 이미 인간의 모습이 아니었다.

괴물!

새하얀 새벽 안개가 자욱하게 깔린 대지에서 악마가 시퍼런 여명과 함께 튀어나왔다.

퍼억.

악마는 샛노란 안광을 번뜩이면서 에릭과 에디를 무자비하게 두들겨 패기 시작했다.

"크허헉!"

"루얀, 이건 너무 심하……."

에디와 에릭은 비명을 터트리면서 도망치려 했지만 이미 늦은 후였다.

악마는 자비를 베풀지 않고 말 그대로 신명 나게 주먹을 휘둘렀다.

뻐억.

루얀의 주먹이 꽂힐 때마다 일대의 마나가 크게 요동치면서 숲이 흔들렸다.

그만큼 막대한 내력이 쌍둥이의 몸을 파고들고 있었다.

'천돌과 상완에 앞서 중정혈을 타통해서 흐름을 보완한다.'

중정혈은 명치의 바로 아래쪽, 급소에 위치해 있었다.

자칫 잘못 건드리면 위험할 수도 있는 부위.

하지만 루얀의 주먹에는 일말의 망설임도 존재하지 않았다.

퍼어억.

루얀의 주먹이 명치를 연달아 가격하자 쌍둥이는 비명조차 내지르지 못하고 공연히 입만 뻥긋거렸다.

지켜보던 엘프들은 자신의 명치를 쓰다듬으면서 입술을 파르르 떨었다.

'이, 이건 수련이 아니라……'

'저 인간이 드디어 미쳤구나! 동료를 죽이려는 것이 분명해.'

일방적이고도 무자비한 폭력이었다.

이런 식의 수련은 상상조차 해 본 적이 없었다.

수련을 빙자한 구타, 아니 살육이었다.

심지어 루얀은 구슬땀까지 흘려가면서 최선을 다해 폭력에 박차를 가했으니, 그야말로 악마가 따로 없었다.

'인간이 불쌍한 것은 처음이로군.'

'종족은 다르지만 진심으로 그대들의 명복을 빌어 주겠다.'

엘프들 중 일부는 차마 더 이상은 참상을 직시하지 못하고 고개를 돌려 버렸다.

물론 루얀은 쌍둥이의 혈도를 아주 정밀하게 가격하고 있었지만, 엘프들이 그 사실을 알 턱이 없었다.

그 와중에도 루얀의 주먹은 잠시도 쉬지 않았다.

퍽, 퍼억.

먼저 내력이 파고들어 꽉 막힌 혈도를 뚫어 냈다.

이어서 신력이 혈도를 보듬고 탁기를 씻어 냈다.

신계의 기운까지 동원된 벌모세수!

지금껏 세상에 없었던 시술인 만큼, 그 효과는 굉장했다.

강제로 혈도를 뚫었음에도 그 충격이 몸을 망치지 않았고, 탁기는 꼼짝도 하지 못하고 모조리 불타 사라졌다.

맞으면서 희열을 느낀다는 것이 바로 이런 의미일까.

에릭과 에디는 당장 기절할 것처럼 고통스러웠지만, 이상하게도 계속 주먹에 몸을 맡기고 있었다.

퍼억.

루얀의 잔혹한 주먹질은 이후로도 1시간이 넘도록 이어졌다.

처음에는 그저 남의 고통일 뿐이라 생각했던 엘프들도 시간이 지나자 표정이 딱딱하게 굳어졌다.

무엇이라 딱히 꼬집어 말하기는 어렵지만 매우 불길한 느낌을 감지한 탓이었다. 그러다 엘프 하나가 그 불길함의 이유를 결국 입 밖으로 꺼내고 말았다.

"설마 우리도 저렇게……."

무의식중에 중얼거린 말이었지만 모든 엘프들이 그 목소리를 들을 수 있었다.

그랬다.

루안에게 수련을 받고 있는 이상, 저 살육은 그들의 미래라고도 할 수 있었다.

'에이. 설마…….'

엘프들은 애써 부정해 보려 했지만, 그럴수록 루안의 주먹질이 오히려 더 선명하게 눈에 들어왔다.

꿀꺽.

사방에서 마른침이 넘어가는 소리가 마구 메아리쳤다.

특히나 아브라함은 얼굴이 새하얗게 질려서 턱을 덜덜 떨어 댔다.

'내게 보내는 경고인가?'

두들겨 맞는 것은 쌍둥이였지만, 어째서인지 그가 고통스러운 기분이었다.

'감히 내게 침을 뱉으려 했겠다? 허튼수작을 부렸으니 너도 조만간 이렇게 만들어 주겠다.'

루안은 분명히 입을 꾹 다물고 있었지만, 아브라함은 그의 목소리를 선명하게 들을 수 있었다.

두 눈을 질끈 감아도 보였고, 두 귀를 막아도 우렁차게 뇌리를 뒤흔들었다.

'내가 무슨 짓을 한 거지?'

그제야 아브라함은 진심으로 후회하게 되었다.

태어난 것을.

이후로도 무려 2시간이 넘게 이어진 잔인한 폭력은 결국 쌍둥이가 완전히 기절해 버린 후에야 끝이 났다.

"이쯤이면 기초는 닦았군."

루얀은 무척이나 개운한 표정으로 땀을 닦으면서 주먹을 내렸다. 신계의 기운을 활용하고도 3시간이 넘게 걸렸으니, 중원의 고수들이 벌모세수를 피하는 것에도 다 이유가 있다고 할 수 있었다.

루얀은 기절한 쌍둥이를 드래곤들에게 맡기고는 훌쩍 몸을 돌렸다. 그리고 아브라함을 향해 성큼성큼 다가가기 시작했다.

"미안하다. 오후 수련이 조금 늦었군."

분명 평소와 다를 것이 없는 말투였지만, 그래서 더 섬뜩하게 느껴졌다.

'오, 오지 마!'

루얀의 몸에서는 아직 완전히 가라앉지 않은 거대한 기운이 일렁이고 있었다.

우우우웅.

숲을 떨쳐 울리는 그 난폭한 기운에 질린 아브라함은 주춤주춤 뒷걸음질을 쳤다.

악마가 다가오고 있었다. 그리고 악마가 섬뜩하게 미소를 지으면서 속삭였다.

"이제 너희 차례다. 어서 준비하도록."

죽을 준비를 하라는 말일까.

사색이 된 아브라함은 결국 다리에 힘이 풀려서 털썩 주저앉고 말았다.

그러자 다가오던 악마가 멈칫하더니 미간을 찌푸렸다.

"아브라함. 그 전에 씻고 오는 게 좋겠군."

루얀이 갑자기 걸음을 멈춘 것은 고약한 지린내 때문이었다.

쌍둥이를 수습하려고 다가오던 버로크와 케시우스도 냄새를 맡고는 한마디씩 툭 내뱉었다.

"지렸군."

"저 정도면 지린 게 아니라 그냥 시원하게 봤다고 해야 되지 않을까?"

어젯밤에는 무턱대고 침을 뱉더니, 이제는 방뇨까지.

푸른 숲의 부족에는 상습적으로 경범죄를 저지르는 비도덕적인 엘프가 살고 있었다.

🔱

앙상하게 메마른 신목의 아래로 흐릿한 달빛이 스며들었다.

가부좌를 틀고 앉아서 가만히 눈을 감고 있던 루얀은 달빛이 눈을 간지럽히는 것을 느끼고 천천히 눈을 떴다.

'벌써 시간이 이렇게 되었나?'

엘프들의 체력 단련이 끝나자마자 신목을 찾아 운기행공을 시작했는데, 어느덧 자정을 넘긴 시간이 되어 있었다.

'이만 돌아가야겠군.'

루얀은 가볍게 한숨을 내쉬면서 가부좌를 풀고 몸을 일으켰다. 그런데 어째서인지 그의 표정이 다소 무겁게 굳어 있었다.

'이제 모든 문제를 바로잡을 수 있으리라 생각했건만.'

신계의 기운을 다스릴 수 있게 되었으니 뒤엉킨 매듭을 모두 그의 손으로 풀 수 있을 것이라 생각했었다.

하지만 결과적으로 너무 섣부른 판단이었다.

방법은 깨달았지만, 아직 루얀이 다스릴 수 있는 기운은 미량에 불과했다.

내력의 기준으로 따지자면 고작 20년 수준의 기운일 뿐.

물론 객관적으로 따지자면 그것만으로도 충분히 대단한 일이기는 했다.

이제 막 신력에 눈을 뜬 그가 벌써 20년 수준의 기운을 다룬다는 것은 분명 굉장한 일이었다.

그러나 루얀은 결코 만족할 수 없었다. 이 정도 수준으로는 테오와 프레시아를 치료할 수 없었으니까.

'어찌해야 좋을지 나도 알 수 없구나.'

항상 당당하게 길을 개척해 온 루얀이었지만, 이번만큼은 답답한 마음을 가라앉히기 어려웠다.

루얀은 어지러운 생각을 정리하면서 달빛이 인도하는 대로, 그리고 걸음이 닿는 대로 몸을 옮겼다.

정신을 차려 보니, 그는 선대 장로의 집에 도착해 있었다.

장로의 집에는 본래 낙엽을 엮어서 만든 침대 하나뿐이었지만, 지금은 새로운 침대 하나가 더 놓여 있었다.

같은 증상으로 고통을 받고 있는 프레시아와 테오를 한 곳에서 돌보기 위함이었다.

루얀이 조심스럽게 안으로 들어서자 먼저 몸을 둥글게 말고 있는 아브라함의 등이 보였다.

오늘도 프레시아의 곁을 지키다가 잠이 든 모양이었다.

'저러니 매일 피곤할 수밖에 없겠지.'

아브라함은 고된 훈련을 받으면서도 하루도 빠짐없이 프레시아를 돌보고 있었다. 그런다고 나아질 상황이 아니지만, 끝까지 희망을 놓지 않으려는 듯했다.

루얀은 아브라함을 안쓰럽게 바라보다가 이내 프레시아에게로 조용히 다가갔다.

'상태가 더 악화된 것인가?'

프레시아는 루얀이 처음 봤을 때보다 훨씬 더 상태가 나빠져 있었다. 이전에는 가끔 눈을 뜨기도 한다고 했지만, 루얀이 도착한 후로는 단 한 번도 일어난 적이 없었다.

뿐만 아니라 얼굴이 더욱 창백해졌고, 호흡도 어제보다 약해졌다.

프레시아는 하루가 다르게 기력이 쇠하고 있었다.

'나를 독촉하는 것이냐.'

이렇게까지 급속도로 상태가 나빠진 것은 루얀이 도착한 후부터라고 했다.

루얀은 들어 본 적도 없는 프레시아의 목소리가 뇌리를 파고드는 것처럼 느껴졌다.

'네가 온 것을 다 알고 있다. 그러니 어서 방법을 찾아내라.'

프레시아는 그렇게 루얀을 몰아세우고 있었다.

루얀은 그가 해야 할 일을 잊지 않기 위해서 프레시아의 모습을 두 눈 가득 담았다.

외면하지 않았다.

저 어리고 가련한 목숨이 오직 그의 손에 달려 있었다.

루얀은 하염없이 프레시아를 바라보다가 이내 힘없이 고개를 돌렸다.

상태가 위중한 것은 프레시아만이 아니었다.

테오의 몸 상태 또한 심각하기는 마찬가지였다.

'테오. 내 무능이 너를 괴롭게 하는구나.'

엘프의 숲에 온 이후에도 꾸준히 내력과 신성력, 마나를 풀어 주고 있지만 이제는 슬슬 한계가 다가오고 있었다.

더 이상은 지체할 시간이 없었다.

가뜩이나 위태로운 상태였는데, 신목의 기운이 가득한 곳에 머무르다 보니 기운이 더 거칠게 폭주를 일으키고 있었다.

'이곳에 길이 있을 것이라 생각했는데, 아무래도 내 실수였던 것 같구나.'

어쩌면 이곳에 온 것 자체가 실수는 아니었을까.

답이 보이지 않는 길목에서 루얀은 깊은 한숨을 내쉬었다.

시간을 두고 천천히 해결할 수 있는 문제라면 차라리 다행이겠지만, 그 무엇도 호락호락하지 않았다.

시간이 촉박한 것도 분명 곤란한 일이지만, 애초에 시간만 있다고 해결할 수 있는 문제도 아니었다.

현재 루얀은 '의지력'으로 신계의 기운을 다루고 있었다.

처음 소블레스 대륙에서 눈을 떴을 때, 단전조차 없는 몸으로 내력을 끌어 당겼던 것과도 비슷한 방식이다.

말하자면 무척이나 어렵고, 비효율적이면서도 한계가 명백한 운용이었다.

'이대로는 아무리 오랜 시간이 지나도 마찬가지야.'

더 많은 내력을 다루기 위해서는 당연히 단전이 필요하다.

스스로 내력을 품고 있어야만 언제든 기운을 꺼내 사용할 수 있다.

신계의 기운도 마찬가지.

의지력으로 활용할 수 있는 기운 이상을 끌어내려면 새로운 그릇이 필요한 상황이었다.

완전히 새로운 그릇.

그나마 마법을 배울 때에는 블랑이라는 훌륭한 스승이 있었지만, 이번에는 홀로 모든 것을 깨우쳐야만 했다.

'어떻게든 새로운 그릇을 만든다고 해도 그 안에 신력을 채우려면 십수 년은 필요할 터인데……'

루얀의 고민이 깊어졌다.

그런데 그 순간, 마치 운명처럼 밤바람이 꽃가루를 담고 루얀의 코를 스쳐 지나갔다.

루얀은 아브라함을 깨우고 싶지 않아서 최대한 입을 틀어막고 재채기를 했다.

소리를 죽이려다 보니 더 크게 몸이 들썩거렸다.

그 진동 탓에 품에 넣고 있던 물건 하나가 톡 떨어져서 바닥을 데굴데굴 굴렀다.

신목의 열매!

달빛을 받아서 유난히 파랗게 빛나는 열매가 루얀의 시선을 확 잡아 끌었다.

신목의 열매를 발견한 루얀은 잠시 멈칫하면서 표정을 굳혔다.

신목이 빚어낸 천고의 영약!

저 열매라면 해답이 될 수도 있다.

루얀은 환원심법의 제한 때문에 영약의 내력을 축적할 수 없지만, 신력이라면 이야기가 달라진다.

신목의 열매는 내력과 마나뿐만 아니라 신계의 기운까지도 가득 머금고 있는 영약이었다. 그 힘을 이용할 수만 있다면 단번에 신력을 축적해서 프레시아와 테오를 구할 수 있다.

블랑의 허리를 고쳐 주지 못한 것이 원통하여 지금껏 품고 있었지만, 프레시아와 테오에게는 아직 기회가 남아 있었다.

'내력과 마나는 이미 환원심법을 따르고 있지만 새로운 그릇이라면…….'

애초에 없던 것을 새롭게 만드는 것이니 굳이 환원심법만을 고집할 이유는 없었다. 다른 방식으로 영약을 취한다면 신계의 기운만큼은 확실하게 받아들일 수 있을 것이었다.

루얀은 굴러가는 파란 열매를 멀뚱히 바라보면서 손가락을 꼼지락거렸다.

겨우 길을 발견하기는 했지만 아직 문제는 남아 있었다.

'하지만 나의 것이 아니다.'

저 열매는 오직 프레시아를 위해 준비된 선물이었다.

그 사실을 모를 때에야 부담 없이 취했지만, 이제는 루얀도 저 영약의 주인을 알게 되었다.

'수많은 엘프들의 목숨이 저 영약에 달려 있다고 했지.'

프레시아가 온전히 장로로 각성을 하고 푸른 숲의 부족을 일으켜 세우려면 신목의 열매가 필요하다.

상황이 다급하다고 해서 그가 함부로 취할 수 있는 물건이 아닌 것이다.

일이 뜻대로 풀려서 프레시아를 치료한다고 해도, 그녀가 장로의 힘을 각성하지 못한다면 푸른 숲의 부족에게는 미래가 없다.

'허. 어찌 해야 좋단 말인가.'

신목의 열매를 눈앞에 두고 루얀은 낯선 감정과 마주하게 되었다. 아주 오랫동안 잊고 있었던 원초적인 감정, 바로 욕심이었다.

'여기까지 와서 욕심이라니. 아직도 수행이 부족했던가.'

루얀은 기억이 닿는 나이부터 고아로 내버려져서 주린 배를 움켜쥐고 골목을 전전했다. 당시 그는 골목 어귀에서 찧는 싸구려 보리빵 하나까지 모두 욕심을 냈었다.

결국 굶주림을 견디지 못하고 산에 올라서 환원심법을 얻게 되었고, 루얀의 삶은 크게 달라졌다.

그때부터였다. 그가 물욕을 잊게 된 것은.

사냥할 산짐승과 수련에 매진할 시간만 있다면 충분했고, 그 무엇도 부족함이 없었다.

중원의 절대자가 된 이후에는 더욱 그러했다.

무엇을 욕심낼 필요도 없이 모든 것이 풍족하기만 했다.

그런데 이제 와서 다시 '욕심'이라는 감정과 맞닥뜨리자 그 원초적인 느낌이 오히려 낯설어서 당황스러웠다.

'아서라. 길이 있다고 해서 모두 발을 들일 수 있는 것은 아니다.'

무엇보다도 루얀은 이미 약속을 했다.

열매를 프레시아에게 돌려주기로.

더 심마에 휘둘리기 전에 다른 방법을 찾아보는 것이 좋을 것 같았다.

루얀은 아주 조심스럽게 신목의 열매를 주워 들었다.

이전에는 아무렇지 않게 품에 보관했던 물건이지만, 이제는 그 가치가 마음에 와 닿아 무겁게만 느껴졌다. 그런데 그 순간, 침대에 머리를 묻고 있던 아브라함이 벌떡 몸을 일으켰다.

"인간, 방금 뭘 한 거지?"

루얀이 처음 집에 들어왔을 때는 분명 자고 있었는데, 그가 잠시 갈등하고 있는 사이에 깨어난 모양이었다.

"솔직하게 말해. 네 눈빛을 봤다."

아브라함은 루얀을 두려워하지 않고 성큼성큼 다가왔다.

루얀은 아무런 대답도 하지 않고 그를 가만히 바라보았다.

"인간, 이제 와서 엄마 나무의 열매를 탐내는 것이냐?"

아브라함의 태도는 분명 평소와는 달랐다.

그와 엘프들에게는 민감한 문제일 텐데, 언성을 높이거나 쏘아붙이는 모습이 아니었다.

그저 담담하게 루얀과 눈을 맞출 뿐이었다.

"잠시 흔들렸다. 다시는 이런 일이 없을 것이니 안심해라."

퍽 민망한 상황이었지만 루얀은 솔직하게 인정하고 고개를 숙였다. 그러자 아브라함은 더욱 신중한 눈빛으로 루얀을 바라보았다.

"어째서지?"

추궁하기 위함이 아니었다.

아브라함은 진심으로 루얀의 의도를 궁금해하고 있었다.

'5년이 넘게 열매를 가지고만 있던 인간이 갑자기 왜?'

평범한 인간이었다면, 그래서 자신의 욕심만을 앞세웠다면 이미 열매를 사용했을 것이다.

하지만 루얀은 그렇게 하지 않았다.

오히려 돌려준다고도 말했었다.

그런데 이제는 무엇이 달라진 것일까.

아브라함이 의아한 것은 바로 그것이었다.

"프레시아가 깨어나지 못하는 것은 기운이 폭주한 탓이다."

"그것은…… 나도 알고 있다."

"외부에서 기운을 안정시키면 해결할 수 있다."

"네가 할 수 있다는 뜻이냐?"

아브라함의 목소리에 기이한 열기가 묻어 나왔다.

루얀도 그의 열망을 분명히 알 수 있었다.

하지만 안타깝게도 고개를 가로저을 수밖에 없었다.

"내가 다룰 수 있는 신력으로는 불가하다."

그제야 아브라함은 루얀이 엄마 나무의 열매를 두고 고민했던 이유를 알아차렸다.

'루얀, 역시 다른 인간들과는 다른 놈이야.'

루얀은 그 자신의 이익을 위해 보물을 탐낸 것이 아니었다.

오히려 반대다.

프레시아를 살리기 위해 자신의 약속까지 깨려고 했다.

아브라함은 루얀이 약속을 반드시 지키는 인간이라는 것을 이미 잘 알고 있었다. 얼떨결에 거래를 하는 바람에 매일 죽음보다 지독한 수련을 받고 있으니까.

'어쩌면 처음부터 이렇게 될 일이었는지도 모르지.'

아브라함은 루얀을 빤히 바라보다가 천천히 시선을 거두고는 걸음을 옮겼다.

"돌려주지 않아도 된다. 하지만……."

아브라함은 씁쓸하게 중얼거리면서 루얀의 옆을 스쳐 지나갔다.

"차마 내 눈으로는 못 보겠다."

아브라함은 그 말을 끝으로 장로의 집에서 빠져 나왔다.

'인간을 믿게 될 줄이야.'

아브라함은 부족의 운명을 온전히 루얀의 손에 맡겼다.

아니, 사실 그보다 앞서서 엄마 나무가 결정한 일이었다.

엄마 나무가 열매를 루얀에게 준 순간부터 푸른 숲의 부족은 운명의 소용돌이에 빨려 들어갔다.

이제 부족의 목숨은 그들이 스스로 지켜 나가야만 했다.

이런 상황에서 아브라함이 선택할 수 있는 것은 단 하나뿐이었다.

‘부족의 일은 우리가 알아서 하겠다.’

루얀이 매일 밤 아브라함의 잠든 모습을 지켜봤던 것처럼, 그 또한 마찬가지였다. 아브라함은 하루도 빠짐 없이 프레시아를 살피던 루얀의 모습을 이미 알고 있었다.

‘인간. 프레시아를 부탁한다.’

루얀은 멀어져 가는 아브라함의 기척을 느끼면서 신목의 열매를 움켜쥐었다.

프레시아가 깨어난다고 해서 모두 정상화되는 것은 아니다.

그가 이 열매를 취하는 순간, 푸른 숲의 부족은 향후 200년간 장로를 잃게 된다.

그것을 아브라함이 몰랐을까?

‘아니. 누구보다 더 잘 알고 있겠지.’

이는 아브라함의 선택이었다.

프레시아만이라도 반드시 살리겠다는.

그 뜻을 이해했으니 루얀도 절대로 실패할 수는 없었다.

또한 망설일 수도 없었다.

루얀은 결연한 눈빛으로 프레시아를 바라보았다.

“약속하마. 최선을 다할 것이다.”

루얀은 프레시아의 옆에 가부좌를 틀고 앉아서 한 입에 열매를 꿀꺽 집어삼켰다.

무슨 맛이라고 해야 할까.

시큼한 과즙이 식도를 따끔하게 찌르는 것 같았다.

비 오는 날의 무거운 공기와 같은 녹진한 흐름이 혈도를 파고들어 '짜르르' 울렸다.

아주 생소한 경험이었지만 그건 시작에 불과했다. 곧이어 막대한 기운이 몸 안에서 확장하면서 거센 파도처럼 밀려들었다.

고오오오.

과연 천고의 영약이라는 것일까.

무려 120년 기운에 해당하는 내력과 마나가 휘몰아쳤다.

그 거친 진격에 혈맥이 크게 부풀고, 단전이 출렁거렸다.

두근, 두근.

심장이 아찔할 정도로 빠르게 뛰면서 호흡이 가빠졌다.

약도 과하면 독이 되는 법, 천무지체를 이룬 몸이 아니었다면 감당하기 어려운 기운이었다.

후우웅.

갑자기 낯선 기운이 파고들자 단전과 마나 써클이 위협을 느끼고 문을 활짝 개방했다.

콰아아아.

그 즉시 루얀의 모든 내력과 마나가 일어나면서 영약의 기운을 덥석 삼켜 버렸다. 영약의 기운은 제압당하지 않기 위해 발버둥 쳤지만 중과부적이었다.

츠츠츠.

제아무리 신목의 열매라 할지라도 루얀의 기운을 넘어서지는 못했다.

무려 3갑자를 넘긴 내력!

2갑자에 달하는 마나!

끝조차 보이지 않는 드넓은 바닷속에서 한줄기 파도의 반항은 가소로울 뿐이었다.

스르륵.

루얀의 내력은 영약의 기운을 끌어안고 자연스럽게 환원심법의 묘리에 따라 흘렀다.

그리고 끝내 낯선 기운을 자연으로 내보내 흩어 버렸다.

세상에 단 하나뿐인 최고의 영약을 먹고도 한 줌의 내력조차 얻지 못하다니.

중원의 무인들이 이 모습을 봤다면 아까워서 펄쩍 뛸 일이었다. 하지만 루얀은 차분하게 호흡을 가다듬을 뿐이었다.

이미 예상했던 일이었으니까.

'이제부터가 진짜다.'

루얀은 온 신경을 집중하면서 혈도에 남아 있는 기운을 수색했다. 내력과 마나로도 씻어 내지 못한 단 하나의 낯선 기운!

분명히 존재하지만 쉬이 손에 잡히지 않는 독특한 흐름이 아직 몸에 남아서 고요하게 흐르고 있었다.

바로 신계의 기운이다.

신목의 열매가 품고 있는 신력은 1갑자에 살짝 미치지 못하는 수준이었다.

'나를 따르라 하지 않겠다. 또한 내가 너를 따르지도 않을 것이다.'

루얀은 신과 맞섰던 순간을 떠올리면서 기운을 어루만졌다.

신력의 정체는 대자연의 기운.

루얀 또한 대자연의 일부였으니 주종의 관계는 의미가 없었다. 누가 먼저일 것도 없이, 그저 서로를 받아들이는 것만이 정답이다.

'함께 가자.'

루얀이 먼저 손을 내밀자 안개처럼 흐릿하던 기운이 선명하게 빛을 발하면서 '꿈틀' 움직였다. 루얀의 의지가 대자연으로 스며들었고, 신계의 기운이 선뜻 고개를 끄덕였다.

고오오오.

선명하게 모습을 드러낸 신계의 기운은 거대한 흐름이 되어 루얀의 혈도를 내달렸다.

시원하게 몸을 씻어 내는 흐름에 도취된 루얀은 저도 모르게 환원심법을 운기하려다가 퍼뜩 정신을 차렸다.

기회는 한 번뿐이다. 겨우 몸 안에 자리를 잡으려는 신계의 기운을 흩어 버리면 그대로 끝장이었다.

'당장 새로운 그릇을 만들어야 한다.'

단전의 주변으로 다시 벽을 치는 것은 현명하지 못한 선택이다. 앞으로도 마나 써클이 계속 늘어날 것을 생각하면 공간을 남겨 둘 필요가 있었다. 또한 이미 환원심법을 따르고 있는 기운들의 곁에 신계의 기운을 두는 것은 위험한 일이다.

'완전히 새로운 공간이 필요하겠지.'

루얀은 침착하게 새로운 길을 찾았다.

열매를 취하기 전에 어느 정도는 계산을 마쳐 둔 상태였다.

그의 선택은 중단전이었다.

소블레스 대륙의 기사와 마법사들이 마나 써클을 형성하는 바로 그 위치, 심장이다.

'심장 부근에 그릇을 만들되, 그것을 내력의 운용법으로 다룰 수 있어야 한다.'

중원의 방식으로는 불가능했다.

중단전을 활용하는 무공이 발전하지 못했으니까.

하지만 소블레스 대륙의 방식까지 공부한 루얀은 이미 답을 알고 있었다.

심장 주변의 8개 혈도를 이용하는 마나 심법!

에릭과 에디를 위해 창안한 새로운 무공이 이제는 그 자신에게 길을 안내할 차례였다.

스으으으.

루얀은 당장이라도 내력과 뒤엉키려고 하는 신계의 기운을 달래서 심장의 주변으로 이끌었다. 그리고 마나 써클을 만들 때처럼 기운을 한곳에 뭉쳐서 흘러 나가지 못하도록 통제했다.

샤아아아.

호흡을 유지하는 것조차 망각하고 정신을 집중하는 루얀의 주변으로 찬란한 빛이 내렸다.

신계에 오르지 못하고 인세에 남게 된 궁신.

그가 또 한 걸음 나아가는 순간이었다.

가부좌를 틀고 앉은 루얀의 몸에서 찬란한 빛이 뿜어져 나왔다. 하지만 정작 루얀은 그 사실을 알지 못하고 기운을 통제하는 데만 집중하고 있었다.

우우웅.

그의 의지에 따라 신계의 기운이 심장 주변으로 모여서 진동했다.

'이대로 계속 흔적을 만든다.'

신계의 기운이 진동할 때마다 심장 주변에는 깊은 흔적이 남았다.

특별할 것은 없었다. 이미 여러차례 경험한 일이었으니까.

단전과 마나 써클도 같은 과정을 거쳤고, 끝내 새로운 그릇으로 재탄생했다.

루얀은 신계의 기운이 더 빠르게 흔적을 새길 수 있도록 더 강하게 고삐를 쥐었다.

하지만 곧 문제가 발생했다.

투웅.

신계의 기운을 너무 얕보았던 것일까.

강하게 통제하려고 하자 기운이 반발하면서 그의 의지를 벗어나고 말았다.

콰아아.

통제를 벗어난 신계의 기운은 사방으로 마구 뻗어 나갔다.

'위험하다!'

루얀은 바짝 긴장하면서 기운의 흐름을 살폈다.

지금은 그저 살펴보는 것만이 최선이었다. 더 통제하려고 시도했다가는 오히려 걷잡을 수 없는 상황이 되고 말 테니까.

그나마 다행이랄까.

뛰쳐나간 신계의 기운은 루얀이 미리 닦아 둔 마나 심법의 경로에 올라탔다.

단중혈에서 시작한 흐름이 옥당, 화개, 천개, 식독을 거쳐서 심장 주변을 크게 회전했다.

그리고 천지, 일월을 거쳐서 다시 단중으로 돌아왔다.

에릭과 에디에게 가르쳐 주기 위해 창안한 마나 심법의 기초 경로였다.

'더 지켜봐야 해. 아직 긴장을 놓을 때가 아니다.'

기운이 올바른 경로로 향한 것은 다행이지만, 그 속도가 너무 빨라서 긴장을 늦출 수 없었다.

콰콰콰콰.

한 바퀴, 두 바퀴, 회전할수록 흐름은 더욱 빨라졌다.

종내에는 순식간에 수십 번을 회전하기에 이르렀다.

'안 돼. 이대로 두면 폭주를 일으킨다.'

통제를 할 수도 없고, 가만히 내버려둘 수도 없으니 그야말로 진퇴양난이었다.

고민하던 루얀은 결국 결정을 내릴 수밖에 없었다.

'마나 심법에 익숙해진 후에 천천히 확장하려고 했건만……'

폭주를 막으려면 신계의 기운에게 길을 더 열어 줘야만 했다. 더 많은 혈도로 흐름을 나누면 충격을 분산시킬 수 있을 것이었다.

'지금은 달리 방법이 없으니 어쩔 수 없구나.'

루얀은 천돌혈과 상완혈로 향하는 길목을 활짝 열고, 인근 6개 혈도까지 규모를 확장했다.

우우우웅.

위와 아래로 향하는 길이 동시에 열리자 신계의 기운은 둘로 나뉘어 진격을 시작했다.

콰아아.

천돌혈을 뚫고 위로 올라간 기운은 백호혈, 고황혈, 신당혈, 의회혈을 거쳐서 다시 아래로 내려왔다.

반대로 상완혈을 겨누고 아래로 향한 기운은 단전의 바로 위인 건리혈을 찍고 위로 솟구쳤다.

나뉘었던 두 흐름은 명치에 위치한 중정혈에서 다시 만나서 거칠게 충돌했다.

쿠우웅.

동시에 루안의 몸이 크게 들썩였다.

내부의 충격이 장기를 뒤흔들면서 아찔한 통증이 몰아닥쳤다.

'이겨 내야 한다!'

루안은 이를 악물고 통증을 견뎠다.

충격이 만만치 않지만 여기서 집중력을 잃으면 목숨을 장담할 수 없는 상황이었다.

스으으으.

중정혈에서 충돌한 두 흐름은 속도가 줄어들면서 잠시 멈칫했다.

'지금이다.'

루안은 그 틈을 노려서 신계의 기운을 다시 심장 인근으로 인도하려고 했다. 하지만 그의 계획을 비웃듯, 이번에도 신계의 기운은 멋대로 움직이기 시작했다.

후우웅.

충돌이 일으킨 반발력이 뒤늦게 몰아치면서 신계의 기운을 더욱 빠른 속도로 쏘아 보냈다.

콰르르르.

다시 둘로 나뉜 신계의 기운은 엄청난 속도로 혈도를 헤집으면서 내달렸다.

전보다 더 위험해진 상황!

심지어 문제는 그뿐만이 아니었다.

몸이 뒤흔들리자 내력과 마나가 반응하면서 함께 일어나려고 했다.

그것만은 막아야 했다. 내력과 마나, 신계의 기운이 충돌하는 순간 몸이 터져 버릴 것이 분명했다.

'우선 내력과 마나부터!'

이제는 신계의 기운에만 집중하고 있을 때가 아니었다.

루얀은 내력과 마나를 진정시키기 위해 안간힘을 썼다.

온 신경을 집중한 덕분에 단전과 마나 써클은 오래지 않아 안정을 되찾았다.

하지만 그 순간, 두 번째 충돌이 일어났다.

콰아아앙.

벌써 한바퀴를 회전하고 되돌아온 신계의 기운이 다시 중정혈에서 충돌한 것이었다.

'크으윽.'

입이 떡 벌어질 정도로 끔찍한 통증이 휘몰아쳤다.

비명을 삼켜서 겨우 호흡이 엉키는 것만은 막았지만 정신이 아득해지고 있었다. 그사이에도 반발력으로 인해 더 빨라진 흐름이 중정에서 다시 출발했다.

'이대로는 죽는다.'

시간이 많지 않았다.

당장 방법을 찾아내지 못하면 세 번째 충돌 때는 반드시 죽는다.

루얀은 입술을 힘껏 깨물어서 정신을 일깨우고, 신계의 기운이 돌진하는 것을 신중하게 살폈다.

콰드득.

천무지체를 이룬 신체조차 마음껏 날뛰기에는 부족하다는 것일까.

신계의 기운이 강제로 혈도를 뚫어서 길을 확장하면서 내달렸다. 심장 인근의 모든 혈도가 터질 듯 부풀어서 아슬아슬하게 흔들렸다.

일생일대의 위기였다.

하지만 루얀은 목숨이 경각에 달린 순간에도 이성을 잃지 않았다. 오히려 더 침착하게 신계의 기운을 뒤쫓았다. 그리고 끝내 위기 속에서 기회를 찾아냈다.

'이건…… 흔적이다!'

신계의 기운이 길을 확장하면서 내달린 탓에 깊은 흔적이 남고 있었다.

기운을 응축시켜서 인위적으로 흔적을 만들었던 때보다 훨씬 더 거대하고 선명한 모습이었다.

흔적을 발견한 순간 루얀은 큰 깨달음을 얻을 수 있었다.

'내가 아둔했구나. 형태에 얽매일 필요가 없는 것을……'

단전도, 마나 써클도, 그리고 지금 새롭게 만들려는 그릇도, 모두 애초에 존재하지 않았던 것들이다.

새롭게 만들어 내는 상황에서 굳이 그 형태를 동그란 구의 모습으로 빛을 이유는 없었다.

호리병도 그릇이고, 기다란 물병도 그릇이다.

단중혈에서 시작해서 15개의 혈도를 거쳐 중정혈에서 끝이 나는 기다란 길 또한 마찬가지였다.

'15개의 혈도를 통째로 그릇으로 만든다!'

결정을 내린 루얀은 신계의 기운이 휩쓸고 지나간 경로를 추격하면서 주먹을 움켜쥐었다.

'이 길이 곧 그릇이다. 자연을 담을 것이다.'

루얀은 의심하지 않았다.

그의 의지가 진실이리라 믿었다.

중정혈을 향해 내달리는 2개의 거대한 흐름을 지켜보면서도 절대 두려워하지 않았다.

콰아아아.

결국 종착지에 다다른 신계의 기운은 거칠게 문을 열어젖히고 중정혈로 파고들었다.

그 순간, 루얀은 눈을 번쩍 뜨면서 모든 마나와 내력을 끌어올렸다.

'내게 자격이 있느냐 묻는 것이라면, 증명하겠다!'

그의 어깨 뒤에서 파란 날개와 항금빛 날개가 활짝 펼쳐졌다.

펄럭.

만개한 궁신의 날개가 완만하게 접히면서 그의 몸을 감싸안아 보호했다.

동시에 엄청난 충돌이 일어났다.

콰아아앙.

신계의 기운이 중정혈에서 세 번째 충돌을 일으켰다.

그 순간 루얀의 몸에서 숲 전체를 하얗게 밝히는 엄청난 광채가 쏟아져 나왔다.

샤아아아.

하지만 루얀은 이번에도 자신의 몸에서 흘러나오는 빛을 발견할 수 없었다. 눈을 뜬 채로 이미 기절해 버렸으니까.

기절한 루얀의 몸에서는 15개의 혈도를 하나의 그릇으로 엮은 신계의 기운이 고고하게 흐르고 있었다. 그 누구도 믿지 못하겠지만, 인간의 몸에 신력이 깃드는 순간이었다.

눈을 뜬 루얀이 가장 먼저 발견한 것은 수척해진 모습의 알리제였다.

'또 걱정을 끼쳤군.'

소블레스 대륙에 온 이후로 벽에 부딪치게 되는 일이 잦았다. 그만큼 성장하고 있다는 뜻이겠지만, 한 세계의 절대자였던 루얀에게는 낯선 경험이었다.

"알리제, 얼굴이 많이 상했다. 좀 쉬는 게 어떤가?"

루얀이 태연하게 몸을 일으키자 알리제는 깜짝 놀라는가 싶더니, 이내 어깨를 으쓱였다.

"그래. 너도 일어났으니까 나는 이제 쉬어도 되겠네."

언제 걱정했냐는 듯, 무심한 태도였다.

그동안 잠조차 자지 않고 그의 곁을 지킨 것이 분명한데, 들키고 싶지 않은 모양이었다.

루얀도 굳이 내색하지는 않고 슬쩍 고개를 돌렸다.

"내가 얼마나 누워 있었지?"

"이틀 정도? 그렇게 오래 지나지는 않았어."

"그 정도면 충분히 오래 지난 것 같은데?"

"너 정도면 양호한 거야. 에릭이랑 에디는 아직도 자고 있거든. 누가 두들겨 팬 덕분에."

두들겨 팬 것이 아니라 벌모세수였지만, 어찌 되었든 쌍둥이는 아직 침대를 벗어나지 못한 모양이었다.

루얀은 어색하게 시선을 피하면서 창밖을 바라보았다.

숲이 내려다보이는 것을 보면 어느 엘프의 나무집으로 그를 옮긴 듯했다.

그 순간 집 밖에서 우렁찬 고함이 울려 퍼졌다.

"친우여! 그것밖에는 안 되는 엘프였나? 더 당겨라!"

루얀이 문을 열고 밖으로 나가자 가장 먼저 아브라함의 모습이 눈에 들어왔다.

"뭐 하는 짓이지?"

어디에서 구해 온 것인지, 아브라함은 빨간 모자와 까만 선글라스를 쓰고 엘프들을 굴려대고 있었다.

"일어나라! 부족의 명예로운 전사로 거듭나는 것이다!"

아브라함은 목에 핏대를 세우고 혹독하게 엘프들을 몰아붙였다.

루얀의 뒤를 따라 나온 알리제는 고개를 절레절레 내저으면서 투덜거렸다.

"너보다 더 독한 엘프야. 하루종일 시끄러워 죽겠다니까."

루얀이 누워 있는 동안 계속 이 지경이었다는 뜻.

'의외로군. 내가 없으면 훈련을 게을리할 줄 알았는데.'

흉측하기는 하지만 꽤 기특한 모습이었다.

피식 헛웃음을 터트린 루얀은 나무에서 훌쩍 뛰어 내렸다.

"아브라함, 열심히 하는군."

"어엇? 인간. 깨어났나?"

갑작스런 목소리에 깜짝 놀란 아브라함은 선글라스를 벗고 허둥거렸다. 하지만 이내 다시 선글라스를 쓰면서 가슴을 앞으로 내밀었다.

수련을 게을리하지 않았다는 사실을 자랑하고 싶은 듯했다.

"어떠냐? 푸른 숲의 부족의 강인한 모습이."

"훌륭하군."

루얀은 담담한 말투로 아브라함을 칭찬했다.

항상 악독하게 몰아붙이던 루얀의 입에서 칭찬이 튀어나오다니. 분명 이례적인 일이었다.

"잘 봤겠지? 우리 부족도 더 이상 약하지 않다."

아브라함의 어깨가 잔뜩 올라가는 것도 무리는 아니었다.

하지만 루얀의 말은 아직 끝나지 않았다.

"그런데 너는 어째서 입만 놀리고 있는 거지?"

"그, 그거야 교관이 필요하니까……."

분위기가 이상해지자 당황한 아브라함은 주춤주춤 뒷걸음질을 치면서 말을 얼버무렸다.

"그거라면 내가 도와줄 수 있겠군."

"굳이 도와주지 않아도……."

몸이 떨릴 정도로 불길한 느낌을 받은 아브라함은 황급히 손을 내저었다. 하지만 이미 늦은 후였다. 정신을 차려 보니 그의 손에는 이미 두툼한 밧줄이 들어와 있었다.

루얀은 부드럽게 웃으면서 아브라함에게 속삭여 주었다.

"당겨라."

그날 엘프의 숲에서는 아브라함의 비명이 가장 크게 울려 퍼졌다.

"친우들이여! 보고만 있을 셈인가? 저 악마가 나를 죽이려 한다!"

당연하지만, 그 어떤 엘프도 아브라함에게 도움의 손길을 내밀지 않았다.

가부좌를 틀고 앉은 루얀은 정신을 집중하고 몸 상태를 점검했다.

우우우웅.

15개의 혈도를 이어서 만든 그릇에 신계의 기운이 고고하게 흐르고 있었다. 또한 아래로는 묵직한 단전과 4개의 마나 써클이 안정적으로 회전했다.

'좋구나.'

무려 3개의 기운을 다루게 되었지만 조금의 불편함도 느낄 수 없었다.

환원심법과 마나심법을 차례로 운기한 루얀은 만족스럽게 미소를 지으면서 기운을 갈무리했다. 그러자 수많은 사람들로 북적이는 방 안의 모습이 눈에 들어왔다.

"루얀, 준비는 끝났다."

루얀이 몸을 일으키자 가장 먼저 다가온 케시우스가 상황을 보고했다.

루얀은 살짝 고개를 끄덕여주고는 옆으로 시선을 옮겼다.

그러자 눈두덩이 퀭하게 물든 클로양이 땀을 닦으면서 뒤로 물러났다.

"신성력도 해결했어."

그가 몸 상태를 점검하는 동안, 드래곤들과 클로양이 테오의 폭주한 마나를 바로잡은 것이다.

루얀은 클로양에게도 고개를 끄덕여 보이고는 침대를 향해 다가갔다.

이제 그가 나설 차례.

테오와 프레시아는 지금 이 순간에도 계속 상태가 나빠지고 있으니 더 지체할 여유는 없었다.

루얀은 테오와 프레시아를 한 침대에 눕히고 천천히 기운을 끌어 올렸다.

우우우웅.

테오와 프레시아는 공통점이 많았다.

둘 다 너무 일찍 무거운 짐을 짊어지게 된 가련한 아이들이었다. 또한 그 무게가 무색할 정도로 너무나 예쁜 아이들이기도 했다.

'응석을 부려도 좋으니 이제 그만 일어나거라.'

루얀의 몸에서 새파란 내력이 왈칵 흘러나왔다.

후우웅.

굳이 강기의 형식으로 발현하지 않더라도, 3갑자를 넘어선 내력은 그 자체로 뚜렷한 형상을 드러냈다.

장로의 집을 가득 채우고 넓게 펼쳐진 내력은 이내 테오와 프레시아가 누워 있는 침대로 천천히 모여들었다.

스르륵.

내력은 포근한 이불이 되어 그들을 따뜻하게 감싸 안았다.

그것만으로도 테오와 프레시아의 안색이 눈에 띄게 밝아졌
다. 오랫동안 누워 있으면서 쇠한 기력을 루얀이 북돋아 준 덕
분이었다.

　치치칙.

　테오의 주변에서 휘몰아치던 내력의 폭주도 루얀의 손길이
닿자 순식간에 고요하게 잦아들었다. 하지만 이제부터가 진짜
였다.

　그저 기운을 북돋아 주는 것 정도는 지금까지도 늘 해 오던
일이었다. 테오와 프레시아가 건강을 되찾기 위해서는 보다 근
본적인 문제를 해결해야만 했다.

　루얀은 길게 심호흡을 하면서 단중혈을 열어 기운을 회전시
켰다.

　샤아아아.

　대략 40년 기운에 해당하는 신력이 눈을 번쩍 뜨고 15개 혈
도를 내달렸다.

　단중혈에서 시작한 흐름이 중정에서 끝이 나자, 루얀의 손에
서는 새하얀 빛이 뿜어져 나왔다.

　'이 정도로는 부족하다.'

　폭주한 기운은 단번에 제압을 해야 한다. 조금이라도 실수
가 있다면 오히려 더 큰 후폭풍이 몰아칠 것이 분명했다.

　루얀은 지닌 모든 신력을 끌어 올렸지만 완벽하게 성공하리
라 확신하기는 어려웠다.

'지금이라면 성공 확률은 6할. 하지만 외부의 기운까지 끌어들인다면…….'

대략 30년 수준의 기운을 더 보탤 수 있다면 성공 확률은 9할 이상.

'아니. 반드시 성공한다!'

루얀은 두 눈을 질끈 감고 대자연의 기운을 불러모았다.

의지만으로 대자연의 기운에 간섭한다는 것은 무척이나 어려운 일이다. 하지만 루얀은 이번에도 역시 의심하지 않았다.

반드시 해내야만 하는 일이라면 묵묵히 걸음을 옮길 뿐.

샤아아아.

루얀은 30분이 넘도록 주먹을 움켜쥐고 정신을 집중했다.

처음 송골송골 맺혔던 땀방울이 종내에는 비라도 맞은 것처럼 뚝뚝 떨어져 내렸다.

그 모습을 지켜보는 용병단 식구들과 아브라함은 숨소리 조차 내지 못하고 함께 마음을 졸았다. 그러다 루얀이 눈을 번쩍 뜨는 순간, 일대의 분위기가 완전히 달라졌다.

드드드득.

장로의 집을 넘어, 엘프의 숲 전체가 진동하기 시작했다.

수풀이 머금은 새벽이슬이 거꾸로 비상하고, 나무 사이를 통과하는 바람이 땅에 내려앉아 춤을 췄다.

그 모습을 확인한 케시우스는 입을 떡 벌리고 멍청한 표정으로 중얼거렸다.

"이건……. 신의 강림!"

신이 인간의 세상에 모습을 드러내면 찰나의 순간 시간이 역행한다. 신의 존재를 세상 깊숙하게 각인하기 위함이었다.

'아무리 신계의 기운을 터득했다지만 어떻게…….'

케시우스는 지금 벌어지고 있는 일을 믿을 수 없었다.

루얀은 분명 인간이건만 온 세상이 그를 떠받들고 있었다.

인간의 몸으로 신력을 품은 루얀이 힘을 개방하자, 세상이 착각을 한 탓이었다.

'지금이라면 할 수 있다!'

케시우스의 경악을 뒤로하고 루얀은 부드럽게 주먹을 풀고 손을 펼쳤다. 그러자 솟구친 새벽이슬이, 춤을 추던 바람이 모두 그의 손 위로 다가와 정렬했다.

"이제 제자리로 돌아가거라."

루얀이 명령을 내렸다.

놀랍게도 그의 목소리에는 힘이 담겨 있었다.

진짜 신들이 그러한 것처럼.

스아아아.

루얀의 손에서 뻗어 나온 광채가 곧바로 테오와 프레시아에게 스며들었다.

과연 무슨 일이 벌어질까.

모두의 시선이 테오와 프레시아에게로 집중되었다.

하지만 그 누구도 신의 영역에서 벌어지고 있는 일을 파악할 수는 없었다.

용병단의 식구들과 아브라함의 눈에는 그저 하얀 광채가 번뜩이는 것이 전부였다.

"루얀, 어떻게 된 거야?"

"잘못된 건 아니지?"

한참을 기다려도 아무런 일도 벌어지지 않자, 결국 참다못한 에릭과 에디가 눈치를 살피면서 조심스레 입을 열었다.

그러나 루얀은 대답하지 않고 계속 신력을 쏟아부었다.

범인(凡人)의 이해로는 닿지 못하는 세상일 뿐, 정말로 아무런 일도 벌어지지 않은 것은 아니었다.

'돌아가라고 명했다.'

테오와 프레시아를 괴롭히고 있던 폭주한 기운이 광채를 만나 주춤했다. 진짜 신이 아닌 자의 명령을 따라야 하는 것인지 고민하는 듯한 모습이었다.

'대자연의 기운은 마땅히 흘러야 하는 법. 그것을 잘못 다루었다 하여 이리도 난폭하게 군다면 그것이야말로 모순이니라.'

가소로운 반항이었지만 루얀은 힘으로 억누르지 않았다.

반대로 그의 신력을 자연스럽게 흐르게 만들어 폭주한 기운들에게 길을 만들어 주었다.

휘이이잉.

1갑자를 넘어서는 거대한 신력이 흐름을 이끌자 폭주한 기운도 더는 몽니를 부리지 못했다.

폭주한 기운은 언제 날뛰었냐는 듯 겸연히 숨을 죽이고 자연의 품으로 흩어졌다.

"아…….. 저기 좀 봐!"

그제야 용병단 식구들도 그들의 눈으로 결과를 확인할 수 있었다. 테오와 프레시아의 눈썹이 파르르 떨리고 있었으니까.

오랫동안 시야를 억누르고 있던 눈꺼풀을 들어 올리는 것이 그토록 힘겨웠을까.

안쓰럽게 눈가를 떨어 대던 두 아이는 꽃망울이 싹을 틔우듯 아주 천천히, 그리고 더 없이 곱게 눈을 떴다.

테오의 하늘을 담은 눈동자와 프레시아의 녹음을 닮은 눈동자가 동시에 모습을 드러냈다.

"테오!"

"오오. 프레시아!"

두 아이의 이름이 동시에 장로의 집에 울려 퍼졌다.

알리제는 테오에게, 아브라함은 프레시아에게 허둥지둥 달려갔다.

"어엇. 여기가 어디예요?"

알리제의 품에 안긴 테오는 영문을 모르겠다는 듯 눈을 끔뻑거렸다.

그도 그럴 것이, 테오는 검은 사자 기사단을 상대하다가 이성을 잃고 폭주를 일으켰다. 그런데 갑자기 낯선 숲에서 정신을 차렸으니 얼떨떨할 수밖에.

반면 프레시아는 익숙한 곳에서 눈을 뜬 덕분인지 크게 놀라는 기색이 아니었다.

"아브라함, 이렇게 놀라는 것을 보니까 제가 또 오래 잠들었나 보네요."

프레시아는 침착하게 아브라함을 바라보면서 아주 예쁘게 미소를 지었다. 이제 근육 덩어리가 되어 버린 부족에서 그녀는 미의 종족의 모습을 유지하고 있는 유일한 엘프였다.

"이제 다 괜찮을 거란다."

아브라함과 알리제는 하염없이 아이들의 머리를 쓰다듬었다. 어떻게 보면 유난스럽기까지 한 모습. 하지만 그들보다 더 극적인 반응을 보이는 이는 따로 있었다.

"치이. 나는 보이지도 않나 보네. 내가 얼마나 고생했는데."

카린이었다.

멀찍이 떨어져서 테오를 흘겨보는 그녀의 눈에는 물기마저 어른거리고 있었다. 어린 드래곤의 마음을 잔뜩 흔들어 놓고 기약도 없이 잠들어 버렸으니 어찌 괘씸하지 않겠는가.

케시우스는 카린의 투정을 재미있다는 듯 바라보다가 슬쩍 등을 떠밀었다.

"정신이 없어서 그렇겠지. 가서 인사라도 하는 게 어떤가."

"됐어. 저 인간이 신의 아이라면서. 괜히 가까이 갔다가 '파치칙'이라도 하면 귀찮다고."

말은 귀찮다고 했지만, 사실 걱정이 되어서 가까이 다가가지도 못하는 카린이었다. 이제 겨우 정신을 차린 테오에게 드래곤의 접근은 큰 부담이 될 수도 있는 일.

지금 테오에게 필요한 것은 절대적인 안정이었다.

카린의 마음을 읽은 케시우스는 부드럽게 웃으면서 고개를 끄덕였다.

"내가 생각이 짧았군. 우리 모두 테오와 인사하는 것은 조금 미뤄 두는 것이 좋겠어."

케시우스는 테오와 충돌을 일으키지 않기 위해 반대편으로 멀찍이 돌아서 프레시아에게 다가갔다.

"숲의 아이야. 너무 오래 잠들어서 많은 이들이 걱정했단다."

그제야 아브라함의 품에서 벗어난 프레시아는 힐끔 시선을 올려서 케시우스를 바라보았다.

그러다 화들짝 놀라면서 급하게 고개를 숙였다.

"위대한 존재에게 인사 올립니다."

드래곤의 기운도 알아채지 못하고 대뜸 활부터 들었던 아브라함보다 훨씬 눈치가 빠른 아이였다.

"너무 예를 차릴 필요는 없단다. 몸도 성치 않을 텐데 편하게 있거라."

케시우스의 부드러운 말투에 겨우 마음을 가라앉힌 프레시아는 안도의 한숨을 내쉬었다.

"하아, 감사합니다."

"어찌 되었든 기쁜 일이로구나. 이로써 푸른 숲의 부족도 다시 일어날 것이다."

케시우스는 진심으로 엘프들을 축복해 주었다. 그러자 프레시아가 다시 한번 고개를 숙이면서 인사를 올렸다.

"위대한 존재의 아량 덕분입니다."

과연 장로의 운명을 타고난 아이답다고나 할까.

이제 막 정신을 차렸으니 혼란스러울 만도 하건만, 프레시아는 놀라울 정도로 이성적이었다.

드래곤이 그녀의 곁을 지키고 있다는 것은 어떤 식으로든 도움을 받았다는 의미일 터.

프레시아는 그녀가 알지 못하는 상황까지도 단번에 꿰뚫어 보고 있었다.

'역시 인간보다 엘프가 훨씬 더 귀엽다니까.'

케시우스는 저도 모르게 프레시아의 머리를 쓰다듬고 말았다.

그런데…….

파치칙.

허공에서 녹색 불꽃이 튀면서 그의 손을 확 밀어냈다.

깜짝 놀란 케시우스는 손을 파르르 떨면서 주춤 뒤로 물러났다.

'이건 또 무슨…….'

도대체 무슨 일이 벌어진 것일까.

케시우스는 믿을 수 없다는 듯 눈을 크게 치켜뜨고는 멍하게 중얼거렸다.

"신의…… 아이!"

정말로 운명이라는 것이 존재하는 것일까.

두 번째 신의 아이가 눈을 떴다. 루얀의 손에 의해서.

물론 모르고 한 짓이었지만, 케시우스는 이제 막 눈을 뜬 프레시아에게 부담을 주고 말았다.

드래곤을 밀어내기 위해 프레시아의 기운이 요동친 탓에 그녀의 얼굴에서 핏기가 사라졌다.

"주책맞은 드래곤 같으니. 무슨 멍청한 짓이냐!"

케시우스에게 따가운 눈총이 쏟아지는 것도 당연한 일이었다. 그중에서도 비우스는 드디어 기회를 잡았다는 듯, 아주 신명나게 욕설을 지껄였다.

하지만 케시우스의 귀에는 그 어떤 말도 들리지 않았다.

'어제까지는 분명히 평범한 엘프였는데…….'

평범한 엘프.

장로의 운명을 타고났지만 엄마 나무의 선물을 받지 못해서 목숨이 위태로워진 엘프를 평범하다고 말하는 것은 무리가 있을 터였다. 하지만 '신의 아이'와 비교하자면 그러한 배경쯤은 지극히 평범하고도 사소한 수준에 불과한 것도 사실이다.

'그 사이에 도대체 무슨 일이 있었던 거지?'

그가 프레시아에게 접근한 것은 이번이 처음이 아니었다.

하루에도 몇 번씩 그녀의 상태를 살피기 위해 장로의 집을 찾았었다. 하지만 어제까지는 이런 현상이 일어나지 않았었고, 그 어떤 전조 증상도 발견할 수 없었다.

달라진 것이라고는 단 하나.

루얀의 도움을 받아서 눈을 떴다는 것뿐이었다.

케시우스는 놀란 마음을 가라앉히면서 조심스럽게 루얀을 돌아보았다.

'특별한 존재라는 것은 진즉에 알았지만…….'

루얀은 그토록 엄청난 신력을 발휘하고도 마치 아무런 일도 없었다는 듯 태연하게 땀을 닦고 있었다.

그제야 케시우스는 자신이 '신의 아이'에 대해서 아는 바가 거의 없다는 사실을 깨달을 수 있었다.

그가 채 백 살도 되지 않은 해칠링이었을 때, 종족의 어른들이 나누던 이야기를 들은 것이 전부였다.

—신이 대륙의 균형을 맞추기 위해 특별한 힘을 지닌 생명을 지상에 내렸다.

—신의 계획이기에 드래곤은 개입할 수 없고, 직접 만나기 전까지는 신의 아이를 알아볼 수도 없다.

케시우스가 들은 것은 여기까지였다.

신의 아이가 어떤 힘을 지녔는지, 무슨 일을 할 수 있는지는 전혀 알지 못했다.

그저 유익한 일을 하리라 추측하는 것이 고작이었다.

'생각해 보면 신의 아이가 나타난 것도 루얀이 등장한 이후였지.'

현재 소블레스 대륙은 그 어느 때보다 혼란스러운 상황이다.

신의 아이가 정말로 특별한 임무를 받았다면, 어떤 식으로든 활동을 시작했어야 마땅했다.

하지만 신의 아이는 대륙의 운명이 막다른 길에 내몰릴 때까지도 나서지 않았다.

'나서지 않은 것이 아니었어. 신의 아이가 아직 존재하지 않았던 거야.'

테오는 줄르의 마수에 빠져 키메라가 될 위기였다.

루얀이 제때 나서지 않았다면 첫 번째 신의 아이는 존재할 수 없었다.

대신 대륙에는 역사상 가장 끔찍한 키메라가 휩쓸고 간 잿더미만이 남았을 것이 분명했다.

이번에도 마찬가지였다.

루얀이 존재하지 않았다면 프레시아는 평범한 엘프 장로로 생을 마감했을지도 모를 일이다. 하지만 루얀에 의해 열매를 잃고, 다시 깨어난 프레시아는 결국 신의 아이로 각성했다.

두 사례를 종합해 본 케시우스는 하나의 결론을 내릴 수 있었다.

'루얀이 신의 아이를 깨우고 있는 거다!'

침대에 앉은 테오는 숨소리마저 조심하면서 어색하게 눈동자를 굴렸다.

방 안에는 오래 전부터 무거운 침묵이 흐르고 있었다.

갑자기 그를 찾아온 여자아이, 카린 때문이었다.

"무슨 일이야?"

테오는 너무 어색해서 차마 카린의 눈을 바라보지도 못하고 툭 말을 내던졌다.

물론 어색한 것은 카린도 마찬가지였다.

"저기, 그게⋯⋯."

카린은 선뜻 용건을 꺼내지 못하고 망설이다가 결국 등 뒤에 감추고 있던 그릇을 불쑥 앞으로 내밀었다.

"이거 너 먹어."

큼지막한 고깃덩이가 잔뜩 들어 있는 먹음직스러운 스튜였다. 이제 막 끓여 온 것인지 스튜에서는 따뜻한 김이 모락모락 피어올랐다.

테오에게는 낯설지 않은 상황이었다.

과거에도 학교를 마치고 돌아온 그에게 카린이 스튜를 내민 적이 있었으니까.

"아! 고마워."

테오는 어색한 분위기를 몰아내기 위해 억지로 더 활기차게 인사하면서 스튜를 받아 들었다. 그러자 또다시 뭔가를 망설이던 카린은 겨우 중얼거리듯 말을 내뱉었다.

"이건 직접……."

위대한 존재의 위엄은 어디로 사라졌는지, 모기 날갯짓보다도 더 작은 목소리였다.

"응? 뭐라고?"

"내, 내가 만든 거라고!"

카린은 민망한 마음을 감추려 소리를 빽 질렀지만, 오히려 그 때문에 분위기는 더 어색해지고 말았다.

갑작스런 고성에 깜짝 놀란 테오는 몸을 움찔 떨었지만, 그래도 스튜만은 절대로 놓지 않고 꼭 붙들고 있었다.

다소 놀라기는 했지만 내심 싫지만은 않은 기색이었다.

"나 주려고 만든 거야?"

"그렇다기보다는 그냥 시간이 남아서……."

카린은 괜히 무심한 척 말을 돌렸지만, 사실 그녀의 스튜는 엄청난 고민의 결과물이었다.

카린은 겨우 눈을 뜬 테오를 위해 무엇이라도 해 주고 싶은 마음이었다.

'하아. 명색이 드래곤인데, 이렇게 무력할 수가 없구나.'

하지만 막상 그녀가 할 수 있는 일은 거의 없었다.

마나로 기운을 북돋아 주는 일은 그녀보다 다른 드래곤들이 훨씬 더 뛰어났다.

몸보신에 좋은 귀한 약재라도 찾아볼까 했지만, 이쪽은 루얀이 전문가였다.

그렇다고 선물을 하자니, 주머니는 텅텅 비어 있었다.

고작 300살 먹은 드래곤이 재물을 얼마나 축적했겠는가.

카린은 자신만이 할 수 있는 일을 고민하다가 결국 과거의 기억 하나를 끄집어낼 수 있었다.

─호, 혹시 직접 만든 거야?

─사 왔다. 내가 그렇게 할 일이 없는 줄 알아?

어째서인지는 아직도 이유를 알 수 없지만, 테오는 무척이나 실망한 기색이었다.

'아무튼 직접 만든 스튜를 좋아하는 건 분명해.'

카린은 그 즉시 50km 가량 떨어진 메이슨 마을로 날아가서 마을에서 가장 귀하다는 특등품 송아지와 온갖 값비싼 향신료를 잔뜩 구해 왔다.

물론 그 비용은 케시우스의 주머니에서 나온 금화로 해결했지만.

"정말 고마워! 맛있게 잘 먹을게."

비록 시간이 남아서 만들었다고 말했지만, 테오는 실망한 기색도 없이 활짝 미소를 지었다.

'어차피 재료는 사서 만드는 것인데 직접 만드는 것을 유독 좋아하다니. 인간은 역시 어렵구나.'

카린은 여전히 테오를 이해할 수 없었지만, 그래도 그가 기뻐하는 모습을 보자 흐뭇한 마음이 들었다.

테오는 카린이 빤히 지켜보는 가운데 숟가락을 들고 스튜를 듬뿍 떠서 입에 욱여 넣었다.

오도독.

그런데 곧 굉장히 수상한 소리가 울려 퍼졌다.

동시에 테오의 표정이 딱딱하게 굳어졌다.

'크흑! 고기가…… 딱딱하다.'

새카맣게 탄 고기가 어찌나 단단하게도 굳었는지, 치아가 흔들릴 지경이었다.

"왜 그래? 뭐가 이상해?"

"아니! 마, 맛있어!"

카린의 걱정스러운 눈빛을 본 테오는 사력을 다해 고개를 가로저었다.

하지만 정작 그의 얼굴은 잔뜩 일그러져 있었고 눈에는 물기까지 고여 있었다.

'먹을 거야! 먹을 수 있어!'

테오는 치아가 모조리 박살 나더라도 기필코 먹어치우겠다
는 각오로 힘껏 숟가락을 움켜쥐었다.

과거, 알리제가 만든 스튜를 먹고 살의를 불태우던 모습과
는 완전히 딴판이었다.

"아하하하. 맛있다. 맛있어!"

테오는 스튜를 죽일 기세로 노려보면서 비장하게 숟가락을
놀렸다.

하지만 그 모습을 지켜본 카린은 오히려 테오의 미각을 의심
할 수밖에 없었다.

'뭐지? 내 입에는 더럽게 맛이 없었는데.'

테오가 직접 만든 스튜를 좋아하는 것 같아서 요리를 하기는
했지만, 맛은 별개의 문제였다.

카린은 조리 도구를 이용할 줄도 몰라서 헬파이어로 송아지
를 구웠고, 향신료는 인간들이 귀하다고 하는 것들을 모조리
때려 부었다.

멀쩡한 스튜가 나온다면 오히려 그것이 더 이상한 일.

카린이 요리를 한다고 말하자 호기심을 드러냈던 버로크도
스튜를 한 입 먹어 보고는 '레드 일족 역사상 가장 큰 실패로군'
이라고 말할 정도였다.

'가지고 오는 사이에 맛이 변하기라도 한 건가?'

테오가 어찌나 맛있게 먹었으면, 카린조차 다시 한 숟가락
떠먹어 보고 싶은 마음이 들었다.

"카린, 덕분에 배부르게 잘 먹었어. 정말 고마워."

미친 듯이 숟가락을 놀려서 결국 스튜 한 그릇을 뚝딱 해치운 테오는 카린을 바라보면서 헤실헤실 웃어 댔다.

하지만 딱딱한 고기에 입천장이 찔린 탓에 입에서는 피가 줄줄 흘러내리고 있었다.

'이 멍청이가……'

왠지 모르게 울컥한 카린은 잔뜩 표정을 구기고 입술을 깨물었다. 300년 용생에 이런 기묘한 기분은 처음이었다.

"왜 그래? 내가 뭘 잘못했어?"

카린의 표정이 구겨지자 테오는 그녀의 눈치를 살피면서 허둥거렸다. 대답을 해야 했지만, 카린은 뭐라고 말을 해야 좋을지 알 수 없어서 더 입을 다물었다.

그러자 눈치를 살피던 테오가 두 주먹을 움켜쥐더니 있는 힘껏 마나를 끌어 올렸다.

"베어 플라워!"

꽃을 피우는 마법.

1써클에 불과한 기초 마법이지만, 처음 이 마법을 배워서 선보였던 날 카린이 꽤 좋아했던 것을 테오는 기억하고 있었다.

"이거 꽃인데. 너 줄까?"

카린이 무엇 때문에 심통이 난 것인지는 모르지만 나름대로 기분을 풀어 주기 위한 노력이었다.

하지만 테오의 재롱에 카린의 표정은 오히려 더 무겁게 굳어져 버렸다.

"밖에 나가면 바닥에 널린 게 꽃이거든?"

깨나 날카롭고도 퉁명스러운 목소리였다.

"아…… 그렇구나."

"그딴 건 필요 없으니까 당분간은 절대로 마나를 쓰지 마. 넌 아직 환자라고."

카린의 질책에 시무룩해진 테오는 어깨를 축 늘어트리고 한숨을 내쉬었다.

"알겠어. 앞으로는 그러지 않을게."

"아니. 내 말은……."

테오의 가련한 모습을 보고 마음이 약해진 카린은 어쩔 수 없이 꽃을 받아 들었다.

"그래도 기왕 만들었으니까 받아 줄게. 버리긴 아까우니까."

마지못해 받아 놓고 향기는 왜 맡고 있는 것인지, 그녀 스스로도 모를 일이었다.

카린이 꽃을 받고 표정을 풀자 테오도 그제야 웃음을 되찾았다.

"밖에는 이거보다 더 예쁜 꽃이 많다는 거지?"

"당연하지. 그러니까 얼른 기운차려서 일어나라고. 직접 보면 알 거 아니야."

"그럼 같이 구경해 줄래?"

훅 치고 들어온 돌직구에 당황한 카린은 동작을 딱 멈추고 눈알을 굴려 댔다.

어째서인지 얼굴이 뜨거워지고 눈이 따끔거리는 것도 같았다.

"뭐, 어려운 일은 아니……."

카린은 새초롬한 표정으로 대충 대답하면서 테오의 시선을 피했다.

그런데 그 순간 문이 벌컥 열리면서 말랑말랑한 분위기가 확 날아가 버렸다.

"우오오! 테오! 괜찮냐?"

"누워 있기 지루하지?"

테오와 카린은 마치 나쁜 짓이라도 하다가 들킨 사람처럼 화들짝 놀라면서 떨어졌다.

불청객의 정체는 당연히 에릭과 에디였다.

어디에서 구해 온 것인지, 그들의 어깨에는 거대한 멧돼지 1마리가 들려 있었다.

"배고프지? 형이 너 생각해서 멧돼지 잡아 왔다."

"어서 도망가자. 산짐승 사냥한 걸 들키면 엘프들이 거품 물고 달려들 거라고."

굉장한 보물이라도 구해 온 것처럼 으스대던 쌍둥이는 이내 어색한 공기를 느끼고 눈을 동그랗게 떴다.

"어라? 분위기가 왜 이래?"

"뭔가 시큼달달한 냄새가 나는 것도 같고. 무슨 일 있었어?"

영문을 모르는 에릭과 에디는 고개를 갸웃하면서 방을 휘휘 둘러보았다.

그러자 곧이어 싸늘한 한기가 그들의 몸을 파고들었다.

"테오? 괜찮은 거야? 몸이 하얗게 변하는 것 같은데?"

"눈은 또 왜 그렇게 탁해졌어? 아직도 많이 아픈 거야?"

에릭과 에디는 눈치도 없이 테오의 주변을 기웃거리면서 호들갑을 떨어 댔다.

그들은 모르겠지만, 그 순간 테오는 내면의 악마와 치열한 설전을 벌이고 있었다.

'죽여. 죄다 죽여 버려!'

'안 돼! 모자라지만 그래도 착한 사람들이야. 죽이면 안 돼!'

엘프의 숲에서 하얀 악마가 깨어날 뻔한 순간이었다.

❦

테오의 분노가 엘프의 숲을 정조준하고 있는 사이, 루얀은 프레시아와 대화를 나누고 있었다.

"미안하다. 그 열매가 너의 것인지 몰랐다."

루얀은 진심으로 고개를 숙여서 사과했다.

그의 섣부른 행동이 한 부족을 위태롭게 했으니 변명의 여지가 없는 일이었다.

"괜찮아요. 엄마 나무의 선택이었는 걸요."

프레시아는 아주 예쁘게 웃으면서 루얀의 사과를 받아들였다. 그녀의 미소에 숲 전체가 환하게 밝아진 것처럼 느껴질 정도였다.

하지만 루얀은 그 모습을 보고도 마음이 편할 수 없었다.

프레시아가 깨어나기는 했지만 그녀에게 주어질 신목의 열매는 이미 루얀이 소모해 버렸다.

이제 푸른 숲의 부족은 장로도 없이 모진 세월을 견뎌야 하는 것이다.

루얀의 표정을 읽은 것일까.

아브라함이 그를 똑바로 바라보면서 입을 열었다.

"인간, 너는 할 수 있는 일을 했고 그것으로 충분하다. 남은 일은 우리의 몫이다."

진심이 느껴지는 다부진 목소리였다.

항상 루얀을 원망하던 아브라함이 갑자기 태도를 바꾼 것은 깨달음을 얻었기 때문이다.

'부족에게 장로가 필요했던 것은 모두 우리가 약하기 때문이었지.'

엘프들이 스스로를 지킬 힘이 없기에 장로를 앞세워 부족을 돌보려 했고, 엄마 나무에게 의존했던 것이다.

하지만 이제는 알게 되었다.

아브라함은 홀로 길을 만들어 가는 루얀을 보고, 진짜 부족을 지키는 길이 무엇인지를 깨달을 수 있었다.

"정말 괜찮겠나?"

"네가 떠나도 우리는 수련을 계속할 것이다. 장로가 없어도 모두가 힘을 모으면 어떻게든 되겠지."

엘프는 애초에 신계의 기운을 다룰 수 있는 종족이다.

개개인의 힘이 미약해서 기적을 행하기에는 부족하지만, 부족 전체가 힘을 모은다면 엄마 나무를 보살필 수도 있을 것이었다.

루얀은 당당하게 어깨를 펴고 있는 아브라함을 가만히 바라보다가 천천히 고개를 끄덕였다.

'강해졌군.'

근육만을 말하는 것은 아니었다.

아브라함과 푸른 숲의 부족은 정신적으로도 성숙해졌다.

지금 보여 주는 의지라면 더 이상 그들을 걱정할 필요는 없을 것 같았다.

'이제 떠날 때가 된 건가?'

루얀은 이곳에서의 일이 모두 끝났음을 느낄 수 있었다.

이제 각자의 자리로 돌아갈 시간이었다.

하지만 케시우스의 생각은 다른 모양이었다. 뒤에서 대화를 듣고만 있던 케시우스가 별안간 앞으로 나섰다.

"프레시아, 이런 말을 해서 안타깝지만 너는 해야 할 일이 많은 아이란다."

신의 아이.

그 특별한 능력을 각성한 이상 프레시아는 대륙의 안녕을 위해 역할을 해야만 했다.

"네. 잘 알고 있습니다."

프레시아는 공손하게 고개를 숙이면서 답했다.

그녀도 자신이 처한 상황은 잘 알고 있었다.

눈을 뜬 순간부터 온갖 자연의 기운이 그녀를 따르고 있었다. 정확하게 그것이 무엇인지, 어떻게 그 힘을 다뤄야 하는지는 알 수 없었다.

하지만 단 하나만큼은 확실하게 알고 있었다.

특별한 힘에는 그만큼의 책임이 따른 다는 것을.

프레시아는 운명이라는 이름으로 이미 장로의 삶을 강요받은 바 있기에, 그것이 어떤 의미인지를 누구보다 잘 알았다.

프레시아가 그녀의 운명의 순응하자 케시우스는 부드럽게 웃으면서 다시 말을 꺼냈다.

"프레시아. 오해하지 말고 듣거라."

"네. 말씀하세요."

"참 멋진 녀석이 하나 있는데 말이야. 너는 테오에 대해 어떻게 생각하느냐?"

"네?"

내심 결연하게 각오를 새기고 있던 프레시아는 그 엉뚱한 말에 멍해지고 말았다.

"뭘 그리 놀라느냐. 테오를 어떻게 생각하느냐 물었다."

'흔들다리 효과'라는 이론이 있다.

위태로운 순간에 마주한 이성은 보다 쉽게 호감을 느낀다는 이론이다.

케시우스가 노린 것은 바로 그러한 감정적 빈틈이었다.

프레시아와 테오는 같은 증상으로 함께 시들었고, 한 침대에서 동시에 눈을 떴다.

이보다 더 아찔하게 흔들리는 다리도 없을 터.

'크흠. 테오에게는 미안하지만 어쩔 수 없지.'

케시우스는 신의 아이를 숲에 그냥 내버려 둘 수 없었다.

어떤 식으로든 설득해서 함께 가고 싶었다.

하지만 대뜸 끌고 가기에는 엘프 부족의 저항이 만만치 않을 테니 나름대로 꾀를 발휘한 것이었다.

말하자면 미끼라고나 할까.

물론 이 사실이 알려진다면 테오보다 더 크게 분노할 존재가 따로 있겠지만, 케시우스도 거기까지는 생각하지 못했다.

자칫하다가는 꿈많은 삼백 살 숙녀에게 연적이 생길 수도 있는 순간이었다.

엉뚱한 말에 눈을 끔뻑거리던 프레시아는 다시 예쁘게 웃으면서 답했다.

"테오라는 인간 또한 신의 아이라고 들었습니다. 멋진 아이라는 말에 저도 동의합니다."

"엥? 그게 끝이라고?"

"네. 위대한 존재께서는 달리 어떤 말을 원하시는지……."

"끄응. 아니다."

케시우스의 기대와는 달리 프레시아는 테오에게 특별한 감정을 느끼지 않는 모양이었다.

회심의 전략이 실패로 돌아가자 케시우스는 끙끙 앓는 소리를 내면서 고개를 마구 내저었다.

그렇다고 신의 아이를 포기할 수도 없는 일이었으니, 이제는 직설적으로 나가는 수밖에 없었다.

"그렇다면 다시 묻겠다. 우리와 같이 가는 것은 어떠냐."

케시우스의 말에 일순간 분위기가 무겁게 가라앉았다.

아브라함은 케시우스의 눈치를 살피면서도 결국 아무런 말도 하지 못하고 입술을 깨물었다.

'내가 나설 수 있는 일이 아니겠지.'

그는 프레시아를 잡을 수 없었다.

이제 그녀는 장로 예정자도 아니고, 푸른 숲의 부족에게 빚을 진 것도 없다.

오히려 부족이 그녀에게 큰 빚을 졌다.

엄마 나무의 은총만을 하염없이 기다리면서 그녀를 고통스럽게 만들지 않았던가.

프레시아는 이제 새롭게 태어났고, 그녀 스스로 운명을 선택할 권리가 있었다.

무엇보다도 이는 드래곤의 제안이다.

엘프의 입장에서는 그냥 강제로 끌고 간다고 해도 감히 반항하기 어려운 일이었다.

아브라함은 두 눈을 질끈 감고 아쉬운 마음을 달랬다.

그런데 곧 의외의 말이 튀어나왔다.

"죄송하지만 저는 부족의 곁에 남겠습니다."

깜짝 놀란 아브라함은 눈을 번쩍 뜨고 프레시아를 돌아보았다.

놀란 것은 케시우스도 마찬가지였다.

쉽지 않으리란 것은 알았지만 그렇다고 이렇게 단박에 거절을 당할 줄이야.

'으음. 드래곤의 제안이 무엇을 의미하는지 모를 아이가 아닐 텐데.'

드래곤의 제안은 사실상 선택지를 두고 다투는 문제가 아니다.

말투가 부드럽다 해도 그 안에는 날카로운 뼈가 있다.

따르지 않을 시에는 만만치 않은 대가를 각오해야 한다.

엘프들의 경우에는 더욱 그랬다.

드래곤은 균형의 수호자다. 평화와 조화를 추구하는 엘프 종족은 드래곤의 말을 거역하기 어렵다.

그럼에도 프레시아는 일말의 고민조차 없이 케시우스의 제안을 거절했다.

확고한 의지가 없다면 불가능한 일이었다.

"다시 생각해 볼 수는 없겠느냐. 대륙을 구하는 일이다. 너의 부족을 위해서라도 꼭 필요한 일이지."

"부족을 위해서 내린 결정이 아닙니다. 송구하지만 저 자신을 위해 이곳에 남고자 합니다."

"그게 무슨 말이냐?"

"저는 태어난 순간부터 장로의 대접을 받으면서 평안하게 자랐습니다. 무엇 하나 제대로 배운 적이 없었습니다."

프레시아는 담담하게 말했다.

아름다운 얼굴 또한 그대로였다.

하지만 케시우스는 그녀의 눈빛 안에서 뜨겁게 타오르는 열기를 느낄 수 있었다.

"이제 장로가 아니게 된 저는 너무 무력합니다. 그러니 먼저 부족의 일원이 되어 엘프의 경험과 지식을 배우고자 합니다."

"그런 것이라면 내가 가르쳐 줄 수도 있다. 꼭 이곳에 남아야만 하겠느냐."

"저는 신의 계획이기 이전에 엘프입니다. 근본을 잊지 않으려 합니다."

우문현답이 바로 이러할까.

지금 프레시아에게 필요한 것은 고작 궁술이나 상위급 마법이 아니었다.

정체성이다.

흔들리지 않고 스스로 중심을 잡을 수 있는 내면의 근육이 필요한 시기였다.

이쯤 되자 케시우스도 더 이상은 독촉하지 못하고 입을 다물었다.

"허락하신다면, 부족의 전사들과 어깨를 나란히 할 수 있을 때 숲을 나서겠습니다."

태도는 분명 공손하지만 프레시아는 결코 꺾을 수 없는 확고한 의지를 보여 주고 있었다.

그 모습을 본 루얀은 흔쾌히 고개를 끄덕이면서 손짓을 보내 케시우스를 물러나게 했다.

"현명한 선택이다. 길은 스스로 개척하는 것이 옳다."

루얀은 알고 있었다.

프레시아가 오히려 더 어려운 결정을 내렸다는 것을.

루얀은 인사조차 없이 훌쩍 몸을 돌리면서 넌지시 말을 흘렸다.

"서두르진 마라. 기다리지 않을 것이니."

루얀은 그 말을 끝으로 뚜벅뚜벅 걸어서 멀어져 갔다.

하지만 무심한 목소리와는 달리 그의 입가에는 희미한 미소가 걸려 있었다.

'금방 다시 만나겠군.'

프레시아는 푸른 숲의 부족에서 가장 현명한 엘프였다.

그녀에게 오랜 시간이 필요하진 않을 것이었다.

"으아. 이게 얼마 만이야."

"크으. 이게 바로 도시의 냄새지! 그리웠다고!"

일루트 마을로 돌아오자마자 에릭과 에디는 코를 벌름거리면서 호들갑을 떨어 댔다.

물론 이해하지 못할 일은 아니었다.

거의 2주에 가까운 시간을 엘프의 숲에서만 보냈으니까.

아무리 공기가 맑고 경치가 좋다고 해도 불편이 쌓일 수밖에 없었다.

말은 하지 않지만 알리제와 클로양도 도시의 모습이 반가운 기색이었다.

"일단 밥부터 먹자! 고기!"

"좋아. 고기부터 먹고 바로 침대로 직행이다!"

이른 아침이라서 아직 문을 열지 않은 점포가 많았지만, 에릭과 에디는 용케도 식당을 찾아내서 돌진했다.

"하여간 못 말리는 놈들이라니까."

알리제도 이번만큼은 그들을 제지하지 않고 못이기는 척 뒤를 따랐다.

쌍둥이와 동급이 되고 싶지 않은 것인지, 애써 표정을 관리하고는 있지만 그녀의 입가도 미세하게 씰룩이고 있었다.

'좋아 보이는군.'

루얀도 오늘만큼은 식구들을 편안하게 쉬도록 둘 생각으로 조용히 식당으로 향했다.

그런데 그때, 한 아이가 '우다다' 달려와서 루얀의 옆을 스쳐 지나갔다.

뒤에서는 아이의 엄마로 보이는 중년 여인의 목소리가 날아 들었다.

"밥은 먹고 가야지!"

"늦었어요!"

아이는 힘차게 대답하면서도 다리를 멈추지 않고 열심히 내 달렸다.

학교에 지각을 한 모양.

아침이면 흔히 볼 수 있는 평화로운 모습이었다.

그런데 루얀은 아이에게서 꽤 재미있는 부분을 찾아낼 수 있었다.

'저 교복은…….'

루얀에게도 익숙한 복장이었다.

매일 테오에게 저 교복을 입혀서 학교에 보냈으니까.

바로 일루트 마법 학교의 교복이었다.

일루트 마을에서는 대수로울 것도 없는 복장이지만 루얀이 주목한 부분은 따로 있었다.

'저 아이에게서 마나가 느껴지지 않았는데?'

일루트 마법 학교는 뛰어난 유망주만이 입학할 수 있는 대륙

최고의 교육 기관 중 하나다.

마나조차 없는 아이가 그곳의 교복을 입고 있다는 것은 분명 이상한 일이었다.

루얀이 신기하게 아이의 뒷모습을 바라보고 있을 때, 옆에서 잠시 소란이 일더니 메슬리가 허겁지겁 달려왔다.

"늦어서 죄송합니다. 미리 언질을 주셨으면……."

루얀이 돌아왔다는 보고를 받고 서둘러 달려온 것이었다.

루얀 일행이 일루트 외성 문을 통과한 것이 불과 5분 전이었으니, 상당히 신속한 반응이라 할 수 있었다.

'보고 체계를 가다듬은 모양이군.'

루얀은 내심 메슬리를 기특하게 여기면서도 내색하지 않고 대충 손을 내저었다.

"굳이 찾아와서 인사할 필요는 없다."

"아닙니다. 일루트의 은인이신데 당연히 대접을 받으셔야죠. 바로 연회를 준비하겠습니다."

"되었다. 지금은 그저 싸구려 술 한 병이 필요할 뿐이니 개의치 마라."

사실 케시우스의 자금력이라면 지금 당장 대륙 각지의 산해진미를 한 상 가득 차릴 수도 있었다.

그렇게 하지 않은 것은 그저 편안하게 휴식을 취하기 위함이었을 뿐.

"그나저나 방금 저 아이는 일루트 마법 학교의 학생인가?"

"네. 일루트 전투에 참가한 병사의 아들입니다. 마법사가 되는 것이 꿈이라고 하더군요."

"꿈이라……."

루얀은 메슬리의 말을 되뇌면서 멀어져 가는 아이의 뒷모습을 가만히 바라보았다.

그가 보기에 저 아이는 그다지 재능이 없었다.

겨우 마법사가 된다 하더라도 3써클 이상으로 올라서기는 어려울 것이었다.

'하지만 그 기회마저 주어지지 않는다면 저 아이는 절대로 마법사가 될 수 없겠지.'

기회를 주는 것이야말로 진정한 특혜일 터.

이것이 바로 메슬리가 부르짖던 정의였다.

"저 아이가 수업을 따라가기 어렵지 않겠나?"

"일루트 유공자와 가족들을 위해 기초 과목을 신설했습니다. 마법사가 되지 못해도 관련 지식을 쌓을 테니, 추후 영지에서 일하게 할 계획입니다."

루얀은 막힘없이 대답하는 메슬리를 빤히 바라보다가 슬쩍 고개를 끄덕였다.

'어쩌면 기사가 아니라 행정가가 더 어울리는 남자인지도 모르겠군.'

이렇게 사소한 부분에서도 구체적인 계획을 세운 것만 보더라도 그의 능력을 충분히 알 수 있었다.

메슬리가 다스리는 이상, 일루트는 지금보다 훨씬 더 발전할 것이 분명했다.

루얀은 메슬리의 어깨를 살짝 다독여 주고는 다시 식당을 향해 걸음을 옮겼다.

그러자 메슬리가 그의 뒤를 따라오면서 공손하게 서류 한 장을 내밀었다.

"이게 뭐지?"

"블랑 학파에 입학을 희망하는 수련 마법사들의 신청서입니다."

따로 지시한 적은 없지만, 마침 루얀에게도 필요한 일이었다. 슬슬 학파의 규모를 키워야 했으니까.

서류를 받아서 힐끔 살펴본 루얀은 곧 입술 끝을 끌어 올렸다.

"재미있군."

메슬리가 내민 명단에는 총 50명의 이름이 적혀 있었다.

집안도, 나이도 모두 다른 아이들.

하지만 그들 사이에는 단 하나의 공통점이 존재했다.

그들 모두가 일루트 유공자의 자녀들이었다.

신청서에는 방금 학교로 달려가던 아이의 얼굴도 포함되어 있었다.

"아직 마나 써클을 완성하지 않은 아이들을 찾으신다고 들었습니다. 딱 맞는 인재들을 모집했습니다."

옳은 말이기는 했다.

환원심법을 가르치기 위해서는 백지와 같은 신체가 필요했다.

하지만 과연 이 명단이 오직 루얀만을 위해 만들어진 것일까?

'블랑 학파를 이용해서 아이들을 마법사로 키우려는 의도도 있겠지.'

그 의도가 너무나 뻔히 보여서 오히려 귀엽게 느껴졌다.

루얀이 피식 헛웃음을 짓자 메슬리는 다소 어색한 표정으로 고개를 숙였다.

"변명은 하지 않겠습니다. 제게도, 그리고 일루트 마을에도 도움이 되는 일입니다."

메슬리가 솔직하게 인정했으니 루얀도 그를 꾸짖지는 않았다.

'이것도 나쁘지는 않겠지.'

이 아이들은 부모의 옳은 신념이 어떤 혜택을 가져왔는지 똑똑히 보고 자랄 것이다.

그리고 스스로 깨닫게 될 것이다.

그들 또한 그런 부모가 되어야 한다는 사실을.

다소 재능이 부족하다 하더라도 루얀이 직접 나선다면 크게 문제가 될 것도 없었다.

"내일 자리를 만들어 보지."

루얀은 그 말을 끝으로 다시 식당을 향해 걸음을 옮겼다.

메슬리는 그의 모습이 완전히 사라질 때까지 계속 뒷모습을 지켜보았다.

그도 알고 있었다.

재능이 뛰어나지 않은 아이들이라는 사실을.

아직 마나 써클조차 완성하지 못했으니 다른 학파에서는 거들떠보지도 않을 것이 분명했다.

하지만 블랑 학파라면…….

메슬리는 조용히 안도의 한숨을 내쉬었지만, 사실 이미 결과를 예상하고 있었는지도 몰랐다.

다음 권으로 이어집니다